Ariadne Krimis: Inwiefern anders?

Ariadnes Spezialität ist spannender Lesestoff mit literarischem und aufrührerischem Anspruch. Für uns muss ein guter Krimi folgende Kriterien erfüllen: Der Suspense muss auf mehreren Ebenen stattfinden. Also nicht nur: Wer hat gekillt bzw. wird er oder sie überführt?, sondern zusätzliche Rätsel, Fragen, Unklarheiten, Gefahren, Ängste und Nöte. Der Erzählkosmos darf keine heile Welt sein, die mit der Lösung des Falls wieder blitzsauber wird – vielmehr zieht ein guter Krimi seine Spannung auch aus den Lücken, Grauzonen und Fehlern herrschender Moral und Rechtsvorstellung. Hier sehen wir die Herausforderung einer zeitgemäßen Krimikultur: eingängig und spannend Geschichten zu erzählen, die gesellschaftliche Widersprüche und Ungerechtigkeiten ausleuchten, Zweifel an kulturellen, moralischen, sozialen Selbstverständlichkeiten wecken, kritischen Argwohn gegenüber den gängigen Glücks-, Erfolgs- und Wohlstandsversprechungen schüren, zum Misstrauen gegen blinde Ideologien, Dogmen und Normen anregen.

Ariadne Krimis neigen zum Subversiven. Dass Frauen darin die Hauptrollen besetzen, war vor 15 Jahren ein Skandal, heute stehen wir damit nicht mehr allein. Dass die Hälfte unserer Protagonistinnen Sex mit Frauen bevorzugt, ist schon weniger gängig und entspricht dem Off-Mainstream-Anspruch von Ariadne. Die (Anti-)Heldinnen sind Figuren, die an den Rollenmustern rütteln und neue Wege zu gehen versuchen. Bei den deutschsprachigen Autorinnen suchen und fördern wir die, die mit dem Genre experimentieren, über den Tellerrand spähen, sich auf neues Terrain wagen. Krimis sind für uns eine Art Widerstandskultur. Das muss man natürlich nicht genauso sehen, man kann auch einfach unsere spannenden Bücher genießen.

Zu diesem Buch

Ariadnes dritte Kollektion krimineller Schwäbinnen: Böse, lustige, skurrile und nachdenkliche Geschichten aus dem Ländle. Orte der Handlung sind Lauffen, Esslingen, Tübingen und vor allem Stuttgart: Gemordet und/oder ermittelt wird am Schlossplatz, in der Mozartstraße, am Pragsattel, in Rohr, im Dachswald, am Hauptbahnhof, in Schorndorf-Weiler, Sillenbuch, an der Uni Hohenheim und im Heusteigviertel.

Herausgeberin Lisa Kuppler, geboren in Esslingen am Neckar und aufgewachsen in Schwaben, studierte Amerikanistik und Neuere Geschichte in Tübingen, den USA und Berlin. Seit 1996 ist sie als freie Krimilektorin, Übersetzerin und Herausgeberin tätig. Sie hat u. a. die Anthologien *Tödlichs Blechle*, *Mord isch hald a Gschäft*, *Queer Crime* und *Aszendent Mord* herausgegeben. Seit 2001 führt sie das Krimibüro in Berlin, seit 2002 lehrt sie als Workshopleiterin Kreatives Krimischreiben. Lisa Kuppler betreut die Krimireihe des Rotbuch Verlags.

Lisa Kuppler (Hg.)

A Schwob, a Mord?

Ariadne Krimi 1178
Argument Verlag

Ariadne Krimis
Herausgegeben von Else Laudan
www.ariadnekrimis.de

Schwabenanthologien bei Ariadne:

Mord isch hald a Gschäft (Ariadne Krimi 1154)
Tödlichs Blechle (Ariadne Krimi 1164)
A Schwob, a Mord? (Ariadne Krimi 1178)

Christine Lehmanns Krimis
mit Schwabenreporterin Lisa Nerz:

Vergeltung am Degerloch (Ariadne Krimi 1165)
Gaisburger Schlachthof (Ariadne Krimi 1167)
Pferdekuss (Ariadne Krimi 1171)
Harte Schule (Ariadne Krimi 1157)
Höhlenangst (Ariadne Krimi 1161)
Allmachtsdackel (Ariadne Krimi 1169)

Deutsche Erstausgabe

Glashüttenstraße 28, 20357 Hamburg
Telefon 040/4018000 – Fax 040/40180020
www.argument.de
Satz: Iris Konopik
Umschlaggestaltung: Else Laudan und Martin Grundmann
Druck: CPI Moravia Books, Pohorelice,
Printed in Czech Republic
Gedruckt auf säure- und chlorfreiem Papier
ISBN: 978-3-86754-178-7
Erste Auflage 2008

Inhalt

Madeleine Giese

Der bequämere Weg

Esslingen, den 15. April

Liebe Louise,

letzten Samstag habe ich mich zum ersten Mal allein ins Stadtcafé gesetzt und, im Angedenken an dich, einen Milchkaffee getrunken. Ich habe über die Marktstände geschaut, das Glockenspiel am Rathaus hat geschlagen und ich war so recht trübsinnig. Ausgerechnet Spanien! Nicht, dass ich es euch nicht gönne, aber für Heinz und mich wäre das nichts. Aber wie sagt man so schön: Schwaben und bös Geld führt der Deifl in alle Welt.

Trotzdem: Ich hoffe, ihr genießt euren Ruhestand im Süden und alles ist so, wie du es dir erhoffst.

Bei uns im Ländle gibt es schon recht schöne Tage. Der Frühling spitzt ums Eck und die ersten Arbeiten im Gärtle stehen an. Heinz werkelt mit Paulchen viel herum, der Kleine ist ganz stolz, dass er dem Opa helfen darf. Ich habe mir vorgenommen, dieses Jahr mit unserer Lisa Himbeermarmelade zu kochen. Ich erinnere mich noch gut, dass ich mit vier Jahren meiner Mutter zum ersten Mal geholfen hab und ganz stolz war. Die Enkelchen sind eine Freude, und es ist wirklich schön, unseren Bub im Nachbarhaus zu wissen. Ab und an koche ich ihm seine Lieblingsessen, Gaisburger Marsch oder Linsen mit Spätzle und Saiten. Die Madame gibt sich mit dem Kochen keine Mühe, viel Fertiges, aber so sind die jungen Frauen heutzutags ja wohl. Ich versuche, ihr mit Rat und Tat zur Seite zu stehen, auch wenn Heinz sagt, ich mische mich ein. Aber du kennst ja den alten Grantler. Seit er nicht mehr ins Gschäfd geht, seh ich ihn noch weniger als früher. Aber ich hab ja das Haus, das Gärtle und vor allem die Enkelchen.

Ich soll dich noch recht herzlich vom Damenkreis grüßen, auch wenn ich nicht mehr regelmäßig hingehe. Man will halt seine Zeit nicht verplempern, und ich bin mit den Kindern ja auch eingespannt.

Ich freu mich sehr auf deinen nächsten Brief, auch danke für die Fotos. Vielleicht kommen wir euch tatsächlich einmal besuchen.

Aus Esslingen grüßt dich herzlich
deine Freundin Hannelore

Esslingen, den 5. Mai

Liebe Louise,

schön, dass du mich auch vermisst. Und das Ländle und die Sproch. Ich könnt ja nicht im Ausland leben – nicht mehr reden, wie mir dr Schnabl gwachsa isch – nicht auszudenken.

Du weißt, ich bin immer gradaus, auch wenn's nicht jedem gefällt. Die Madame kommt damit gar nicht zurecht. Jetzt hat sie sich angewöhnt, erst um neun Uhr, quasi mitten am Tag, aufzustehn. Das »gönnt« sie sich, wo die Kinder nicht mehr um sechs kommen. Da hab ich, aus Spaß wohlgemerkt, zu meinem Bub gesagt: Die macht meh am Bedd hee, als Gotts Will isch. Der Depp erzählt das prompt weiter, und natürlich gabs von Madame einen Aufstand. Sie hat so überhaupt keinen Humor. Vielleicht ist das ja das Norddeutsche. Alles, was ich sage, fasst sie als Kritik auf, auch wenn's nur ein Spaß ist.

Die Enkelchen sind jetzt jeden Tag über Mittag bei mir. Madame arbeitet wieder. Aushilfsweise! Von 11 Uhr bis um 15 Uhr. Sie müssen halt das Haus abbezahlen, auch wenn Heinz ihnen das Grundstück ja geschenkt hat. Die Kinder kommen gerne, auch wenn ich mit Lisa oft meine liebe Not hab. Früher hat sie doch so gern Linsen mit Spätzle gegessen. Dann mochte sie erst die Saiten nicht mehr, dann die Linsen. Jetzt isst sie nur noch Nudeln mit Butter.

Madame sagt, ich soll sie lassen. Sie will das Mädle »nicht zwingen«. Bei uns hieß es immer: »Sei ned so schleggich, des wird ratzebutz uffgessa!« Und wir sind auch groß geworden. Aber nein, man darf die Kleine »nicht zwingen«. Gesund ist das nicht. Kein Salat, kein Gemüse, nur Nudeln mit Butter. Bei mir käme der Fratz damit nicht durch.

Wenn ich dann zu Heinz etwas sage, meint der nur: »Woischt, manchmol ischs bequämer, wegzuschaua als nohzugugga.« Dumme Sprüch!

Ach Louise, manchmal beneide ich dich. Alles hinter sich lassen und ab in die Sonne …

Aber das sind alles kleine Sorgen, jeder Tag hat eben seine Plage, und solange alle gesund sind, soll man nicht jammern.

Liebe, liebe Grüße
deine Freundin Hannelore

Esslingen, den 30. Mai

Liebe Louise,

schön, dass dir meine doch recht belanglosen Alltagsgeschichten in der Fremde Freude bereiten. Viel kann ich ja nicht berichten, das Leben geht seinen Gang und ist bestimmt nicht so aufregend wie in deinem Spanien. Etwas Nettes habe ich doch zu berichten:

Paulchen und der Opa waren zusammen im Gottlieb-Daimler-Stadion. Frag mich bitte nicht, wer da gegen wen war. Jedenfalls schreit der Knirps plötzlich: »Hau doch druff, du Löhle!« Voll Stolz hat Heinz es überall erzählt – sein Paulchen spricht Schwäbisch. Alle haben gelacht – bis auf Madame. Die Kinder sollen Hochdeutsch reden. Da hat sie ja nicht unrecht, aber so ein bisschen Schwäbisch ist doch kein Verbrechen, und Dialekt ist die Sprache des Herzens. Aber ich kann sagen, was ich will, sie weiß es besser. Sogar Heinz ist neulich der Kragen geplatzt. Da kommt sie und verlangt, er soll um seinen Teich einen Zaun ziehen. Die Kinder spielen viel in unserem Garten und eins könnt hineinplumpsen. Aber da war sie bei meinem Heinz am Falschen.

Du weißt doch, wie stolz er auf seinen Teich ist, eigenhändig hat er die zwei Meter tief gegraben, die Uferbepflanzung angelegt und die Seerosen gesetzt. Ich muss sagen, es sieht richtig schön aus. Von meinem Küchenfenster seh ich immer auf den Teich hinaus, und wo Heinz das Fenster doch verbreitert hat, hat man ihn von überall im Blick. Und grad jetzt, wo all die Umbauten abgeschlossen sind, sollen wir einen Zaun ziehen! Da wären doch all die Arbeit und der Dreck umsonst gewesen. Aber da hat Heinz nicht mit sich reden lassen. Jetzt bringt er dem Paulchen das Schwimmen bei, damit ist Madame dann hoffentlich zufrieden. Gleich am nächsten Tag sind die zwei nach Cannstadt ins Mineralbad. Paulchen hat sich gut angestellt und es hat ihm gefallen. Er sagt, das Wasser dord bitzeld schee (auf Schwäbisch!) und für den Opa ist es gesund.

Ansonsten genießen wir den Frühling bei herrlichem Wetter. Lass dir das gesagt sein, dort in der ewigen Sonne.

Liebe Grüße aus Esslingen sendet dir
deine Hannelore

Esslingen, den 14. Juni

Liebe Louise,

vielleicht hast du recht und es ist besser, keine Kinder zu haben. Da hab ich gedacht, der Bub ist groß, hat Frau und Kinder, ein Häusle und ein guts Gschäfd, und ich könnte mich ganz entspannt zurücklehnen. Nix da. Immer gibt es Ärger und Aufregung, bestimmt mehr, als du mit deinen spanischen Handwerkern auszustehen hast.

Letzten Sonntag war die ganze Familie bei uns zum Essen. Ich hab mir extra Mühe gegeben und einen wunderbaren Rostbraten gemacht. Lisa hat wie immer nur Nudeln gegessen und mit dem Fleisch herumgespielt, es vom einen Tellerrand zum anderen geschoben. Ihre Mutter fragt, was sie da macht, und der kleine Fratz sagt: »Schaffa.«

Heinz und der Bub haben laut herausgelacht, und selbst ich musste schmunzeln. »So semmer hald, mir Schwoba, allweil schaffa«, hab ich gsagt. Natürlich hat das Madame nicht gepasst, ich habs an ihren heruntergezogenen Mundwinkeln gesehen. Als ich dann beim Tischabräumen zu der Lisa gesagt hab, sie soll der Oma helfen, hat sie sofort gemeint, das Mädle sei zu klein. Mit vier Jahren, ich bitt dich. Ich hab dann nur gemeint, das Aufräumen lernt man früh oder gar nicht, das sehe man ja. Und sofort fühlte Madame sich angegriffen. Ob ich sie meine? Warum ich zu ihr geschaut hätte beim »das sehe man ja«? Und so weiter. Dabei war das nur so hingesagt, und angeschaut hab ich sie nur zufällig. Obwohl sie wirklich unordentlich ist. Sobald ich bei ihr in den Hausflur komme, stolpere ich über Spielzeug, Kinderkleider und Bücher. Mein armer Bub ist so viel Unordnung und Dreck doch gar nicht gewohnt! Aber egal, alle Gemütlichkeit war dahin, und wer war wieder schuld? Ich natürlich. Sogar Heinz ist mir in den Rücken gefallen und hat gemeint, ich soll das lassen. Was lassen? Was tu ich denn? Ist es meine Schuld, wenn Madame alles persönlich nimmt? Noch abends war ich so aufgeregt, dass ich kaum einschlafen konnte. Da lag ich dann, derweil Heinz selig schnarchte.

Ich geb mir solche Mühe, mit dem Essen, den Kindern. Ich will doch nur, dass es alle schön haben. Ist das denn so verkehrt? Ach Louise, manchmal weiß ich gar nicht weiter. Dabei haben wir herrliches Wetter, die Himbeeren stehn prächtig wie selten und es ist fast wie im Süden – sogar mit den Handwerkern (ein Späßle).

Es tut mir leid, dass ich dir immer was vorjammere. Ich werde mich bessern.

Liebe, liebe Grüße
Hannelore

Esslingen, den 30. Juni

Liebe Louise,

dass du einmal mit Heinz übereinstimmst, hätt ich nie gedacht. Also werde ich mir ein Beispiel nehmen und versuchen, mehr wegzuschaua als nohzugugga. Vielleicht habt ihr beide ja recht. Einen Anfang habe ich schon gemacht. Gestern waren wir mit den Enkelchen in der Wilhelma. Ich hatte der Lisa beim Breuninger ein herzallerliebstes Kleidchen gekauft, rosa, mit Rüschen und Spitzenbesatz. Niedlich sah sie aus, obwohl Madame die Spitze noch nicht einmal aufgebügelt hatte und alles ganz zerdrückt war. Aber ich hab keinen Ton gesagt, hab Lisa das Kleidchen ausgezogen und es schnell gerichtet. Natürlich hat Heinz gebrummelt, aber wir waren doch noch rechtzeitig, und es war ein wunderschöner Tag.

Nur der Bub hat gefehlt. Er ist sehr fleißig, aber manches Mal denk ich, er arbeitet zu viel. Vielleicht um nicht immer zu Hause in der ganzen Unordnung zu sitzen. Was soll ich sagen? So ischs noh au wieder!

Jetzt muss ich schließen, wir treffen uns nämlich heut Abend mit Häberles auf ein Viertele. Da werd ich dir heimlich zuprosten und mir vorstellen, wie du vielleicht grad in diesem Moment mit Günther auf der Terrasse sitzt, einen Vino Tinto trinkst und deine Gedanken Tausende von Kilometern in unser liebes Esslingen wandern.

Alles, alles Liebe
Hannelore

Esslingen, den 3. Juli

Liebe Louise,

mir bobberds Herz! Stell dir vor, was passiert ist: Die Kinder waren zum Essen da, und ich hab eine herrliche Flädlesuppe gemacht. Natürlich wollt die Lisa nichts davon und hat nach Nudeln mit Butter verlangt. Aber dieses Mal bin ich hart geblieben. Man kann doch so einem Fratz nicht immer nachgeben. Ich hab gesagt: »Bei mir bist du an der falschen Adresse, des wird ratzebutz uffgessa, vorher stehst du nicht vom Tisch auf.« Natürlich hat sie geheult und geschrien, die Flädle sähen wie weiße Würmer aus, sie kann das nicht essen. Aber ich hab nicht nachgegeben. Was wird das denn für ein Mensch, wenn sie immer ihren Willen durchsetzt? Zwei Stunden hab ich sie sitzen lassen. Vor dem Teller.

Dann kam Madame, um die Kinder zu holen, und was macht

das kleine Miststück? Spuckt in die Suppe, als ihre Mutter zur Tür hereinkommt. Ganz verheult und mit rotem Kopf spuckt sie extra in diesem Moment.

Da hättest du Madame hören sollen! Das sei Folter, wie ich es wagen könne, ihre Tochter zu quälen, ich sei bösartig, an meine subtilen Gemeinheiten ihr gegenüber könne sie sich um des lieben Friedens willen gewöhnen, aber nicht an so eine Aggression gegen kleine Kinder, die Kinder dürften nicht mehr kommen, sie verkaufen das Haus undundund.

Ich hab gedacht, ich bekomme einen Herzinfarkt. Steht in meiner Küche und speit mir Beleidigungen ins Gesicht so wie ihr Fräulein Tochter in die kalte Flädlesuppe! In meinen eigenen vier Wänden. Als ich mir nicht mehr zu helfen wusste, hab ich die ganze Bagage rausgeworfen. Und natürlich bin ich jetzt der Buhmann. Sogar Heinz redet nicht mehr mit mir.

Ach Louise, am liebsten wär ich tot.

Hannelore

Esslingen, den 10. Juli

Liebe Louise,

anbei die Todesanzeige unserer kleinen Lisa. Heinz und ich sind untröstlich. Nur gut, dass es nicht unser Paulchen ist – das hätte der Opa nicht überlebt.

In tiefer Trauer

Hannelore

Esslingen, den 15. August

Liebe Louise,

danke für deine tröstenden Worte und die Briefe, die mir in dieser schweren Zeit ein großer Halt waren. Jetzt ruht unsere kleine Lisa in der Erde, ich hab ein weißes Engelchen für das Grab ausgesucht. Es war eine schöne Beerdigung, auch wenn alle Arbeit, alle Vorbereitung an mir hängen geblieben sind. Madame hat angeblich schwere Depressionen, also hab ich mich gekümmert. Der Bub trägt es mit Würde. Er ist noch stiller als sonst, kommt aber oft vorbei und sitzt mit mir in der Küche – auch wenn er nicht zum Teich schauen kann. Warum hat Heinz nur diesen blöden Zaun nicht gezogen? Dann wäre das Ganze nicht passiert. Aber der Mann kann so stur sein! Zwei Tage später, da hat er den Teich zugeschüttet, aber da war das Unglück schon geschehen. Unser kleines Mädle. Ich mag gar nicht daran denken.

Madame hat geschrien, er sei schuld. Ich denke das ja auch, aber sagen tu ich es nicht. Zumal er direkt nach dem Unglück ganz seltsam war. Immer war er hinter mir her, wollte wissen, wieso ich nichts gesehen hab, ich sei doch in der Küche gewesen, bei offenem Fenster. Aber wie hätt ich denn ahnen können, dass der Fratz durch unseren Garten stromert, nach allem, was er mir angetan hat? Heinz meint, es hat bestimmt einen Platsch gegeben, das Mädle müsse doch gestrampelt haben, vielleicht gerufen. Hundertmal hab ich erklärt, dass ich Himbeermarmelade gekocht habe. Vielleicht war ich ja grade beim Zerkleinern der Beeren. Unsere alte Küchenmaschine ist nun mal furchtbar laut. Und wenn die Beeren kochen, muss man rühren und achten, dass nichts anbrennt. Da schaut man in den Topf, nicht aus dem Fenster. Aber so ein Mann hat eben keine Ahnung vom Kochen und bildet sich ein, das wär eine gemütliche Angelegenheit, bei der man permanent aus dem Fenster guckt. Ganz komisch ist er geworden, hat mich immer von der Seite angeschaut und was gebrummelt.

Also, wenn einer schuld ist, dann er. Das Paulchen ist auch ganz verstört. Ich gebe ihm so viel Liebe und Aufmerksamkeit, wie ich kann. Wo ihn doch die eigene Mutter nachgerade im Stich lässt. Ich finde, wenigstens für ihren Sohn könnte sie sich zusammenreißen. Aber ich sage nichts. Gestern Abend hat der Bub mich gedrückt und gesagt: »Danke, Mama.« Das soll mir Lohn genug sein.

Ach Louise, wir machen schwere Zeiten durch, aber das Leben geht weiter.

Liebe Grüße

Hannelore

Esslingen, den 20. Dezember

Liebe Louise,

auch dir und deinem Mann schöne und gesegnete Weihnachten. Ich komme ja nicht mehr so viel zum Schreiben, seit der Bub und das Paulchen bei uns wohnen. Madame ist ja wieder in Norddeutschland bei ihren Eltern. Angeblich ist sie immer noch in Behandlung. Wir hatten hier schöne Adventstage, gestern haben wir den alten Christbaumschmuck vom Dachboden geholt und aufpoliert. Wir haben gesungen und Plätzchen gegessen und das Paulchen hat seine Mutter gar nicht vermisst. Weißt du, als wir so um den Tisch saßen, meine drei Männer und ich, da war mir ganz warm ums Herz. Dieser Sommer hat so viel Leid gebracht, aber jetzt wendet sich doch alles zum Guten. Und eins habe ich gelernt: Es isch tatsächlich bequämer, wegzuschaua als nohzugugga.

Fröhliche Weihnachten wünscht dir

deine Freundin Hannelore

Christine Lehmann

Lisa Nerz fährt Fahrrad

Also, das muss ich euch erzählen! Ich bin doch aufs Fahrrad umgestiegen. Meine alte Brontë aus der Familie der Porsche mit H-Kennzeichen – hochzeitsweiß mit nuttenroten Ledersitzen – steht inzwischen halt auch lieber in der warmen Garage. Und in Stuttgart kann man ja wunderbar Fahrrad fahren, vorausgesetzt, man muss nicht den Berg hinauf ... Na ja, und vorausgesetzt, der Fahrradweg endet nicht nach zwei Metern und wirft einen in den fließenden Verkehr. Und natürlich auch nur, wenn keiner auf dem Radweg parkt. Aber die Stadt gibt sich doch Mühe, zieht dicke Striche, flickt weiße Ränder in den Asphalt, schweißt Halteringe an die Ampelmasten und hängt süße kleine Lichtzeichenanlagen auf, die an einen Verkehrsübungsplatz erinnern.

Also setze ich oben in Degerloch in der Kauzenhecke, wo Oberstaatsanwalt Dr. Richard Weber seine Jugendstilwohnung mit einem Bechsteinflügel und zuweilen mit mir teilt, meinen Dackel Cipión in den Korb am Lenker, schiebe den Hintern auf den Sattel und stürze mich die Alte Weinsteige hinunter. Dabei teile ich todesmutig meine Aufmerksamkeit zwischen meinem Tacho, den Tiefen und Untiefen des Asphalts und den Autos, die sich bergherauf schieben. Alles über vierzig Stundenkilometer ist ein Test meiner Bereitschaft, mein Leben zu riskieren, auch für völlig sinnlose Beweise.

Und wie immer fahre ich heute früh dann die Heusteigstraße entlang Richtung Innenstadt. An der Immenhofer Straße ist die

Ampel rot. Wie immer parkt der Rover des Spaniers auf dem Fußgängerüberweg und riskiert einen Strafzettel. Ein Mann mit ergrautem Bart in Jeans und Parka, der von sich glaubt, er sei noch jung, hält neben mir auf einem zerratzten Müslifahrrad. Er schaut Cipión gelangweilt in die blanken Nussaugen und lässt augenwinkelig verstohlen – wie Männer so die Rundungen einer Frau abtasten – seinen Blick über mein Gerät gleiten, silbermetallic, holländisch geschwungen, Schweizer Wertarbeit, gestylt. Als er unten am Zwickel angelangt ist, reißt es ihm den Kopf zum ehrlichen Blick herum, seine Augen weiten sich. Er schaut mich verwundert an.

»Ist das ein Elektromotor?«

»Ja«, sage ich. »Bei jedem Tritt aufs Pedal bekomme ich einen Schubs der anderthalbfachen Kraft dazu.«

Hinter dem Urwald im Gesicht denkt es. Die Stirn furcht sich, die Lippen spitzen sich aus dem Bart heraus und entrüstet bricht es aus dem Bierbäuchlein: »Das ist doch Beschiss!«

»An wem?«

Aber da wird es grün. Er muss los. Wir kreuzen die Immenhofer Straße, die den Berg emporsticht. Ich bin schneller. Der Fahrradfahrer mit dem Gesichtswald verliert sich hinter mir. Vermutlich ist er aus Scham abgebogen. Darüber musst du mal was schreiben als Schwabenreporterin Lisa Nerz: Freud und Frust der Fahrradfahrer von Stuttgart – die Alte Weinsteige, die Hasenbergsteige, der Herdweg, alle über dreizehn Prozent.

Cipión hält die bärtige Schnauze in den Wind. Wer so kurze Beine hat wie er, lässt sich gern kutschieren.

Doch vor *Farben Heim* muss ich jäh die Handbremsen drücken. Ein Porsche schwenkt rückspiegellos aus der Parklücke. Himmelherrgott, kannst du nicht aufpassen? Mein Hinterrad pfeift und schleudert, ich fasse nach Cipión, ehe er mir aus dem Korb purzelt. »Du Arschloch!«

Der Porsche ist silberfarben wie mein Schweizer Überflieger. Ich schüttle meine Fäuste. Cipión stellt das Barthaar. Fast hätte er zum ersten Mal, seit ich ihn kenne, gebellt. Er ist wohltuend parteiisch, er ist immer meiner Meinung, egal, ob ich unrecht habe oder nicht.

Ist ja auch nix passiert. Das Gefühl, wieder einmal überlebt zu haben, stimuliert zu Überfliegergefühlen. Na, warte! Du entkommst mir nicht. Der Versuch des Porsche, die nächste links abzubiegen, muss an den roten Einbahnstraßenschildern scheitern. Die Weißenburgstraße bahnt sich von zwei Seiten zur Kopfsteinpflasterkreuzung. *Fred's Lädle* und die *Konditorei Weible* beargwöhnen einander von schräg gegenüber, Zigaretten und Schulhefte gegen Brot und süße Stückle. Wer auf beides nicht verzichten kann, überquert die Kreuzung diagonal.

Und sieh an: An der Schrankenschleuse fange ich ihn wieder ein. Er muss warten, bis ein Mutti-Corsa die Schranken passiert hat, die sich nachts für alles auf vier Rädern schließen, um den Freierverkehr aus dem Bohnenviertel zu unterbinden. Wer zur Hure will, kommt offenbar nicht auf dem Motorrad oder Fahrrad.

Stuttgartiger als die Heusteigstraße ist im Grunde keine. Am einen Ende steht die große alte Heusteigschule, die seit hundert Jahren die Schüler ins Gebäude des Architekten Theodor Fischer klingelt, der auch das Gustav-Siegle-Haus gebaut hat und das Kunstgebäude am Schlossplatz, dezent säuliger Jugendstil. Am anderen Ende Lidl, wo sich an der Kasse Pelzkragen und Pennerbärte mit übernächtigten Nutten aufreihen. Dazwischen auf ganzer Länge hinter Gründerzeitfassaden mit Erkern und Balustraden emsiger Kleinhandel und Kultur, Coiffeur, gehobene Gastronomie und Sozialgedanke, die Lederschmiede, das Farbengeschäft mit Kunstmalereibedarf im Hinterzimmer, die handgemachte Auslage einer Schmuckmanufaktur.

Und genau hier wurde Baden-Württemberg gegründet. Hier, wo das Ristorante *San Pietro* seine Tische und Stühle unter zwei Bäumen auf den Fußweg gestellt hat, in diesem Gebäude, erbaut von dem jüdischen Bankier Eduard-Pfeiffer, einem sozial denkenden Mann, der einsamen Männern ein Heim geben wollte, hat noch bis lange nach dem Krieg der Landtag getagt. Und ein Stückle weiter vorn, am Wilhelmsplatz, feiert man jedes Jahr Ende Juli mit Kultur in Pavillons das Henkersfest, denn an der Hauptstätter Straße wurden einst die Verbrecher geköpft. Daher der Name.

Wer unterwegs ist, hat schon alles verpasst. Während ich mich frech vor dem Porsche in die einspurige Schrankenschleuse drängle, wobei ich mich mal kurz auf seinem Heck abstützen muss, liegt hinter mir in der Mittelstraße eine junge Frau in ihrem Blut, mit dem Kopf im Rinnstein und offenen Augen. Das Messer steckt ihr noch in der Brust. Das Kind im Kinderwagen hat zugeschaut und schaut noch mit großen Augen. Ein Passant ist oben um die Ecke gekommen und begreift nichts. Noch hat niemand die Polizei alarmiert. Zeugen gab es keine.

Und ich habe auch nichts gesehen. Ich war ins Geplänkel mit einem silberfarbenen Porsche vertieft.

So erzähle ich es am Abend Sally und Richard im *Tauben Spitz*. Der elegante Staatsanwalt hält sich an seinem bierfarbenen Getränk fest und spielt mit der Zigarettenschachtel. Er liebt es nicht, vom Tod zu hören. Er ist für Wirtschaftsstrafsachen zuständig. Eine Verhaftung ist ihm heute schiefgegangen. Und zum ersten Mal in seinem Leben zweifelt er an seinem Unrechtsbewusstsein. Nie übertritt er die Geschwindigkeit, unerschütterlich glaubt er an den Rechtsstaat, entschieden lehnt er Selbstjustiz ab. Doch jetzt würde er doch gerne eine rauchen zum Bier im *Tauben Spitz* am Pulverturm im Bohnenviertel, in dem meine Freundin Sally kellnert.

»Ein Familiendrama«, sagt sie und stellt mir die Maultaschen in der Brüh hin. »Hat's im Radio geheißen. Die Frau wollte sich von dem Mann trennen. Da hat er die Nerven verloren.«

Wie selbstverständlich wir das doch für ein brauchbares Mordmotiv halten. Über meinen Vorschlag, die größte Gefahr für Leib und Leben einer Frau – die Männer – aus Deutschland auszuweisen und von der Erde zu verbannen, lächelt Richard gequält. Es gibt doch auch andere! Nur Bullterrier und Kampfhunde müssen einen Wesenstest absolvieren, bevor man sie von der Leine lässt.

»Es hat eine Festnahme gegeben«, sagt er, als könne uns das eine Beruhigung sein. »Der Ehemann. Er ist dringend tatverdächtig. Man hat ihn mit Blut an den Kleidern in der gemeinsamen Wohnung angetroffen. Meisner ist die ermittelnde Staatsanwältin. Sie hat mich vorhin angerufen. Der Beschuldigte hat inzwischen ein Teilgeständnis abgelegt.«

Wenn Richard sich im Polizeijargon einigelt, dann ist er tiefer verstrickt, als er zugeben will.

»Und was hat er gestanden?«, frage ich.

»Er hat das Messer angefasst. Aber nur, um es herauszuziehen.«

»Und seit wann informiert dich Meisner über ihre blutigen Fälle?«

Richard zieht unwirsch eine Zigarette aus der Schachtel, die er aber nicht wird anzünden dürfen, und knurrt: »Die Geschädigte ...«, Polizeideutsch für Opfer, »... ist meine Hauptbelastungszeugin in einem Ermittlungsverfahren wegen Sozialbetrugs in Millionenhöhe gegen den Inhaber einer Reinigungsfirma gewesen. Eigentlich hatten wir heute eine Verhaftung vornehmen wollen. Scheiß Rauchverbot!«

»Ich kann auch nichts dafür«, sagt Sally.

»Und ich war dort«, sage ich verwundert und sortiere die Geschichten. »Ich bin genau dort vorbeigekommen. Aber ich habe nichts gemerkt.«

Ein Mensch ist gestorben, ein Leben ist zu Ende, eine Seele ausgeblasen und verflogen, ein Kind hat den Mittelpunkt seines Lebens verloren, ein Mann verliert seine Freiheit. Eine von zahllosen Kleinkatastrophen hat sich vollzogen, und dennoch hat der Wind nicht den Atem angehalten, sind die Vögel nicht tot vom Himmel gefallen, hat die Stadt nicht aufgeschrien, nicht einmal gestöhnt.

Ich habe wettkampfverliebt das Nummernschild eines silberfarbenen Porsche studiert und eine Anzeige erwogen: WN für Waiblingen. Ein Schnellstraßenraser. Er hat es eilig, wuppt an mir vorbei und muss doch an der Baustelle beim Lidl schon wieder bremsen. Ein Kran dreht sich. Ein stadttauglicher Geländewagen kämpft mit einer Parklücke. Ein Familienvater schiebt einen Einkaufswagen über die Straße, angefüllt mit Wasserflaschen, Milchtüten und Orangensaftpackungen. Wer hier einkauft, muss nicht unbedingt arm sein, er ist nur sparsam und schämt sich dessen nicht.

Dann endlich kann der Silberporsche sich befreien aus dem Alptraum der Tempo-30-Zone und biegt in die Wilhelmstraße ein, die ihn in die Hauptverkehrsadern der Stadt spült. Immer noch ist der Tag sonnig. Noch hat das Innenstadtrevier keinen Wagen vom Ordnungsdienst losgeschickt.

Ich habe das Viertel hinter mir gelassen, radle mit Beschiss den letzten Rest der Heusteigstraße zur Jakobschule vor und biege nach unten ab. Die Feuerwache hat wieder einmal alle roten Fahrzeuge auf den Hof gefahren. Ein geheimnisvolles wöchentliches, wenn nicht alltägliches Ritual, dem die Mädchen, die im Eingang des *Irma La Douce* rauchen, an diesem Morgen aus Langeweile interessiert zuschauen.

In diesen Straßen rund um das Parkhaus Züblin, zwischen Leonhardskirche und *Dreifarbenhaus*, verlangsamen auch am Morgen schon die dicken Daimler freiwillig die Fahrt, vorbei am *High Noon*, *Blue Light* und *Grand Filou*. Sie haben Münchner, Reutlinger und Heilbronner Kennzeichen. Hier ist Stuttgart Weltstadt. Am Zebrastreifen Ecke Pfarrstraße steht auch schon eine, die den Zebrastreifen nicht überqueren wird. Ich kenne sie. Sie ist unterm Minirock ein Mann.

»Das ist wirklich eine kuriose Geschichte«, sage ich abends im *Tauben Spitz* mitten im Bohnenviertel, um das ich am Morgen außen herumgefahren bin, vorbei am Spielplatz bei der Tankstelle, Pennerbänken, Eckimbiss und den Kissen, Puschen und Rüschen von *Samt und Sonders*, wo ich nie einkaufen werde. In den Auslagen von *Café Nast* türmen sich weiße, violette und rosafarbene Baisers in Mengen, für die man sich keine Käufer denken kann. Schäumle haben sie in meiner Kindheit geheißen.

»Ich fahre also meinen üblichen Weg.«

Sally harrt mit dem Tablett unterm Arm an unserem Tisch aus.

An der Fußgängerampel Charlottenplatz fahre ich rüber auf die Museumsinsel und vor der Stadtbücherei rechts hoch in die Urbanstraße, die fast schnurgerade bis in den Osten fällt und sich dabei grundlegend wandelt, von Staatstragend zum Altbauwohnen, angefangen bei Landgericht und Landesbibliothek, gefolgt von Staatlicher Schule für Musik und Darstellende Künste, Abgeordnetenhaus, Neuer und Alter Staatsgalerie bis zum Halbhöhenausblick auf den Bahnhof, auf dessen Turm sich der

Mercedes-Stern dreht. Danach geht es auf geflicktem Asphalt ins sozial Randständige mit Mopedladen, Dönerstube und Obstauslage vor zum Kerner Platz, an dem vorm türkischen Konsulat Tag für Tag ein Polizeiauto wacht. Die Bittsteller stehen die Urbanstraße hinunter. Es riecht nach Zigaretten und familiärer Not.

Sally nickt. Sie wohnt im urbanen Schacht noch ein Stück weiter unten, fast schon am Friedensplatz in dem Haus mit den konischen Balkonen aus den Sechzigern.

»Na jedenfalls, ich komme dann unten bei der Post raus, wo man auf die Neckarstraße fährt. Und wem fahre ich da genau vor den Kühler? Dem silberfarbenen Porsche mit dem Waiblinger Kennzeichen.«

Sally lacht. Richard nicht.

Die Neckarstraße wird gleich so schmal, dass der Porsche nicht an mir vorbeikommt. Zwischen Schwabengarage und Staatsanwaltschaft auf der einen Seite und Sparda-Bank und Sparback auf der anderen türmen sich die Hochbahnsteige der Stadtbahn. Hier wohne ich, im dritten Stock des Altbaus mit den gelben Klinkern. Doch weil Oma Scheible die Mülltrennung überwacht und keine Kinderwagen oder Fahrräder im Treppenhaus duldet, muss ich noch ein Stück weiterfahren, immer in Gefahr, von einer auf der Parkplatzseite sich plötzlich öffnenden Autotür dem Porsche vor die Schnauze gewatscht zu werden. Er hechelt an meinem Hinterrad und sieht verzweifelt jede Ampel, der wir uns nähern, rot werden, bevor ich ankomme.

Ich glaube, die Neckarstraße ist eine zutiefst unglückliche Straße. Nicht nur, weil sie den Neckar nie erreicht – diesen Traum muss sie beim Funkhaus an die Cannstatter Straße abtreten –, sondern weil ihr die Identität fehlt. Da ähnelt sie mir. Einmal flirte ich in Retrorock und Ziegenhaarweste mit dem Pförtner an der Drehtür der Staatsanwaltschaft, damit er mich regelwidrig einlässt, und zwei Stunden später stehe ich im Nadelstreifenanzug mit Narben im Gesicht an der Haltestelle Stöckach, um im *Tauben Spitz* mehr zu trinken, als der Führerschein zulässt, übrigens auch auf einem Fahrrad. Seit Jahren beobachte ich jetzt aus dem dritten Stock den rastlosen Selbstfindungsprozess unter mir: Fahrbahnen verbreitern, Spuren verengen, Hochbahnsteige verlängern, verkürzen, verschieben, Parkbuchten modellieren, den Inhalt der Läden auswechseln, Ampeln installieren. Dabei weiß man doch, es wird selten schöner. Wer sich dem Schönheitschirurgen anvertraut, der offenbart nur seine Angst vorm eigenen Gesicht.

Die Ampel an der Hackstraße treibt zur Eile. Ich trete in die Pedale und fliege bei Gelb auf die Kreuzung hinaus. Mal ehrlich, ein Porsche klingt immer ein bisschen wie ein VW im Stimmbruch, wenn er hochtourig wird. Mit Pennälerstimmchen schießt er silbrig böse an mir vorbei aus der Ampelschleuse und rattert über die Schienen der Stadtbahn, die hier zum Gaskessel abbiegt.

Ich muss mit dem Po aus dem Sattel und langsam tun auf den Gleisen, damit es Cipión nicht aus dem Lenkerkörbchen lupft. Die Garage für meine Gefährtin befindet sich gleich da vorn rechts in der Riekestraße im Hinterhof beim *Freien Radio Stuttgart*. Und wie ich einbiege, muss ich wieder mit aller Kraft die Handbremsen ziehen. Der Hinterreifen pfeift und bricht aus, Cipión wackelt bedenklich.

Denn eben stößt der Porschefahrer die Tür auf und steigt aus.

»Blödmann! Trottel!«

Der Staatsanwalt und die Kellnerin blicken mich an. »Und?«

»Nix. Ich habe ihn mit einem Schuss erlegt. Wie man das im Straßenverkehr halt so macht. Ende der Geschichte. Himmel, ich habe doch nur erzählen wollen, dass man in Stuttgart mit dem Fahrrad genauso schnell ist wie ein Porsche.«

»Ja, mit einem Fahrrad mit Beschiss!« Sally lacht, schüttelt die blonde Lockenmähne und kehrt hinter die Bar zurück.

»Und?«, fragt Richard. »Wer war es?«

»Weiß ich doch nicht. Ein Mann. Nicht mehr jung, angegraut, beigefarbenes Polohemd, hellbrauner Sakko, ein bisschen zerknittert alles. Ach ja, Goldkettchen mit Anhänger in Form des afrikanischen Kontinents, braun gebrannt.«

Richard schlitzt die asymmetrischen milchkaffeebraunen Augen. »Björn Sonneck?«

»Woher soll ich das wissen, Richard? Ich habe nicht mit ihm geredet. Er ist über die Straße gegangen und in einem Haus verschwunden. Er hat nicht einmal mitgekriegt, dass er mich zwei Mal fast vom Rad gestoßen hätte. Wie sie halt so sind, die Porschefahrer. Sie leben in einer Parallelwelt.«

»Genau diesen Mann mit dem Afrikaanhänger«, sagt Richard mit erwachender Bluthunderregung in der Stimme, »haben wir heute verhaften wollen, weil er seit Jahren für seine Angestellten keine Sozialabgaben zahlt. Er fährt einen silberfarbenen Porsche mit Waiblinger Kennzeichen. Wir haben ihn aber in der Firma nicht angetroffen. Seine neue Sekretärin hat uns mitgeteilt, er befinde sich auf Reisen in Tschechien.«

»Lass mich raten …«

»Die vorherige Sekretärin war unsere Hauptbelastungszeugin. Wir kommen auch ohne sie aus, aber …«

»Ihr werdet sie nicht brauchen, fürchte ich. Denn ihr werdet Sonneck wegen Mordes anklagen. Er war zur Tatzeit in der Nähe des Tatorts.«

»Und wie willst du beweisen, dass das im Heusteigviertel schon sein Porsche war? Sonneck wird das bestreiten.«

»Als Zeugin muss ich doch nichts beweisen«, brause ich auf. »Aber …« Eine kleine wilde Rachsucht aalt sich in Befriedigung. »Wir können es sogar beweisen.«

Richard zündet sich die Zigarette an. Eine Übersprunghandlung. »Wie?«

Als ob es nur des einen Zündfunkens bedurft hätte, knipsen und klacken auf einmal rund um uns herum an den Tischen die Feuerzeuge, springen die Flammen, knistern die Tabakkrumen, dampft es blau unter die Kupferlampen, werden die Stimmen lauter und froher. Es ist fast wie früher.

»Wie? Nun sag schon, Lisa!«

»Ich habe mich doch an der Schranke beim Alten Landtag kurz mal auf seinem Heck abgestützt. Meine Fingerspuren müssen auf dem Lack sein. Du musst Meisner anrufen. Vielleicht steht der Porsche noch in der Riekestraße. Blutspuren wird man sicherlich auch darin finden.«

Viertelesgläser klingen, der Stammtisch neben uns prostet sich zu.

Leona Mikosch

Cuba Libre

Auf dem dunklen Schanktresen quellen gelbe und rote Dahlien aus einem bauchigen Porzellankrug, daneben trocknen saubere Gläser auf einem karierten Küchenhandtuch. Meine Augen wandern weiter durch den Raum, während ich versuche, auf der harten Bank eine angenehme Sitzposition zu finden. Braunorange gemusterte Vorhänge baumeln seitlich an den Fenstern. Die nikotingelben Wände sind dekoriert mit alten Fotos. Eine Reihe Männer im schwarzen Anzug schaut ernst in die Kamera, wahrscheinlich der Männergesangverein beim Jubiläum vor siebzig Jahren – ich müsste hingehen, um lesen zu können, was unter dem Foto steht. Aber dazu habe ich keinen Nerv im Moment.

Außerdem beobachtet mich der Wirt die ganze Zeit. Der glaubt wohl, ich merke das nicht, wie er immer wieder hinter seinem Geschirrtuch vorlinst, während er so tut, als poliere er ein Bierglas. Mittlerweile müsste das schon blitzen, seit zehn Minuten schrubbt und wienert er daran herum. Ich kann mir schon denken, was er denkt. So fehl am Platz habe ich mich auch schon lange nicht mehr gefühlt. Ich weiß, dass ich nicht hierher passe, dass ich auffalle. Die Gäste hier sind eher die Bandarbeiter und Autoschrauber von nebenan. Und die arbeitslosen Jugendlichen, die hinten in der Ecke lautstark den Spielautomaten austricksen. Und der heruntergekommene Alkoholiker in der Ecke neben dem Telefon, der schon morgens um neun seinen Spiegel hebt, indem er auf seinem Stammplatz frühstückt – frisch vom Fass – und dann bis zum Abendessen im Glas hier festklebt.

Eine Rechtsanwaltsgattin in Escada hat sich sicher noch nie in diese Spelunke mit den gestreiften Tischdecken verirrt. Ich, Hildegard Zöllner, geborene Fink, aus Stuttgart-Degerloch, wohnhaft im sündhaft teuren, aber dafür umso begehrteren Sillenbuch, ich fühle mich wie auf Kohlen, ähnlich daneben wie letztes Jahr bei dieser Stranddisco auf den Malediven, zu der mich Frieder geschleppt hat. Aber es muss sein, schließlich brauche ich diesen Eberhard Vischer für meinen genialen Plan.

Hoffentlich kommt der Schnüffler bald. Ich finde das reichlich unverschämt: Erst beordert er mich hierher in diese Kaschemme in Zuffenhausen und dann lässt er mich endlos warten. Ich fühle mich wie bestellt und nicht abgeholt, Pünktlichkeit scheint nicht gerade seine Stärke zu sein. Hoffentlich steht dieser Mensch – »Saget Sie doch Ebe zu mir, des machet alle« – mit der Arbeit nicht genauso auf Kriegsfuß wie mit der Uhr. Außerdem ist der Kaffee hier eine Zumutung. Er schmeckt wie Spülwasser, das neben den Kaffeebohnen gelagert wurde, aber schon vor Wochen. Und diese Musik geht mir allmählich gewaltig auf die Nerven. Seit einer Viertelstunde schon dudelt hier nichts anderes als der schwäbische Hausfrauensender. Dass diese Leute ihre popeligen Sorgen auch noch in Musik verpacken müssen, je popeliger, desto miserabler. Was geht mich das an, wenn eine nicht weiß, was sie »heit bloß wieder kocha« soll, weil der Opa »koine Knoche naga ka« und »der Sohn koi oizige Bohn« essen mag? Oder interessiert mich etwa, dass der schwäbische Cowboy im »Schdau« steht? Nein, es interessiert mich nicht, es geht mir links vorbei. Mich interessiert nur, wann dieser Mensch auftaucht, zwanzig Minuten ist der jetzt schon überfällig. In zehn Minuten gehe ich, sonst komme ich noch zu spät zum Tennis.

Jetzt geht die Tür, das könnte er sein. Na, reizend! Der sieht genauso aus, wie seine Stimme am Telefon geklungen hat: leicht übergewichtig, speckige Lederjacke, Dackelfalten auf der Stirn und hängende Wangen. So schmuddelig, wie der aussieht, weiß er wahrscheinlich noch nicht mal, wie man das Wort *Dusch-*

gel schreibt. Ungepflegt und unpünktlich, das ist mehr, als ich gerade ertragen kann, vor allem in Kombination mit der grässlichen Musik. Dafür grinst er dermaßen in meine Richtung, dass es mir beinahe den Magen umdreht. Wahrscheinlich hält er sich für Brad Pitt höchstpersönlich.

»Wo bleiben Sie denn so lange? Wir waren für halb vier verabredet, jetzt ist es beinahe vier!«

Dass er nur gleichgültig mit den Schultern zuckt, macht mich erst recht rasend. »I han halt net so schnell en Parkplatz gfunda. Fünfmol bin i um de Block, ond jetzt stand i trotzdem im Haldeverbod. Also, mache mer ä bissle schneller, i han's pressant.«

Seine Entschuldigung ist mir gleich, er hätte eben mehr Zeit einplanen müssen. Ich will nur endlich den Umschlag, den er sich umständlich aus der Jacke fingert, und strecke ungeduldig die Hand danach aus.

»Moment emol, die Dame! Z'erscht will i mei Geld, dann krieget Se die Fotos. Zwoihundert pro Dag, drei Dag bin i underwegs gwese, macht sechshundert Euro, plus Spese.«

Ich bleibe kühl. »Haben Sie denn Belege für Ihre Ausgaben?«

Er grinst mich unverschämt an. »En Brotwurschtstand schreibt koi Quittung, ond mei Bretzle han i au ohne Kassezettel kauft.«

»Dann bleibt's bei sechshundert Euro«, entscheide ich, öffne meinen Geldbeutel und ziehe ein Bündel Scheine heraus.

Seine gierigen Schweinsäuglein glitzern, während er danach greift. Umständlich leckt er sich den Daumen und den Zeigefinger und zählt nach. »450, 500, 550, 600. In Ordnung.«

Endlich schiebt er mir den Umschlag über den Tisch. Keine Ahnung, warum mir die Finger zittern, als ich ihn öffne. Ich weiß doch schon, was drin ist. Ungefähr wenigstens. Und jetzt habe ich es schwarz auf weiß oder eher in Farbe und Großformat, genauso, wie ich es seit geraumer Zeit geahnt habe: Mein lieber Ehemann Frieder, mir seit achtundzwanzig Jahren angetraut, Vater meiner drei wohlgeratenen, erwachsenen Kinder, betrügt mich mit einer jungen blonden Frau. Verdammt noch mal, sie ist wirklich bildhübsch, und dumm sieht sie auch nicht aus. Wie er sie anschaut auf dem ersten Bild – widerlich! So ein verliebter alter Dackel, der meint, mit der jungen Frau an seiner Seite wäre er auch wieder jung. »E-kel-haffft!«, würde meine Freundin Sonja dazu sagen. Obwohl, als wir uns kennengelernt haben in der Schule, da hat er mich auch so angeschaut, und da hat's mir gefallen. Aber da war ich ja auch noch verliebt in ihn. Das ist lange vorbei. Und wie sie ihn anhimmelt, dieses junge Ding, sie ist bestimmt zehn Jahre jünger als er, mindestens. Aber so wie die angezogen ist, so durchschnittlich und banal kann man doch nicht auf die Straße. Dieses Halstuch habe ich neulich gesehen in der Stadt, auf einem Wühltisch zwischen hundert anderen. 3,99 Euro. Und solche Oberteile, die aussehen, als hätte man eine Bluse unter dem Pullover, trägt ja mittlerweile jede Kaufhauskundin. 19,99 Euro vermutlich. Stil ist etwas anderes. Diese Klamotten haben noch nie eine Edelboutique von innen gesehen. Wahrscheinlich ist sie irgend so eine kleine Sekretärin, aber auf keinen Fall mein Kaliber.

»Haben Sie auch den Namen der Frau? Oder ihre Adresse?«

»Stoht uff dem erschta Bild hinde druff.«

Er greift danach, hält sich das Foto dicht vors Gesicht, kneift ein Auge zu, zwinkert erst meiner Nebenbuhlerin zu, dann schmachtet er mich beinahe an. »Scho a Hübsche! Des muss mer ihm lasse, Gschmack hott er, Ihr Mann. Bei dere do, aber bei Ihne au.«

Das reicht! Ich werfe einen Fünf-Euro-Schein für das koffeinaromatisierte Spülwasser auf den Tisch, packe meine Handtasche, schnappe die Fotos mit einem hastigen Blick auf den Namen meiner Nebenbuhlerin – Franziska Leibinger – und stopfe sie wieder in den Umschlag. Schneller als Ebe gucken kann, bin ich draußen. Endlich Luft, ich atme tief durch. Den ersten Schritt hätte ich geschafft, jetzt darf ich bloß keinen Fehler machen.

Die Platte des riesigen Schreibtischs glänzt schwarz und völlig staubfrei, an der vorderen Kante stehen sauber aufgereiht alle Utensilien, die auf einen funktionsfähigen Schreibtisch gehören: ein großer Becher, ebenfalls schwarz, mit verschiedenen Stiften und Textmarkern, die Papierschere sticht heraus. Neben dem großen Becher quillt ein kleinerer beinahe über mit Büroklammern, der Brieföffner ist akkurat auf die Kante ausgerichtet, ebenso Lineal, Locher und Klammeraffe. Links vom Telefon ein silberner Bilderrahmen, sorgfältig poliert und matt schimmernd – Familienfotos. An der Ecke stapeln sich Ablagekörbe, Plastik zwar, aber auch sie in noblem Schwarz, von dem man allerdings nicht viel sehen kann – die Körbe sind gut gefüllt mit Aktenmappen und Umschlägen. Der hochmoderne Flachbildschirm ist noch dunkel, die passende Tastatur liegt genau parallel davor. Beifällig begutachtet Frieder beim Eintreten seinen Schreibtisch, er genießt diesen aufgeräumten Anblick jeden Morgen für einen kleinen Moment. So beginnt ein Tag perfekt, es fehlt nur noch die erste Tasse Kaffee am Schreibtisch. Er hängt seinen Mantel ordentlich auf den Bügel und verstaut die Aktentasche in der untersten Schublade. Dann klingelt er, noch bevor er sich hinsetzt, nach seiner Sekretärin. Beinahe sofort steht sie in der Tür: »Gude Morge, Herr Dokter. Der Kaffee isch scho fertig, i bin grad in der Küche gwä, wie Sie reikomma sen.«

Sie balanciert das kleine Tablett zum Schreibtisch, rückt das Tellerchen mit dänischen Butterkeksen zurecht, platziert die *Stuttgarter Zeitung* im rechten Winkel daneben und will schon wieder in Richtung Tür gehen.

»Danke schön, Frau Reichert, der sieht wirklich fantastisch aus. So wie Sie den Milchschaum hinkriegen, davon könnte sich mancher Italiener eine dicke Scheibe abschneiden.«

Sie bleibt stehen, errötet leicht und winkt ab. »Des isch nett, danke. Aber mit dere neue Maschin isch des wirklich ganz oifach. Des isch ä Superidee gwä, die zum kaufe. Au wenn sie teuer gwä isch.«

Frieder nickt, während die Tür leise hinter ihr zuklappt. Er setzt sich an den Schreibtisch, schließt kurz die Augen und atmet genüsslich den Kaffeeduft ein. Als er sie wieder öffnet, fällt sein Blick auf den Silberrahmen: Hilde und die Kinder sehen ihn an. Schnell dreht er den Rahmen um und greift nach der Zeitung. Umständlich faltet er sie auseinander und überfliegt die Seiten. Nebenbei rührt er den Milchkaffee um, so dass der Löffel in der Tasse klingelt, und schiebt sich einen Keks in den Mund, bevor er die Tasse hebt und den ersten Schluck daraus schlürft.

So muss Kaffee sein, denkt er bei sich, so schmeckt er bei Hilde nie. Und wenn er schlürft, guckt sie immer so vernichtend, dass ihm sofort der ganze Tag verdorben ist. Dabei kann man einen richtig guten Kaffee gar nicht besser genießen, aber seiner Frau ist ja der spießige Anstand wichtiger als der Genuss.

Mit dem letzten Keks im Mund knüllt er die Zeitung zusammen, steht auf und geht zum Fenster. Bei gutem Wetter kann Frieder von der Kanzlei aus den Fernsehturm sehen, bei schlechtem reicht die Aussicht nur etwa bis zum Landtag. Bei Nebel sogar nur bis zu den dicken Enten, die vor dem Teich im Schlosspark herumwatscheln und auf die dicken Brotkrumen warten, mit denen ein paar alte Damen sie täglich mästen, obwohl es verboten ist. Aber es scheint noch zu früh zu sein für ein Entenfrühstück. Die Bänke im Park sind jedenfalls leer bis auf einen Penner, der sich auf einer ausgestreckt hat.

Frieder setzt sich wieder, und zum Abschluss seines morgendlichen Rituals greift er nach dem Telefon und tippt Franziskas Nummer ein. Es ist nur ein kurzes Gespräch mit seinem »Fränzle«, schließlich sitzt sie um die Zeit auch im Büro, aber nach dem Kuss, den sie in den Hörer gehaucht hat, fühlt er sich tatendurstig und startklar, erst für die Post, dann für seine Akten.

Obenauf liegt ein großer brauner Umschlag. Er betrachtet ihn oberflächlich, während er nach dem Brieföffner angelt.

»Da sind sie ja endlich, die Ermittlungsakten von der Polizei«, murmelt er zufrieden. Es wurde auch langsam Zeit. Schon vor zwei Wochen hatte er die Akten angefordert, schließlich wollte eine Verteidigung ja gut vorbereitet sein. Und gerade bei so einem wie diesem Helmut Deininger, der gutgläubige schwäbische Hausfrauen mit leeren Versprechungen dazu gebracht hat, ihm ihr bissle Geld anzuvertrauen. Das Geld war natürlich längst weg, verjuxt in der Karibik vermutlich. Aber … was war das denn? Ungläubig starrt Frieder auf das Foto und den kurzer Brief, den er gerade aus dem Umschlag gezogen hat. Ermittlungsakten sind das jedenfalls nicht. »Frau Reichert!«

»Ja, bitte?« Prompt meldet sich seine Perle über die Gegensprechanlage.

»Kommen Sie mal bitte kurz?«

Schon steht sie in der Tür.

»Wo kommt denn dieser Umschlag her?«

»Koi Ahnung, Herr Dokter. I denk, den hot der Hausbote brocht, wie immer. Der isch am Morge im Eigangskorb gläge. Un do stoht *persönlich* druff ond Ihr Name. Und desdewäge han i en au net uffgmacht.«

Sein Name ist in Normschrift geschrieben, das hat Frieder gleich erkannt. Sofort muss er an die Schule denken, dort hat er diese mit dem Lineal gezogene Schrift das letzte Mal gesehen. Von unten herauf schaut ihn die Sekretärin an, als befürchte sie, etwas falsch gemacht zu haben.

»Ist schon gut, danke, Frau Reichert.«

Als sich die Tür hinter ihrem Rockzipfel wieder schließt, lehnt er sich zurück und atmet tief durch. Dann riskiert er noch einmal einen Blick auf den mysteriösen braunen Umschlag und seinen Inhalt. Eigentlich ist es ein hübsches Foto von Fränzle und ihm, sie ist gut getroffen, wie sie halb in die Kamera und halb zu ihm lächelt. Ihn selbst erkennt man in erster Linie an der markanten Nase, römisches Profil, hat seine Mutter immer gesagt. Das Ganze könnte eine nette Morgengabe sein, wenn nicht dieser hässliche Brief dabeiliegen würde.

In Normschrift, wie auf dem Umschlag, springt ihn der Text an. *Wenn Sie nicht wollen, dass Ihre Frau dieses Foto erhält, müssen Sie zahlen. Eine halbe Million Euro sollte Ihnen mein Schweigen wert sein, sonst gehen auch noch ein paar pikante Details an die Presse. Zusätzlich erhält das Finanzamt einen Hinweis mit Ihren Kontonummern in der Schweiz. Sie haben einen Ruf zu verlieren.*

Keine Unterschrift, registriert er. Blödsinn, wann hätten Erpresser je ihre Briefe unterschrieben? Frieder, bleib ruhig, jetzt bloß nichts überstürzen! Es kann nicht sein, dass jemand etwas von seinen Nummernkonten in der Schweiz weiß. Und gar die Kontonummern kennt. Niemandem hat er je etwas davon gesagt. Und wer um alles in der Welt könnte dieses Bild gemacht haben? Frieder ermahnt sich, genau hinzuschauen, er starrt darauf und grübelt. Oben links aus der Ecke ragt ein Zipfelchen von einem Sonnenschirm. Das kommt ihm vage bekannt vor, er könnte es in der Königstraße gesehen haben.

Doch er verwirft den Einfall gleich wieder. Aber im *Uferstüble* könnte es gewesen sein, am Montag, als sie in Ludwigsburg gewesen waren. Ein wunderbarer Biergartenabend war das, und dann der krönende Abschluss in Fränzles Wohnung in Neugereut … »Halt«, ruft er sich zur Ordnung, nicht schwelgen jetzt, er muss einen klaren Kopf bewahren.

Er sucht verzweifelt weiter, gräbt in seiner Erinnerung. Das Café in Cannstatt wäre auch eine Möglichkeit. Oder das Vereinslokal unten am Neckar. Oder die Weinlaube im Schlosspark. Es will ihm einfach nicht einfallen, wo dieser verflixte Sonnenschirm hingehört. Dabei ist es völlig gleich, Fränzle und er waren immer so mit sich selbst beschäftigt, dass sie einen Fotografen, ganz egal wo, sowieso nicht bemerkt hätten. Und jetzt ist es passiert. Noch einmal liest er: *Eine halbe Million Euro sollte Ihnen mein Schweigen wert sein.*

Eine halbe Million? Frieder lässt den Brief sinken, während er fieberhaft überlegt, wo er so viel so schnell hernehmen soll. So schnell kriegt er kein Geld aus der Schweiz. Außerdem kann er sich das schlecht auf sein Konto in Stuttgart überweisen lassen.

Seine Aktien geben maximal eine halbe halbe Million her, dazu die Festverzinslichen mit hundertausend Euro. Wobei es natürlich idiotisch wäre, die jetzt zu kündigen, das gäbe einen Riesen-Zinsverlust. Das Haus verkaufen, das könnte er Hilde nicht erklären. Die Finca auf Mallorca abstoßen geht nicht, aus demselben Grund. Die Briefmarkensammlung, die ihm Opa Werner vermacht hat, reicht auch hinten und vorne nicht. Er wird wohl einen Kredit aufnehmen müssen. Wofür hat er einen guten Freund, der Bankdirektor ist – er wird Holger das Haus als Sicherheit anbieten. Die Nummernkonten kann er ja wohl kaum dafür benutzen. Und wenn er doch die Eltern anpumpt und seinen Bruder? *Hallo, ich bin's, euer lieber Frieder. Könnt ihr mir mal auf die Schnelle eine halbe Million Euro geben? Ich werde nämlich erpresst wegen meiner süßen Geliebten und meiner Schwarzgeldkonten.* Auch nicht ganz das Wahre.

Frieder vergräbt das Gesicht in den Händen. Er, der Anwalt, dem sonst keine Finte fremd und kein Winkelzug zu schräg ist, um seine Mandanten freizubekommen, sitzt wie gelähmt an seinem Schreibtisch. Gleich, in welche Richtung er auch sucht, überall stößt er an ein »Nein« oder »Geht nicht.«

Fränzle!, schießt es ihm durch den Kopf. Er muss sie anrufen, vielleicht hat sie ja eine Idee. Er ruft sie an, jetzt gleich.

Die asymmetrische Designerlampe über dem Esstisch sieht für mich immer irgendwie schief aus, aber *so etwas hat man jetzt* war Frieders Grund für ihren Kauf. Wenigstens kann man sie dimmen, und ich habe sie so gedämpft, dass zumindest das graue Alcantarasofa, das seit einem Jahr unser Wohnzimmer »schmückt«, im Halbdunkel bleibt. Auch darauf hat Frieder bestanden, obwohl ich weder grau noch Alcantara noch diesen Designer mag. Weiß der Himmel, wie er darauf gekommen ist. Vielleicht meint er, es mache die Situation erträglicher, wenn er mich auf dem teuren Lederimitat übersieht. Ich bin ja mal gespannt, wann er heute nach Hause kommt. Wetten werden noch entgegengenommen, ob es halb eins wird wie gestern oder doch eher halb vier wie letzten Montag. Und wie er dann beieinander ist. Ich hoffe, er ist ordentlich durch den Wind, es geschähe ihm jedenfalls sehr recht.

Ich greife nach meiner Teetasse, Yucatan, der angeblich schmeckt wie bei den Mayas. Sonja hat ihn mir empfohlen. Während ich genießerisch schlürfe, male ich mir aus, was heute Morgen in Frieders Kanzlei passiert sein muss. Heute hat er den Brief bekommen, schneller ging's nicht. Ich musste schließlich erst noch ein bisschen üben mit dem Normschrift-Lineal, bevor ich mich an den Text wagen konnte. Einen neuen Computer hat mein schwäbischer Göttergatte mir ja nicht spendieren wollen, und der Drucker von meinem Uralt-PC hat eine Macke. An dem schrägen Strich oben links hätte Frieder sofort gemerkt, wo der Brief herkommt. Schreiben mit dem Lineal, das war wie eine Reise in die Vergangenheit – in der zwölften Klasse haben wir bei diesem ulkigen Biologielehrer mit dem Chaplin-Bärtchen unser Herbarium damit beschriften müssen. Frieder war dabei noch ungeschickter als ich. Ich muss lächeln bei der Erinnerung. Er hat so rührend ausgesehen, wie er mit der im Mundwinkel eingeklemmten Zunge konzentriert den Stift führte. Ich glaube fast, deshalb habe ich mich damals in ihn verliebt. Und immer, wenn er einen Buchstaben fertig hatte, hat er das Lineal zu schnell weggezogen, so dass alles verschmiert war. So unbeholfen habe ich mich noch nicht einmal jetzt angestellt, obwohl ich auch seit über dreißig Jahren aus der Übung bin.

Ein bisschen stolz bin ich ja schon auf mich, dass ich es nicht mehr einfach laufen lasse wie all die Jahre als sein kleines Dummchen, dass ich jetzt endlich handle. Darauf noch einen Schluck Tee, hoch die Tasse! Ich, Hildegard Zöllner, ich wehre mich, weil ich es satt habe, nur sein Anhängsel zu sein, designergestylt zwar, top frisiert und beklunkert, aber mehr eben nicht. Nicht, dass ich ihn noch wollte, aber mich so aufs Abstellgleis zu schieben, das geht entschieden zu weit.

Mit dem ersten von Ebes Fotos auf der gestreiften Tischdecke wurde mein Verdacht Gewissheit, und als ich mich an die Bilder erinnere, knalle ich die Tasse auf den Tisch. Aber genauso schnell breitet sich ein schadenfrohes Grinsen in mir aus und vertreibt die Wut. Vom Bauch steigt es nach oben, kitzelt mich im Hals und drängt sich ins Gesicht. Jetzt muss Frieder nach meiner Pfeife tanzen. Bloß schade, dass er das noch gar nicht weiß, so ist es nur der halbe Genuss. Ich glaube kaum, dass er mit mir reden wird über den Brief. Wenn er es täte, müsste er die Existenz dieser jungen »Dame« zugeben. Und die der schwarzen Konten, von denen ich angeblich auch keine Ahnung habe. Wenn der wüsste …

Vermutlich würde er sich aber eher die Zunge abbeißen, als das alles zuzugeben. Vielleicht erfindet mein heißgeliebtes Goldstück aber auch etwas anderes, mit dem er angeblich erpresst wird. Das soll es ja öfter geben bei Rechtsanwälten, dass enttäuschte Klienten sich so rächen. Aber am wahrscheinlichsten ist, dass er mir gar nichts sagen wird, egal wie verzweifelt er ist. Unsere Ehe ist tatsächlich endgültig am Ende. Wenn Frieder schweigt, dann ist das der letzte, der ultimative Beweis. Wer nur noch seine eigenen Wege geht, wie wir seit Jahren, wer den anderen als Klotz am Bein empfindet oder, schlimmer noch, als nicht änderbare Gewohnheit, der hat keine Ehe mehr, die den Namen verdient, dann ist das nur noch eine Fassade. Und wenn er dann nicht ehrlich sein kann zu mir, dann geschieht's ihm nur recht.

Ich wüsste nur zu gern, ob er jetzt mit dieser Franziska eine Krisensitzung abhält, in der Horizontalen womöglich? Eine halbe Million Euro ist eine Menge Geld. Wie er die zusammenkratzen will, wenn ich nichts davon mitkriegen darf, das wird richtig spannend. Bisher musste er ja nur seine kleine Geliebte vor mir verstecken.

Als ob ich blöd wäre! Natürlich habe ich das sofort gemerkt. Bürostunden bis nachts um drei, Quittungen für zwei Menüs, die mein pedantischer Herr Rechtsanwalt selbstverständlich bei der Steuer geltend machen will, aus Restaurants, in denen ich noch nie war. Das vollkommen unauffällige Brummen seines Handys in der Jackentasche abends um zehn – er meint wohl, er könne mich für dumm verkaufen. Lächerlich!

Aber jetzt drehe ich den Spieß um, mein Lieber. Ab sofort bin ich am Zug. Wenn du mir nichts von dem Brief erzählst, wenn du jetzt den Mund hältst, brauchst du ihn überhaupt erst wieder beim Scheidungsrichter aufzumachen.

Unruhig tritt Frieder von einem Fuß auf den anderen. Der Brief brennt in seiner Jackentasche, hoffentlich kommt Fränzle bald. Sie wollte doch ihre Mittagspause vorziehen. Seit Stunden, so kommt es ihm vor, steht er schon hier an der Ecke vor dem Alten Schloss und wartet auf sie. Das Schillerdenkmal glänzt matt in der Sonne, der Schatten des dicken Schlossturms fällt in seine Richtung, eine Frau rennt ihn beinahe um, im letzten Moment weicht er ihr aus. Vom Taxistand dröhnt Musik aus einem offenen Autofenster, ein Bus hupt einen alten Mann an, der vor ihm über die Straße will. Nervös fragt sich Frieder, wo Franziska bleibt. Sie weiß doch, dass er sie dringend sehen muss, das hat er deutlich gesagt am Telefon.

Gott sei Dank, da kommt sie um die Ecke gefegt. Ihr Mantel weht leuchtend blau wie ein Kondensstreifen hinter ihr her. Ihre Wangen sind leicht gerötet, sie pustet sich eine einzelne Strähne aus dem Gesicht und sieht ihn fragend an.

»Hallo, mein Engelchen.« Er umarmt sie erleichtert.

Atemlos antwortet sie: »Hallo, Schatz! Tut mir leid, schneller ging's einfach nicht! Jetzt sag schon, was ist eigentlich los?«

Ihr Kuss fühlt sich gut an, wie immer schmeckt er nach mehr. Am liebsten würde Frieder einfach so stehen bleiben und sie im Arm behalten, aber dafür ist die Situation zu ernst. Er zieht den Brief aus der Innentasche seines Sakkos. »Das lag heute Morgen in meiner Post in der Kanzlei.« Ohne weitere Erklärung gibt er ihr den Umschlag.

Sie zieht das Foto heraus, stutzt, dann hat sie das Schreiben in der Hand und wird blass beim Lesen. »Und jetzt?«

»Ich habe keine Ahnung. Deshalb wollte ich dich doch so dringend sehen. Kannst du dir vorstellen, wer so was tun könnte? Oder wer uns fotografiert hat?«

Sie ist genauso ratlos wie er, schüttelt heftig den Kopf, dass die kurzen blonden Haare in alle Windrichtungen tanzen. Ihre Hand zittert leicht, als sie ihm alles zurückgibt und ihm sanft übers Gesicht streichelt. »Komm, wir setzen uns rein in die *Alte Kanzlei* und trinken was, dabei lässt sich besser nachdenken. Das muss ich erst mal verdauen.«

Schon macht sie kehrt und geht zur Tür des Restaurants. Innen ist es leer. Die meisten Gäste, die hier ihre Mittagspause verbringen, kommen ein bisschen später. Hinter dem Tresen steht ein junger Mann im weißen Hemd und trocknet mit einem riesigen blauen Geschirrtuch Gläser ab. Als er die beiden sieht, wirft er das Tuch schwungvoll auf die Arbeitsplatte und rennt beinahe zu ihnen.

»Grüß Gott. Was darf's denn sein?«

»Für mich nur eine große Apfelschorle bitte«, sagt Franziska, nachdem Frieder sie fragend angeschaut hat.

Er nickt. »Für mich auch.«

Dann schweigen beide. Vor den bodentiefen Fenstern hasten Menschen über den Schlossplatz, eine einzelne Fliege krabbelt auf der Scheibe. Obwohl es draußen hell ist, brennt hier innen Licht, die alten Mauern mit den schmalen Fenstern lassen nicht viel vom Tag herein. Franziska schaut auf die Tischplatte, scheinbar konzentriert malt sie Kreise mit dem Finger um den leeren Bierdeckel, wieder und wieder rundherum.

»Hör auf, das macht mich verrückt!«

Sie zuckt zusammen und zieht schuldbewusst den Kopf ein,

wie ein Vögelchen, das sich unsichtbar machen will. Frieder tut sofort sein Tonfall leid.

Der Kellner bringt die Gläser. »So, bitte schön, eine Apfelschorle für die Dame, und die ist für Sie. Zum Wohl!«

Sie trinkt nicht, klammert sich nur an ihr Glas und fährt den Rand mit dem Finger nach. Diesmal sagt er nichts. Sie scheint nervös zu sein, und der Anwalt in ihm fragt sich, warum. Nervosität kann ein Anzeichen von Schuldgefühlen sein, das hat er während seiner langen Laufbahn gelernt. Hat sie etwa etwas mit dem Brief zu tun? Das kann nicht sein! Alle anderen, aber nicht sein Fränzle, der Gedanke ist zu absurd.

Als sie schließlich anfängt zu sprechen, ist ihre Stimme ganz leise. »Du hast vier Möglichkeiten, denke ich. Die erste ist ganz klar die Polizei. Du könntest aber auch heimlich versuchen, das Geld zusammenzukratzen, ohne dass deine Frau was merkt, und dann hoffen, dass der Erpresser Ruhe gibt. Oder du sagst deiner Frau alles, damit ist die Grundlage für die Erpressung weg. Oder …«, sie stockt, »… wir trennen uns, dann ist die Voraussetzung für die Erpressung weg.«

Erschrocken starrt Frieder sie an. »Willst du das denn?«

»Nein, natürlich nicht.« Jetzt weint sie beinahe. »Ich liebe dich, deshalb will ich ja, dass dir nichts passiert.«

»Mir geht's nur gut, wenn du bei mir bleibst.« Er zieht sie zu sich. »Möglichkeit vier scheidet also aus. Und die dritte gefällt mir auch nicht, genauso wenig wie die erste. Das wäre nicht die erste Erpressung, bei der die Polizei eine ziemlich unrühmliche Rolle spielen würde, das kannst du mir glauben. Außerdem bin ich dann gleich mit dran, wegen der Schweizer Konten. Schwarzgeld, Steuerhinterziehung mit etlichen Nullen vor dem Komma, das gibt ein paar Jahre auf Staatskosten. Das regle ich doch lieber anders. Bleibt also nur, das Geld aufzutreiben. Ich kann meine Aktien verkaufen, so schlecht stehen die gar nicht, das habe ich heute Morgen überprüft. Da kommt schon mal die Hälfte zusammen. Und für den Rest habe ich auch schon ein paar Ideen.«

»Ich kann dir auch was geben, ich habe ungefähr zehntausend gespart.«

»Kommt überhaupt nicht in Frage«, wehrt Frieder sofort ab. »Das ist zwar lieb von dir, aber das werde ich allein ausbaden müssen. Schließlich bin nur ich mit meiner Frau verheiratet, nicht du.« Dann bricht es plötzlich aus ihm heraus, er schlägt mit der flachen Hand auf den Tisch, so dass die Apfelschorle leicht in den Gläsern schwappt. »So eine verdammte Schweinerei!«

Der Kellner zuckt mit seinem Blick kurz in ihre Richtung, dann beugt er sich wieder über sein Geschirrtuch.

Schnell legt Franziska ihre Hand auf Frieders Arm. »Komm, wir schaffen das schon.«

Frieder sieht die junge Frau an, ihre liebevollen Augen machen ihn verlegen. Er hatte sich doch geschworen, keine Geheimnisse vor ihr zu haben. Und jetzt erfährt sie auf so dumme Weise von den Schweizer Konten, aber sie sagt kein Wort dazu. Er verflucht sich leise, aber er kann dieses Schwarzgeld gerade nicht aus der Welt schaffen. Er muss es ihr eben später erklären. für den Augenblick ist nur wichtig, dass sie ihn liebt, so wie er sie. Bevor er »sein« Fränzle kennengelernt hat, wusste er doch gar nicht, was Liebe ist. Sie ist genau die Frau, die er sich immer gewünscht hat. Er wird mit ihr leben, das nimmt er sich in dieser Sekunde fest vor, so wahr er Friedrich Zöllner heißt.

Gleich, wenn diese elende Geschichte vorbei ist, wird er Nägel mit Köpfen machen, nimmt er sich vor, und wohlig warmer Optimismus durchflutet ihn bei dem Gedanken. Das Gefühl versickert aber gleich wieder, als Franziska nachfragt:

»Wie will der Erpresser das Geld eigentlich haben?«

»Keine Ahnung. In dem Brief steht ja nichts weiter drin. Vielleicht kommt noch ein Schreiben oder ich kriege einen Anruf, ich weiß es nicht.« Nach einer kurzen Pause setzt er hinzu: »Fränzle? Ich habe Angst, aber ich liebe dich, und wenn du zu mir hältst, stehen wir das miteinander durch und dann verlasse ich meine Frau. Versprochen.«

Sie nickt, strahlt und gibt ihm einen leichten Kuss.

»10,30 Euro bitte.« Der Taxifahrer stellt den Zähler ab und angelt nach seinem Geldbeutel. Er ist auf den Parkplatz vor dem Landtag gefahren, um mich abzusetzen.

Ich gebe ihm elf Euro. »Stimmt so«, sage ich und steige rasch aus.

Von hier ist es nicht weit zu Frieders Kanzlei, aber ich will nicht, dass der Taxler mich direkt vor dem Büro absetzt. Man kann nie wissen, welche Augen hinter welchem Vorhang lauern. Lieber gehe ich die paar Schritte, morgens um sieben durch den Schlosspark ist das noch ein Vergnügen, wenn die Innenstadt erst so langsam aufwacht. Da kommt einem höchstens eine übergewichtige Ente zwischen die Füße, weil sie nicht schnell genug auf die Seite gewatschelt ist. Oder der dicke Penner, der auf der Parkbank genächtigt hat und aufwacht, als ich vorbeigehe. Aber heute stört mich das nicht im Geringsten, ich habe strahlend gute Laune, obwohl ich in aller Herrgottsfrühe aufgestanden bin. So gut wie heute bin ich schon lange nicht mehr aus den Federn gekommen. Meine Rache beschwingt mich. Der zweite Brief liegt wohlgestaltet in meiner Handtasche und wird gleich seinen Weg in Frieders Anwaltsbriefkasten und auf seinen ordentlichen Anwaltsschreibtisch finden. Ich habe kurz überlegt, ihn anzurufen statt noch einen Brief zu malen, aber ich bin einfach nicht gut genug im Stimmeverstellen, er würde hundertprozentig merken, dass ich das bin.

Der goldene Hirsch auf dem Kunstgebäude scheint mir von oben herab zuzuwinken mit seinem Geweih, als ich mich daran erinnere, wie ich gestern Abend am Esstisch, beschienen von der schiefen Designerlampe, mein Werk mit dem Lineal vollendet habe. *Nur kleine, gebrauchte Scheine. Die legen Sie in einen Alukoffer, dessen Schlösser auf Ihr Geburtsdatum eingestellt sind: links 0907, rechts 1954. Lassen Sie sich eine gute Ausrede einfallen, warum Ihre Frau den Koffer transportieren soll. Sie soll am Freitag um 10:02 Uhr an der Schremppstraße mit dem Koffer in die U7 einsteigen und zum Hauptbahnhof fahren. Das Gepäckschließfach mit der Nummer 192 wird frei sein, dort findet sie weitere Anweisungen. Und keine Polizei!* Allmählich liegt mir das Lineal wieder richtig gut in der Hand. Das Schreiben sieht professionell aus. Ich kann mir nicht vorstellen, dass Frieder auch nur ansatzweise auf die Idee kommt, ich könnte hinter der Erpressung stecken.

Zwischen den Arkaden am Schlossplatz steht ein Mann in einer speckigen Lederjacke, er dreht mir den Rücken zu und telefoniert. Daneben räumen die Kellner vor den Stufen gerade die Ketten weg, mit denen sie Tische und Stühle daran gehindert haben, in der Nacht wegzulaufen. Mein Gott, Hilde, bist du albern! Aber der Gedanke an Frieders Angst vor diesem Umschlag in meiner Handtasche stimmt mich einfach fröhlich. Und sein erschrockenes Gesicht, wenn er das nächste Foto sieht, eins von den eindeutigeren, ist bestimmt äußerst sehenswert.

Es würde mich brennend interessieren, wie dieser Ebe an die Bilder gekommen ist, aber eigentlich ist es egal, sie erfüllen ihren Zweck. Frieder hat es verdient. Kein Wort hat er zu mir gesagt über die Erpressung. Damit ist unsere Ehe am Ende, ein für alle Mal, keine Illusionen mehr. Ich schaue nur noch nach vorne. Im übertragenen und im wörtlichen Sinn.

Im wörtlichen sehe ich ein schmuckes Messingschild an einer Mauer. *Privat – Kanzlei Dr. Zöllner.* Der Parkplatz meines Göttergatten, noch ist er leer. So ein Schild ist Gold wert hier in der Stuttgarter City mit den knappen Stellplätzen, aber ob Frieder das momentan wirklich genießen kann? Ich bezweifle es. Ich stecke den unauffälligen braunen Umschlag in den Briefkasten der Kanzlei und wende mich lieber dem übertragenen Sinn von »nach vorne schauen« zu. Und da sehe ich – mich! Ganz allein nur mich. Jetzt bin endlich ich dran, ich war lange genug Frieders Anhängsel, jetzt bin ich ich! Bald bin ich über alle Berge, im wahrsten Sinne des Wortes. Dann wird Hildegard, geschiedene Zöllner, geborene Fink, aus Stuttgart-Sillenbuch lässig am Strand sitzen auf Kuba, mit einer Margarita vielleicht oder besser noch mit einem Cuba Libre. *Libre* heißt schließlich *frei*, berausche ich mich an meinem Wortspiel, und diese Freiheit garantiert ein kleines Aluköfferchen mit einer schmucken halben Million Euro, das sicher hinter ebendieser Hildegard im Hotelsafe lagert.

Das Haus ist still, zu still, denkt Frieder. Wieso klappert nichts in der Küche? Hilde müsste schon lange auf sein und Kaffee gekocht haben. Aber es riecht auch nicht danach. Er schwingt die Beine über die Bettkante und angelt im Halbdunkel mit den Zehen nach seinen Pantoffeln. Noch weiß er nicht recht, was er will: Soll er sich über den fehlenden Kaffee ärgern oder über die fehlende Hilde freuen? Letzteres, beschließt er auf dem Weg ins Badezimmer, es ist ihm gleichgültig, wo Hilde steckt, und der Kaffee von Frau Reichert ist sowieso besser. Und so bleibt ihm wenigstens erspart, mit seiner Frau reden zu müssen. Er will nicht mehr mit ihr reden, überhaupt nie mehr. Zornig schrubbt er mit der Zahnbürste in seinem Mund herum.

Hilde geht ihm nur noch auf die Nerven. Alltagsgeplapper ohne Anspruch, Kinder Küche Kirche, mehr hat sie nicht im Angebot. Doch, den Keller und den Garten noch, aber dann ist Schluss. Und wenn sie nicht plappert, dann meckert sie über alles und jeden, am liebsten über ihn. Kein Vergleich mit Fränzle. Überhaupt keiner! Er hat einfach keine Lust mehr auf dieses Leben, das er schon zu lange erträgt. Laut seiner statistischen Lebenserwartung hat er jetzt dreißig Jahre mit ihr hinter sich und dreißig genauso öde Jahre mit ihr vor sich – *brrrh!*

Er spuckt heftig ins Waschbecken und spült mit Wasser nach, dann steckt er den Rasierer in die Steckdose und genießt das gleichmäßige Summen und Schaben auf seiner Haut, während vor seinem geistigen Auge sein Fränzle erscheint und ihn anlacht. Wenn er könnte und wenn es nicht beim Rasieren hinderlich wäre, würde er jetzt wohl pfeifen. Der nicht vorhandene Kaffee ist schon vergessen, auch die trüben Gedanken von gestern sind verschwunden. Frieder fühlt sich stark, er weiß einfach, dass er das alles in den Griff bekommen wird, wie immer. Er wird das Geld auftreiben und Hilde wird nichts davon merken, überhaupt nichts. Sie hat sich ja sonst auch nie für seine Angelegenheiten interessiert, warum sollte das jetzt anders sein? Und bald werden seine Angelegenheiten sie sowieso nichts mehr angehen. Er weiß auch schon, wie er es anstellen wird, gleich nachher hat er einen Termin bei Holger in der Bank. Und die Briefmarkensammlung hat er schon gestern Abend in den Kofferraum gepackt, zu dem Händler will er am Mittag. Vorher wird er seinem Broker noch Order geben, die Aktien an der Börse zu verkaufen. Der kluge Anwalt Dr. Friedrich Zöllner hat wieder alles im Griff, der dumme Erpresser ist gar kein Problem mehr. Fränzle ist einfach jeden Cent wert, rechtfertigt er sich vor seiner schwäbischen Sparsamkeit, die ihn mahnt, nicht auch noch den letzten legalen Notgroschen auszugeben – sie ist so unglaublich liebevoll und klug und süß. Er wird das schaffen, und dann ade, altes Leben!

»Hildchen, du musst mir helfen!«
Wenn er schon so anfängt! Ich hasse diesen Tonfall, dieses gönnerhafte »Hildchen«. Doch ich lasse mir nichts anmerken, schaue ihn nur aufmerksam an, während ich vorsichtig den nächsten Bissen Kässpätzle zum Mund balanciere. Er stochert mit der Gabel im Essen herum und hackt so die Spätzle zu Mus. Er scheint ein bisschen nervös zu sein, mein Göttergatte. Ich bin gespannt wie ein Flitzebogen, wie er wohl formulieren wird, was ich schon längst weiß. Die Designerlampe leuchtet die kleinen Fältchen um seine Augen unbarmherzig aus, die Nase wirft einen schiefen Schatten auf den rechten Mundwinkel.

»Ich habe morgen einen wichtigen Gerichtstermin, und ausgerechnet da kommt jemand nach Stuttgart, der mir bei einer dringenden Nachforschung weiterhelfen könnte. Es geht um den Fall dieses Anlagebetrügers, den ich gerade vertrete, weißt du. Und dieser Jemand braucht dazu Informationen von mir, auf deren Basis er dann weiter recherchieren kann.« Er hält kurz inne, schiebt die volle Gabel in den Mund und kaut die nächsten Sätze zwischen den mahlenden Zähnen hervor. »Aber die darf er natürlich nicht offiziell kriegen, also dürfen wir uns auf keinen Fall persönlich treffen. Deshalb hat er mich gebeten, einen unverdächtigen Boten mit den Unterlagen zum Hauptbahnhof zu schicken. Der Bote soll die Aktentasche in einem bestimmten Schließfach deponieren, und er holt sie da ab. Das Problem ist, er will mit niemandem gesehen werden, den man mit der Kanzlei in Verbindung bringen könnte, demzufolge fällt Frau Reichert aus. Der Mann muss ziemlich vorsichtig sein.«

Er macht eine kurze und sehr wirkungsvolle Pause, mein Herr Gemahl, während ich in mich hineinlache. Ich lege die Gabel an den Tellerrand und schaue ihm aufmerksam ins Gesicht. Er merkt nichts von dem Aufruhr in mir – ich bin ganz nah am Ziel. Trotzdem spiele ich die Dumme. »Warum erzählst du mir das? Was habe ich damit zu schaffen?«

Er gibt sich einen Ruck und schmeichelt. »Du wärst eindeutig die Beste dafür. Könntest du das nicht machen, die Aktentasche zum Bahnhof bringen? Für dich besteht dabei keine Gefahr, du würdest den Mann noch nicht einmal sehen.«

Nicht schlecht, Herr Specht! Die Geschichte, die sich mein lieber Frieder da ausgedacht hat, klingt gar nicht so übel. Wenn ich es nicht besser wüsste, ich wäre beinahe geneigt, ihm zu glauben. Als Strafverteidiger muss man sich manchmal auf solche halb illegalen Dinge einlassen, wenn man Erfolg haben und seine Prozesse gewinnen will. So hat er ja auch seine Schweizer Konten gefüllt. Zum Schein zögere ich aber noch. »Bist du sicher, dass mir nichts passieren kann dabei?«

»Ja, ja, es ist absolut ungefährlich! Du musst nur die Aktentasche hinbringen und abstellen, das ist alles«, sagt er rasch.

»Nicht ganz«, sage ich. »Wie soll das mit dem Schlüssel vom Schließfach gehen? Wenn ich da was reinstelle, Geld einwerfe und abschließe, habe doch ich den Schlüssel. Wie kommt er dann an die Sachen? Oder an den Schlüssel?«

Frieder ist für einen Moment verblüfft, daran hat er noch gar nicht gedacht, das sehe ich. Schließlich antwortet er: »Ich habe keine Ahnung. Was ich dir gerade auseinandergesetzt habe, sind wortwörtlich seine Anweisungen. Ich nehme an, er hat einen Zweitschlüssel für das Gepäckfach. Für Männer wie ihn könnte so etwas zum Handwerkszeug gehören.«

Ich gebe mich immer noch nicht ganz überredet. »Und wenn ich nicht rechtzeitig einen Parkplatz finde und deshalb zu spät komme?«

»Das wäre eine Katastrophe! Wir müssen ganz auf Nummer sicher gehen. Nimm lieber die Straßenbahn.«

»Also gut«, willige ich ein. Innerlich hüpfe ich vor Freude, es läuft alles nach Plan. »Und wann soll das sein?«

»Morgen Vormittag. Es wäre mir sehr recht, wenn du kurz vor meinem Informanten da sein könntest. Dann liegt die Aktentasche mit diesen äußerst brisanten Unterlagen nicht so lange in dem Schließfach. Wenn du die Straßenbahn um 10:02 nimmst, passt das genau.«

»Und soll ich dich anschließend anrufen oder sehe ich dich dann?«

»Wenn ich es irgendwie schaffe, ruf ich dich an. Richter Nägele macht ganz gern gegen zwölf Mittagspause, das müsste von der Zeit her gut gehen.« Er klingt ziemlich erleichtert, als er nachsetzt: »Und, Hildchen …«, er schaut mich über die mittlerweile eiskalten Kässpätzle hinweg an, »… danke.«

Ein Anruf sollte reichen. Zufrieden lehne ich mich zurück in die blaugrünen S-Bahn-Polster und tippe Frieders Nummer in mein Handy. Es ist zu früh für die Mittagspause bei Gericht, also hinterlasse ich nur ein »Alles gut gegangen« auf seiner Mailbox, während ich meinem Spiegelbild in der dreckigen Zugscheibe zulächele. Das schicke Aluköfferchen, das meine Zukunft birgt, ruht fest auf meinen Knien. Keiner um mich herum ahnt, welch köstliche Fracht ich auf meinem Schoß balanciere.

»Nächster Halt Universität.«

Im Gepäcknetz über mir knüllen sich sündige Bikinis und Strandkleider in meinem Koffer, sie freuen sich schon auf die Freiheit, mindestens so sehr wie ich. Seit gestern lagerten sie bereits im Schließfach Nummer 191, direkt neben dem bewussten Metallschränkchen, fertig zur Abreise. Doch das brauche ich Frieder vorläufig nicht auf die Nase zu binden. Ebenso wenig wie die Tatsache, dass mein Anruf aus der S-Bahn zum Flughafen erfolgt ist.

»Nächster Halt Vaihingen.«

Frieder wird den Rest früh genug erfahren. Mein Brief auf dem Küchentisch sagt alles, was er noch wissen muss. Darin steht zum Beispiel das schöne Wort *Scheidung*. Und dann weiß er auch, dass ich mir so nur meinen Anteil an dem Schwarzgeld sichern will. Es wird schließlich kaum in die offizielle Scheidungsmasse fallen, aber ich finde, es steht mir zu, und sei es als Schmerzensgeld. Verschwiegen habe ich auch nicht, dass ich als erfahrene Rechtsanwaltsgattin weiß, dass er den Teufel tun wird und mich anzeigen, wenn er nicht hinter Gitter will.

»Nächster Halt Leinfelden.«

Schließlich haben wir Gütergemeinschaft vereinbart, und sein Geld ist demzufolge auch meins. Ich habe also nichts gestohlen und von einer Erpressung weiß ich selbstredend auch nichts. Ich habe das Köfferchen nur im Auftrag meines Mannes mitgenommen nach Kuba, um dort ein Konto einzurichten. Ich muss mich ja schließlich absichern, nur für den Fall, dass er doch auf krumme Gedanken käme …

»Nächster Halt Flughafen.«

Ich bin da, Stuttgart ade, Hilde erobert die Welt. Ich liebe diese Atmosphäre, diesen Geruch nach großer, weiter Welt, die bunten Menschen, die sich mit schweren Koffern und unförmigen Rucksäcken abschleppen, dieses unvergleichliche Gefühl von Abenteuer. Nur das Schlangestehen vor dem Schalter dämpft meine Euphorie etwas, aber ich tröste mich, dass es ja gleich vorbei ist und dann –

Die schwere Hand auf meiner Schulter erschreckt mich zu Tode. Ich fahre herum und blicke direkt in ein Gesicht, von dem ich dachte, dass ich es nie wieder sehen würde – Ebe!

»Was machen Sie denn hier?«

»Grüß Gott, Frau Zöllner! I denk, mir solltet uns emol in Ruhe unterhalde. Hättet Sie grad Zeit uff en Kaffee?« Seine Hand duldet – trotz der freundlichen Frage – keinen Widerspruch.

Unwirsch schere ich aus der Schlange, Gott sei Dank ist noch Zeit, ich bin früh dran. »Was wollen Sie?«

»Z'erscht en Kaffee ond dann schwätza.« Zielstrebig steuert er eine Kaffeebar an und bestellt – »Wellet Sie au oin?« – »Zwoi Cappuccino, bidde!«, ohne meine Antwort abzuwarten.

»Jetzt sagen Sie schon, was Sie wollen!«

»Um genau zu sein, die Hälfte.« Auf einmal kann der Mann astreines Hochdeutsch.

Ungläubig starre ich ihn an. »Wie bitte?«

»Sie haben mich schon richtig verstanden. Eine Viertelmillion.«

»Wie kommen Sie darauf, dass ich so viel bei mir habe?«

»Ich bin nicht dumm, auch wenn Sie das vielleicht gedacht haben. Und ich habe Sie beobachtet, Frau Zöllner. Sie und Ihren Mann. Er war ein bisschen hektisch in den letzten zwei Tagen, hat viel telefoniert, aber nie die Vorhänge im Büro zugezogen. Dann war er in der Briefmarkenhandlung. Reingegangen ist er mit einem großen Karton, raus kam er mit leeren Händen. Der Händler ist übrigens ein alter Freund von mir, der den Mund nicht halten kann, vor allem nicht nach einem guten Geschäft.« Ebe grinst zufrieden und leckt sich mit der Zunge über die wulstigen Lippen. »Schließlich bin ich Ihrem Mann noch zur Bank gefolgt. Hübsches Köfferchen übrigens, das Sie da haben. Das hatte er auch dabei, als er wieder rauskam. Ich finde, es sieht genauso aus wie die, die sie im Fernsehen immer zeigen, wenn große Summen transportiert werden sollen.«

Meine Kehle ist ganz trocken, ich schlucke mühsam, aber er ist noch nicht fertig.

»Sie zu beschatten, war noch einfacher. Morgens um sieben haben Sie einen Brief in der Kanzlei eingeworfen, ich habe Sie dabei beobachtet. Warum tut sie das wohl, hat sich der alte Ebe gefragt, sie sieht ihren Mann doch jeden Tag. Was ich nicht sehen konnte, habe ich mir mit meinen kleinen grauen Zellen zusammengereimt. Ihr Mann betrügt Sie, das habe ich ja gewusst. Aber dass seine eigene Frau ihn damit erpresst und dann mit dem Geld abhaut, das ist dreist. Und genial! Aber finden Sie nicht, ich hätte die Hälfte verdient? Ohne meine Fotos hätten Sie überhaupt gar nichts in der Hand, kein Geld, kein neues Leben.«

Ich habe keine Ahnung, ob ich meine Züge noch unter Kontrolle habe, denn mir ist, als würde mir der Boden unter den Füßen weggezogen. So nah an der Freiheit noch zu scheitern, ist bitter. Und Ebe ist immer noch nicht am Ende, dabei soll dieser verdammte Schnüffler einfach wieder verschwinden und mich in Ruhe lassen.

»Die hübschere Alternative wäre natürlich, ich begleite Sie nach Kuba. Da wollte ich schon immer mal hin, und am liebsten natürlich in Begleitung einer schönen Frau.«

Lässig legt er das Geld für den Kaffee auf den Tresen, er hat ihn nicht einmal angerührt, genauso wenig wie ich meinen.

Ich gebe mich geschlagen.

»Mein Koffer ist da drüben – in Schließfach 192.« Ebe dirigiert mich am Arm erst zur Gepäckaufbewahrung und dann zurück in die Schlange vor dem Schalter.

Während wir gemeinsam nach vorne rücken, hämmert in meinem Kopf beständig die einzige, lebenswichtige Frage*: Heißt Cuba Libre wirklich »frei auf Kuba«?*

Uta-Maria Heim

Tote auf Urlaub

Jeder kann dabei sterben.
Gudrun Ensslin, RAF-Gründerin

Wir Kommunisten sind alle Tote auf Urlaub.
Eugen Leviné, 1919 in seiner Rede vor Gericht

Die alte Frau stand vor dem Fahrkartenschalter und starrte auf den Tastschirm. Sie streckte zögerlich den Zeigefinger aus und zog ihn wieder zurück. In ihrer geblümten Kleiderschürze und der selbstgestrickten beigen Jacke erinnerte sie mich sofort an meine alzheimerkranke Oma, die 1977 gestorben war. Die Frau rieb ein Schienbein an der Wade. Dort war ein aufgekratzter Mückenstich. Ihre dürren Beine waren dunkel, nackt und fleckig. Sie trug handgearbeitete Männersandalen aus grobem Leder. Ihre Fußnägel waren frisch lackiert. Sie sahen aus wie pralle Blutstropfen.

Die Alte drehte sich zu mir um und grinste. Dabei klapperte sie mit den Zähnen vor Kälte. Sie hatte unverblendete Goldplomben im Mund. Ein Eckzahn war abgefault. Ihr langes, braungebranntes Gesicht wirkte ausgezehrt, die Nase war spitz, die Augen glänzten fiebrig. Das schulterlange graue Haar stand fettig vom Kopf ab. Sie wirkte nicht verwahrlost, eher wie zur falschen Zeit am falschen Ort. Ich bin auf dem Dorf aufgewachsen, damals sahen alle alten Weiber aus wie meine Oma. Aber sie standen nicht vor einem berührungsempfindlichen Computereingabegerät auf dem Stuttgarter Flughafen, sondern breitbeinig auf dem Kartoffelacker. Offenbar brauchte die Frau Hilfe, weil sie mit den einfachsten Vorgängen (Befehlseingabe per Fingerzeig) überfordert war. Vergreist war sie allerdings noch nicht. Ich schätzte sie auf knapp siebzig. Damit gehörte sie zur vitalen Generation der Leute, die bei ebay eine Niere ersteigern, doch sie bildete da wohl die berühmte Ausnahme.

Die Alte wandte sich wieder dem Touchscreen zu. Ich tippte ihr auf die Schulter. »Kann ich Ihnen helfen?« Ich bin immer freundlich zu alten Leuten, das macht die antiautoritäre Erziehung. Mama hat mir beigebracht, vor niemandem Respekt zu haben, vor allem nicht vor den alten Nazis, aber das konnte ich nie ganz umsetzen. Man wusste ja nie genau, ob es auch wirklich den Richtigen traf. Deshalb hatte ich Skrupel, die alten Säcke in die Eier zu treten. Ich stehe heute noch auf, wenn ältere Herrschaften in die S-Bahn steigen. Ich besorge ihnen ein Taxi, ich helfe ihnen, wenn sie ihre Haustür nicht mehr finden. Ich ziehe hilflose Personen magisch an. Aber diesmal war es schlimmer. Mir war gleich klar, dass ich es diesmal mit einem besonders schweren Fall zu tun hatte.

»Kann ich vielleicht bei dir pennen?«, fragte die Frau. Sie hatte einen eigenartigen Akzent. So ein gebrochenes Schwäbisch mit einem rollenden R. Vielleicht kam sie ganz weit von dr Alb ra, aus einem Kaff, das vom Stromnetz abgekoppelt war. Ich sah auf ihre Hände. Bingo. Derbe, schrundige, abgearbeitete Hände einer alten Bäuerin mit schmutzigen Nägeln und sonnenverwöhnten Altersflecken.

Hinter uns wurde es langsam turbulent. Ich drehte mich um und begegnete den hasserfüllten Blicken von Mallorca-Heimkehrern, Kosmetikvertreterinnen und japanischen Geschäftsleuten. Sie hatten alle ihr Fluggepäck bei sich, schwenkten Laptoptaschen und Schirme und waren bereit zum bewaffneten Kampf.

»Es ist nur für eine Nacht. Ich brauch eine Dusche, ein paar

Klamotten, muss ein bisschen herumtelefonieren und pennen. Okay?«

Sie war also ausgebüxt. Es war nicht das erste Mal, dass ich eine entlaufene Bewohnerin zu ihrem Altenheim brachte. Oder eine seelisch Kranke zurück in die Psychiatrie. Ich hatte als Kind gelernt, wie man mit orientierungslosen Personen umgeht. Ich bin bei meiner Oma Frida aufgewachsen, weil Papa nicht mein Vater war und schon genug mit meiner Schwester zu tun hatte. Mama war meistens nicht da, und als Oma anfing, alles auf kleine Zettel zu schreiben, weil sie das meiste vergaß, hat das keinen gestört. Oma hat sich eine Zeit lang Vorwürfe gemacht und sie versuchte, ihre Verblödung zu vertuschen. Dann kriegte sie auch das nicht mehr mit, und eigentlich ging es ganz gut. Sie passte auf mich auf, ich passte auf sie auf. Ich musste sie einschließen, aber sie sprang aus dem Fenster. Ich fing sie im Wald wieder ein. Wir konnten jahrelang verbergen, wie es um sie stand. Bis zum Erntedanktag die Gemeindeschwester kam. Sie brachte Oma in die Nervenheilanstalt. Vierzehn Tage später war Oma tot.

Seither bin ich gegen geschlossene Einrichtungen. Trotzdem kann ich keine Auffangstelle für arme Irre aufmachen. Ich habe meinen Haushalt. Ich habe Martin und die Kinder. Ich muss das Recht haben, mein eigenes Leben zu leben.

»Wird's bald?«, schrie einer hinter uns.

»Faschist«, sagte die Frau und packte mich am Ärmel. »Haste ma fünf Mark? Du kriegst sie auch wieder.«

Obwohl sie so irre war, dass sie nicht einmal die aktuelle Währung kannte, wollte sie ums Verrecken nicht schwarzfahren. Das erinnerte mich an Mama. Ein Revolutionär, hatte Mama mir gepredigt, als ich noch ein kleines Kind war, kriminalisiert sich niemals unnötig. Nur Idioten lassen sich bei Bagatelldelikten erwischen. Das leuchtete mir ein, obwohl ich nie vorhatte, in den Untergrund zu gehen. Ich steckte die ec-Karte weg, kramte nach Kleingeld, berührte den Sensorbildschirm und druckte zwei Fahrkarten nach Schorndorf aus. Martin war im Geschäft, Felix in der Schule und Jan im Kindergarten. Ich hatte ein langes Wochenende bei meiner Schwester Susanne in Berlin verbracht und bis sieben Uhr durchgeschlafen. Meine Nerven waren in

Ordnung. Es war am besten, die Sache bei uns zu Hause zu regeln. In aller Ruhe.

Wir fuhren die Rolltreppe runter und stiegen ein. Die S-Bahn-Tür schnappte zu.

»Der Zug fährt wirklich nach Stuttgart?«

»Ja«, sagte ich. »Aber wir fahren nach Schorndorf.«

»Scheiße, was soll ich denn da in diesem Kaff?« Die Alte drückte ihre verkratzte, farblose Jagdtasche an sich, ein Modell, das ich zuletzt bei Mama gesehen hatte, Ende siebzig bei ihrem letzten Hippie-Anfall.

»Keine Panik. Die S-Bahn fährt durch und ich bringe Sie bald zurück nach Hause.«

Hinter uns rockte ein Handy. »Hallo! Ey, biste schwul, Alter?«

Die Frau fuhr herum und glotzte den Typen an, sichtlich ein Junge mit Migrationshintergrund. »Was macht der denn?«

»Der telefoniert auf seinem Handy.«

»Cool. Wie unsere Sprechanlage damals im siebten Stock ... Funktioniert das auch über UKW-Empfang?«

Langsam ging mir das Theater auf die Nerven. Die Alte stellte sich blöder, als sie war. »Ein Mobiltelefon kommuniziert über Funk.«

»Tut mir leid«, sagte die Frau. »Echt. Du kannst ja nichts dafür.«

»Ich bin die Ulrike«, sagte ich.

»Scheiße«, sagte sie. »Du kannst Grete zu mir sagen.«

Stumm fuhren wir bis Stuttgart Hauptbahnhof, wo sich die S-Bahn entleerte und neu füllte. Grete fixierte eine Gruppe von bauchfreien Schülerinnen, denen die Würste aus den Hosen hingen. Sie teilten sich die Ohrstöpsel ihrer iPods und schrien sich gutgelaunt an. Indie-Müll quoll zu uns herüber.

Grete widmete sich ihnen mit ernstem Interesse. Erst als wir aus der Grube heraus und oberirdisch in Bad-Cannstatt einfuhren, schwenkte ihre Aufmerksamkeit um auf das, was sie da draußen sah. Ihrem Gesichtsausdruck nach zu urteilen, war es gigantisch.

»Du warst wohl lange nicht mehr in der Stadt.« Ich versuchte es mit etwas Diplomatie. Demente musste man austricksen. Wenn ich listig genug war, fand ich bald heraus, ob sie aus Trochtelfingen war oder aus Lipfingen. Der Rest war dann vergleichsweise eine Kleinigkeit.

»Dreißig Jahre«, sagte sie. »In drei Tagen sind's dreißig Jahre.« Dann war sie wieder still und verfiel bis hinter Waiblingen in grübelndes Schweigen. Draußen zogen zersiedelte Landschaften vorbei. Möbelhäuser, Bibeldruckereien, Apfelsaftfabriken. Das Remstal in seiner ganzen Pracht.

»Wo wohnst du?«, fragte ich.

Sie wirkte plötzlich nervös, zerfahren. Als sei sie gedanklich abgestürzt. Die Konzentration war futsch. Gretes Blick bekam etwas Gehetztes. »Weiß nich.«

Es war einer dieser späten Vormittage Mitte Oktober, die unübertroffen sind. Draußen flogen Obstwiesen an uns vorbei. Das Laub verfärbte sich golden. Der Himmel war blau. Alles war von einer durchwärmten Klarheit. Die Temperatur stieg auf über zwanzig Grad und würde am frühen Nachmittag fünfundzwanzig Grad erreichen. Als wir eine Station vor dem Zielbahnhof ausstiegen, roch es nach frischen Walnüssen, Äpfeln und Pferdemist.

Wir wohnen seit über fünf Jahren in einem Reihenhausabschnitt im Neubaugebiet von Schorndorf-Weiler, in unmittelbarer Nähe zur S-Bahn. Als ich wieder schwanger wurde, haben wir das teuer finanziert. Der Kredit war idiotisch. Aber wir haben uns ein Leben mit zwei Kindern in einer Drei-Zimmer-Altbauwohnung in Bad-Cannstatt einfach nicht vorstellen können. Nun haben wir eine Terrasse, einen Sandkasten und einen handtuchbreiten Gartenabschnitt. Jede Woche müssen wir mit der Nagelschere den Rasen trimmen, sonst meckern die Nachbarn. Zum Ausgleich darf ich alle paar Monate nach Berlin. Die Flüge zahlt Mama. Wenn ich dann von Susanne komme, die in Kreuzberg in der Nähe vom Schlesischen Tor in einer Lesben-WG wohnt, Zimmerhöhe 3,60 Meter, schäme ich mich jedes Mal, dass ich es nicht weiter gebracht habe als zu dieser Gartenzwergidylle.

»Ihr müsst ganz schön Kohle haben«, sagte Grete, als wir an den Mehrfamilienhäusern entlang den Weg hochliefen. Sie hatte eine enorme Kondition. Plötzlich zeigte sie auf ein rotes Golfle, ging darauf zu und berührte andächtig den Lack. Dabei ist der Golf Plus nur der Zweitwagen der Nachbarin, mit dem sie die Kinder zum Reitunterricht bringt. Der Mann fährt einen Porsche und in der Garage steht das Wohnmobil.

»Das sieht nur so aus«, entgegnete ich. »Die ganze Straße ist hochverschuldet.«

»Und wer blecht das dann?«

»Die Bank!« Dass Mama mir zum Dreißigsten achtzigtausend bar auf die Hand gegeben hatte, damals noch Mark, verschwieg ich. Pietistische Grundregel.

Grete lachte laut. Tausend Falten gruben sich in ihr gegerbtes Gesicht, ihre tiefliegenden Augen verschwanden fast in ihren Höhlen und sie sah zum ersten Mal richtig entspannt aus. »Ihr raubt für euren mickrigen Wohlstand die Bank aus?!«

So habe ich das zwar noch nie gesehen, ganz im Gegensatz zu meiner (was Bankgeschäfte angeht) pragmatisch veranlagten Mutter, aber nun lachte ich auch.

Ich schloss die Haustür auf und streifte die Schuhe ab. Wir betraten unseren gekachelten Flur. Toskanafliesen. Hat uns Mama mitgebracht. Sie hat ein Häuschen in der Nähe von San Vincenzo. Whisky kam aus dem Wohnzimmer und näherte sich steifbeinig. Blieb stehen und richtete ihre kalten Schildkrötenaugen forschend auf Grete. Die machte keine Anstalten, die Sandalen auszuziehen, obwohl in den Rillen garantiert Dreck klebte. Wir gingen in die Küche. Ich setzte einen Tee auf. Grete hockte sich an den Tisch, kramte nach ihrem abgegriffenen Lederbeutel und drehte sich eine Zigarette.

»Du kannst draußen rauchen«, sagte ich und schraubte von einem Joghurtglas den Deckel ab. »Nimm das als Aschenbecher.«

»Meine Fresse.« Grete klang vergrätzt. »Meinst du das ernst?«

»Wieso?« Ich war offen irritiert. »Nicht mal in Kneipen darf man noch rauchen, wieso dann ausgerechnet in meiner Küche?«

Auf dem Weg zur Terrassentür begegnete Grete unserer Stereoanlage, der Videoleinwand und Martins Rechner mit Flachbildschirm. Sie stieß einen Schrei aus.

Ich hatte gleich gespürt, dass ich mich in eine Sache hineinritt, der ich nicht gewachsen war. Grete war dermaßen dement, dass es schwer sein würde, sie wieder loszuwerden, ohne die Polizei einzuschalten. Mein Mann hatte sich hochgedient und war inzwischen beim LKA, aber ich kannte die Mentalität der einfachen Streifenbeamten. Als Krankenschwester mit Abitur fand ich Gretes sogenannten gesunden Menschenverstand grenzwertig. Mein Blick fiel auf die Jagdtasche, die sie über die Stuhllehne gehängt hatte. Erschrocken trat ich einen Schritt zurück. Fast hätte ich das Vertrauen einer frühsenilen Frau missbraucht.

Whisky folgte Grete nach draußen, was mir komisch vorkam. Die Schildkröte lief sonst keinem hinterher. Sie war steinalt und halb blind. Mama hatte sie vor mindestens einem Vierteljahrhundert aus der Toskana angeschleppt. Damals war Whisky noch neugierig gewesen und auf fast menschliche Weise charmant. Im Lauf der Jahre verwandelte sich die italienische Landschildkröte immer mehr in ein misanthropisches, fettes Viech, bis sie im Winter dramatisch abmagerte. Mama erschrak entsetzlich, als sie im März in den Keller ging und Whisky aus dem Kühlschrank nahm, wo sie Winterschlaf gehalten hatte. Als sie dann trotz Wildkräuter und Kalkzufuhr inkontinent wurde und auf den Perser pisste, hätte Mama sie beinahe einschläfern lassen. An Ostern habe ich die schmallippige Schildkröte zu mir genommen, die Parasitenkontrolle beim Tierarzt verlief negativ und die Vitaminpräparate schlugen an.

Grete war schnell wieder zurück. Wir tranken grünen Tee. Grete verschlang sieben halbe Gsälzbrote. Die Zwetschgenmarmelade hatte Mama gemacht. »Es schmeckt wie früher«, sagte Grete, »sag mir, wo kann ich hier was einkaufen?«

»Zur Ortsmitte geht's da hoch.« Ich zeigte aus dem Fenster. »Du siehst gleich den Kirchturm. Da gibt es den Schlecker, den Türken, den Metzger, den Bäcker, die Bank und einen Klamottenladen. Dreihundert Meter. Ich könnte dich hinfahren, aber ich muss gleich Jan dort drüben vom Kindergarten abholen. Und dann muss ich kochen, weil Felix die Schule aus hat. Es gibt Gaisburger Marsch …«

»Viel zu umständlich. Ich koche«, sagte Grete.

Als ich mit Jan und Felix heimkam, stand Grete mit nassen Haaren an unserem Herd, runzelte die Stirn und stierte auf das Induktionskochfeld. Sie trug Jeans, einen geringelten Baumwollpulli und gestreifte Socken. Sie war drahtig schlank und sah erholt aus wie Mama nach einem längeren Toskanaaufenthalt. Über einer alten Zeitung hatte sie Kartoffeln geschält. Neben ihr auf dem Boden lag Whisky, ledrig grinsend, ergeben und wie tot.

»Ich krieg das Ding nicht an!«, rief Grete, die sich mit dem digitalen Funktionsdisplay abmühte.

»Das ist kinderfreundlich und energiesparend. Hier, Topferkennung, High-Speed-Kochzonen, Sicherheitsabschaltung, Kindersicherungstaste …« Ich dirigierte gedanklich die Sensor-Bedienung und wertete ihren Widerstand als Vorwurf.

»Das ist Scheiße«, sagte sie. Sie nahm ihre Finger von der Glaskeramik. Dann deutete sie auf den Garten. Von draußen roch es nach Feuer. Die Buben liefen hinaus. Auf dem Grill knisterte das Holz, in der Pfanne brutzelten Schnitzel.

»Thupergeil!«, rief Felix, rannte wieder herein und holte aus dem Kühlschrank das Ketchup. Er tat so, als sei Grete schon immer bei uns: Er beachtete sie nicht sonderlich. Das war vermutlich das Ergebnis der vielen wechselnden Reinigungshilfen, die wir schon verschlissen hatten. Im Übrigen versuchten wir, unsere Söhne fleischlos zu ernähren.

»Wer bist du?«, fragte Jan, der hinter Grete getreten war und zu ihr aufsah.

»Ich bin die Grete und will für uns Kartoffeln kochen.«

Jan ging um sie herum, stellte sich auf die Zehenspitzen und tippte auf den Sensor für das Kochfeld, auf dem der Topf stand. Es begann zu summen. »Du musst Wasser da reintun.«

»Das weiß ich selbst, du kleiner Scheißer.« Sie nahm den Topf und ging zum Hahn. Dort ruckelte sie hilflos an der Mischbatterie, ehe es nach allen Seiten spritzte. »Puta de mierda!« Fluchend trat sie einen Schritt zurück und befühlte ihre nassen Ärmel.

Jan kicherte. Mir fiel auf, dass Grete über alles staunte, was ihr an technischem Schnickschnack in die Quere kam. Sie guckte aus der Wäsche, als habe sie so etwas noch nie gesehen. Gleichzeitig war sie hocheffektiv. Sie wusch drin in der Küche Kartoffeln und überwachte gleichzeitig draußen auf der Terrasse das Feuer. Dabei achtete sie konzentriert auf den Wasserverbrauch und prüfte den Wind. Vielleicht stammte sie aus irgendeinem Urvolk oder sie war als Kind zu lange bei den Pfadfindern gewesen. Ich fragte mich, wie lange sie bleiben wollte. Und was eigentlich mit ihr los war.

Felix deckte auf der Terrasse den Tisch, ich hängte Wäsche auf. Es roch lecker nach saftig gebratenem Schwein. Eine Wespe nahm Kurs auf eine Wäscheklammer und landete. Ein paar Spatzen lärmten unflätig. Aus der Küche drang lautes Gelächter. Es war wie in einer ganz normalen Familie, wenn die Oma auf Besuch kam. (Mama hat noch nie im Leben für uns Kartoffeln gekocht. Doch dies nur nebenbei.) Aber etwas störte mich an der Idylle. Es war offenkundig, dass Grete sich verirrt hatte und vom Land kam. Die Fertigkeit, mit der sie Kartoffeln schälte, Feuer machte, Schnitzel briet, ließ keinen Zweifel. Aber wie passte das zum Rest?

Grete trat aus der Terrassentür, ging zum Grill und nahm die Pfanne vom Feuer. Dann schmiss sie die zerknüllten Zeitungsseiten auf die Glut, die rasch aufflammte. Ich sah, dass es die Wochenendausgabe der *taz* war, die Susanne Anfang September bei mir liegen gelassen hatte, als sie mit dem VW-Bus aus Griechenland kam. Auf dem Titel ging es um die RAF und ich hatte das Dossier noch lesen wollen.

»Jeder kann dabei sterben«, zitierte Grete die Schlagzeile, die eben auf dem Grill in sich zusammenfiel und verkohlte. Ein Zitat von Gudrun Ensslin. Sie griff sich an den Kopf, sah mich an und sprach dann schneller und schneller. »Hör mal, du musst mir jetzt die Wahrheit sagen. Gibt es immer noch Terroristen?«

»Mehr denn je«, erwiderte ich.

»Sind die Bullen immer noch hinter ihnen her? Macht das Schweinesystem nach wie vor Jagd auf politisch motivierte Militante?«

Huch! Mamma mia! Wen haben wir denn da aus der Mottenkiste gezogen? Ich schluckte. So hatte Mama geredet, als wir Oma in die Grube fahren ließen.

»Allerdings«, entgegnete ich übertrieben energisch. »Und das ist auch gut so. Die schwäbischen Islamisten sind ja noch gar nicht alle gefasst … Und womöglich wird es neue Anschläge geben.«

»Schwäbische Islamisten?« Grete kreischte auf. »Willste mich verscheißern?«

Jetzt erwachte in mir die Polizistengattin. »Ja, wo lebst du denn? Die Bombenbastler von der islamistischen Front sind doch eine viel stärkere Bedrohung als diese selbstgerechten kleinbürgerlichen Revolutionsromantiker der Nachnazigeschichte, die heute als Pop-Ikonen durch die Feuilletons marschieren …« Originalton Martin im Streit mit Mama.

»Also, wie jetzt?«, unterbrach mich Grete. An ihrem Hals blühten rote Flecken. »Willst du damit sagen, dass sich der Krieg gegen die Rote Armee Fraktion entschärft hat, weil ihre Mission nicht mehr war als ein Zwergenaufstand?«

Ich fing ihren flackernden Blick auf und versuchte zu begreifen, was sie meinte. Offenbar war sie jahrzehntelang weggesperrt oder kaserniert gewesen oder sie hatte in einem Bunker gelegen, in dem es keine Zeitungen gab. Aber dagegen sprach ihre gesunde Hautfarbe. Ich holte tief Luft und referierte zur Abwechslung, was Mama zu Martin gesagt hatte, als sie vor vier Wochen sowohl das *Spiegel*- als auch das *Zeit*-Abo gekündigt hatte: »Die RAF hat sich vor zehn Jahren aufgelöst. Seit dreißig Jahren bestand sie vorwiegend aus V-Leuten und verdeckten Ermittlern. Nach 1977 wurde sie von CIA, BND, MAD, BKA, LKA, Verfassungsschutz und Stasi mit vereinten Kräften am Leben gehalten. Auf das Konto beider deutscher Staaten gehen somit sämtliche unaufgeklärten Verbrechen der sogenannten dritten Generation. Zwischen 1985 und 1991 zählen dazu unter anderem vier schwerwiegende Attentate. Die Täter sind wie vom Erdboden verschluckt. Wer da wohl die Fäden zog? Steht leider in keiner Zeitung.«

»So ein Fuck! Kapier ich keinen Meter. Aber von mir aus. Die Unterwanderung durch staatliche Geheimdienste führte wahrscheinlich erst zur Eskalation der Gewalt. Die ursprüngliche Stadtguerilla«, wandte Grete ein und zitierte von da an fast wortwörtlich Mama ex machina, »stand an der Spitze des kollektiven

Bewusstseins. Sie verkörperte die Moral der Erniedrigten. Und kämpfte für die Befreiung des Metropolenproletariats von den Fesseln des Kapitalismus.«

»Es waren einmal ein paar Popstars«, sagte ich, »die brachten harmlose Gutmenschen dazu, ihnen den Arsch abzuwischen. Diese Handlanger werden heute in keiner Fußnote genannt …«

Grete verscheuchte meinen Einwand wie eine lästige Fliege. Sie errötete – die personifizierte Erleuchtung. »Also, die Stadtguerilla … Deren Konzept ist doch auch heute noch aktuell, denn solange die Unterdrückung der Massen weitergeht, wird es auch den absoluten Staatsfeind geben, der unversöhnlich ist, entschlossen … Der Kampf ist unvergänglich und gerecht. Und das ist der Grund, weshalb das heute endlich genauso in der Zeitung steht!«

»… der Grund, weshalb die RAF dreißig Jahre später von den Medien gefeiert wird? So ein Käse.« Jetzt bin ich wieder die Stimme von Martin. »Die kriminellen Drahtzieher sind fast alle wieder frei, sie bleiben im Ländle, bauen ein Häusle und arbeiten als Journalisten oder Deutschlehrer. Sie fahren sorglos schwarz und zahlen brav ihre Steuern. Sie waren schon immer solche Spießer wie wir, auch wir warfen als Kinder mit Dreck.«

Grete dachte nach. »Willst du damit sagen, dass eine scheinheilige Sau aus der herrschenden Klasse sich anmaßen darf, sich mit revolutionären Kommunisten …« Sie schüttelte den Kopf und konnte offenbar doch irgendwie zuhören.

Ich nickte. »Genau. Dreißig Jahre später dürfen wir live mitspielen. Als virtuelle Zeitgenossen auf allen Kanälen. Wir ziehen uns bergeweise angeranzten linken Terror rein und blechen dafür. Die RAF läuft inzwischen erfolgreich als Marke und hechtet sprungbereit in die Kinos. Das bringt Kohle ohne Ende. Und dafür kassieren die alten Schwachköpfe hochbezahlten Beifall von denen, die du vermutlich als herrschende Klasse bezeichnest. Wie auch immer man dazu steht: Es gibt keinen Grund mehr, sich für diese schießwütigen Simpel zu interessieren.«

»Aber das Interesse des Staates ist immens.« In Gretes Gesicht gruben sich die Untiefen der Resignation ein. Sie glänzte von innen her rosig. »Du meinst, die repressive Toleranz reicht so weit, dass inzwischen alle Schweine Genossen sind? Na ja, okay. Von mir aus. Entweder Schwein oder Mensch. Wenn das System den bewaffneten Kampf in seine Mechanismen integriert, ist das doch gut und nicht schlecht. Was macht dich daran so aggressiv?«

»Das allumfassende Mittelmaß«, sagte ich.

Das Essen verlief harmonisch, obwohl die Schnitzel innen leicht blutig und die Kartoffeln versalzen waren. Die Buben aßen mit Appetit. Grete verbrachte den ganzen Nachmittag in meinem Bügelzimmer hinter der Küche und telefonierte, nachdem ich ihr beigebracht hatte, wie man ein schnurloses Tastentelefon benutzt. Bevor sie sich zurückzog, checkte sie, ob es abgehört wurde. Als nichts rauschte, war sie zufrieden. Ich verschonte sie mit Informationen über den Einzelverbindungsnachweis und den digitalen Datenabgleich. Und mit den Möglichkeiten des Internets. Besser, sie ahnte davon nichts. Ich hatte Angst, dass sie sonst ausrastete. Dass mit ihr was definitiv nicht stimmte, lag offen auf der Hand.

Grete hatte mir nichts vorgemacht, ich hatte nur aus ihrer Erscheinung und ihrem Verhalten die falschen Schlüsse gezogen. Als Frau eines LKA-Ermittlers kombinierte ich nun sehr schnell: Sie war in den siebziger Jahren aus politischen Gründen straffällig geworden, war geflohen, hatte eine neue Identität angenommen und sich dann ins Ausland abgesetzt, war von dort in ein entlegenes südliches Land gebracht worden, vielleicht auf eine Insel, wo sie bis gestern gelebt hatte. Fernab der Zivilisation. Offenbar hatte sie sich von dem ernährt, was sie selber angebaut hatte. Aus irgendwelchen Gründen war sie zurückgekommen. Vielleicht war ihr Delikt verjährt. Oder sie war krank und musste sich medizinisch behandeln lassen. Oder sie plante ein Selbstmordattentat. Als ich sie auf dem Stuttgarter Flughafen aufgegabelt hatte, war sie eben aus dem Flieger gestiegen. Woher hatte sie das Geld gehabt für das Ticket?

Wie auch immer, sie war mega daneben. Seltsam, dass sie es selber nicht merkte. Obwohl sie doch mitkriegen musste, dass in den letzten dreißig Jahren in Deutschland kein Stein auf dem andern geblieben war. Was hatte sie vor? Nun bereute ich, dass ich ihre Jagdtasche nicht durchsucht hatte.

Was tun? Sollte ich Grete gestehen, dass sie praktisch mitten im Regenerationszentrum des Landeskriminalamts gelandet war? Obwohl sie bislang nicht gewalttätig geworden war und auch keinerlei Gewalt angedroht hatte, kam mir das zu riskant vor. Klar war nur: Martin durfte sie auf keinen Fall zu Gesicht kriegen. Nachdem ich Jan noch für zwei Stunden in den Kindergarten gesteckt und Felix wegen seines Lispelns zur Logopädin gebracht hatte, rief ich auf dem Handy Mama an. »Eine Terroristin?«, rief sie. »Kind, das ist vollkommen unwahrscheinlich. Der Stress von Martin tut dir nicht gut. Seine ewigen Bombenlegergeschichten …«

Zehn Minuten später war Mama da und stürmte das Bügelzimmer.

Ich surfte eine Weile im Internet. Dann stieg ich in meinen nagelneuen Fiat 500 und holte Felix von seiner Therapie ab. Wir kauften ein Paar Gummistiefel und nahmen Jan mit auf den Spielplatz. Als wir ihn abholten, parkte Mamas schwarzer Daimler noch an der Straße. Wir ließen uns Zeit. Erst als es dämmerte, gingen wir nach Haus. Auf dem Bürgersteig lag eine noch pralle Kastanie. Ich nahm sie und umfasste sie mit meiner Hand. Der Daimler war inzwischen verschwunden. Mit zitternden Fingern schloss ich die Tür auf. In der Küche saß Martin und aß ein kaltes Schnitzel.

»Eine Oma hat das im Feuer gebraten«, erklärte Jan.

Felix kletterte auf Martins Schoß.

»Wie war dein Tag?«, fragte ich, den Blick auf die Tür des Bügelzimmers genagelt.

»Beknackt«, sagte Martin. »Meine Kollegen lassen sich jetzt auch schon anstecken von dem Blödsinn. In der Kantine haben sie offen darüber diskutiert, ob das LKA die Terroristen wirklich abgehört hat während der Schleyer-Entführung im September, Oktober 77. Also, wie das derzeit vom *Spiegel* und so behauptet wird. Das ist allerdings völlig unvorstellbar. Denn es würde ja bedeuten, dass der Staat dabei war, als die Waffen eingeschmuggelt wurden. Und der Sprengstoff. Und dass er die Pläne kannte. Das hieße ja, wir wussten damals, dass die Suizid begehen wollten in Stammheim. Und in der Selbstmordnacht selber …«

»Wenn da gelauscht wurde …« Ich schlug mir auf den Mund und fing an zu schwitzen.

»Spätestens dann hätten wir eingreifen müssen, obwohl der Staat natürlich ein Interesse daran hatte, dass die RAFler weg waren vom Fenster. Ihre Anwälte hatten nach dem Prozess Revision eingelegt, Baader und Ensslin saßen schon viel zu lange in Untersuchungshaft, man hätte sie freilassen müssen. All die vielen Verfahrensfehler, das Revisionsgericht hätte das Urteil aufheben und einen neuen Prozess anstrengen müssen. Baader, Ensslin und Raspe hätten tatsächlich Chancen gehabt, letztlich quasi straffrei –«

»Sie haben sich nicht umgebracht«, unterbrach ich. »Zumindest nicht alle drei.«

»Spinnst du jetzt auch?« Martin kaute und verschluckte sich. Er hustete. Jan klopfte ihm auf den Rücken. »Willst du damit sagen, dass der Geheimdienst sie ermordet hat? Trotz alldem, was die Ämter für die RAF angeblich getan haben, nein!«

»Was mit Raspe und der überlebenden Irmgard Möller passiert ist, weiß ich nicht. Aber ich vermute«, ich atmete tief durch, »dass Gudrun Ensslin ihren Freund Andreas Baader erschossen hat. Dann ist sie mit Hilfe eines oder mehrerer Vollzugsbeamter getürmt.«

»Was du nicht sagst.« Martin rasterte mich spöttisch mit seinem Fahnderblick. »Du hast doch keine Ahnung von Politik.«

»Das stimmt.« Ich fixierte die Tür des Bügelzimmers. Ich sah die Frau, die sich Grete nannte, mit meinem Schnitzelklopfer auf mich zustürmen. Ich schloss die Augen und öffnete sie wieder. Dann stand ich auf und checkte die Lage. Das Bügelzimmer war dunkel. Ich machte das Licht an. Es war leer. Das Fenster stand offen. Es roch schwach nach Tabak, so leicht, dass der Geruch nicht in die Küche gezogen war.

Ich löschte das Licht, schloss die Tür und ging ins Wohnzimmer. In den Player legte ich eine DVD ein. Pippi Langstrumpf, das stärkste Mädchen der Welt, das den starken Adolf besiegte.

Das frühe Vorbild meiner Mutter. Felix löste sich johlend von Martin, Jan sprang mit rudernden Armen hinter ihm her. Sie ließen sich in die Sitzkissen plumpsen. Leise schloss ich die Wohnzimmertür. Denn ich wollte nicht, dass sie die Gespräche belauschten, die ich als Kind hatte mit anhören müssen. Irgendwann kam alles wieder hoch.

»Es gibt Anzeichen dafür, dass Baader sich den Genickschuss nicht selber verpasst hat. Er wurde hingerichtet. Gudrun Ensslin hat ihn am Ende gehasst. Sein Machogehabe ging ihr schon lange auf den Wecker, sie versuchte, sich dagegen zu wehren. Vergeblich, erst hat er sie fertiggemacht und dann verlassen, und am Ende hatte er ein Kind mit seiner Anwältin, gezeugt auf einem Resopaltisch …«

»So? Und woher hast du das?« Martin klang belustigt. Er raufte sich fröhlich die vollen blonden Haare, auf die er so stolz war, in schierer Vorfreude darüber, dass dieser Geisteskampf schon bald auf der Matratze ausgetragen würde.

»Teils aus dem Internet«, meinte ich vage.

»Da wird ein Haufen Blech verzapft.« Martin lachte.

»Nicht nur.« Meine Stimme klang kämpferisch, dabei war mir elend. Ich erinnerte mich an etwas, das dreißig Jahre zurücklag. An ein Gespräch meiner Mutter mit einer fremden Frau, in Omas Küche in einer kalten Nacht, in der ich nicht schlafen konnte. Ich hatte eine Kastanie in der Hand gehabt, als ich hinter der angelehnten Küchentür gestanden und gelauscht hatte. Ich fühlte die Kastanie vom Bürgersteig fest in meiner Hand.

»Aber es hat drei Leichen gegeben. Auch Ensslins Leiche wurde identifiziert.«

Ich winkte ab. »Es gibt Bilder vom Kopf ihrer Leiche im Internet. Wenn du den Abstand zwischen Augen, Mund und Nase vergleichst, kann es die Ensslin kaum sein. Außerdem sieht die Tote viel jünger aus. Und nicht wie eine, die sich erhängt hat. Da brauchst du keinen Arzt fragen. Da reicht eine Krankenschwester.«

»Ach. Und wie starb sie dann?« Martin zog die Augenbrauen nach oben. Der Ermittlerblick. Im Vernehmungszimmer.

»Sie hat sich den goldenen Schuss gesetzt. Die tote Frau ist ein depressiver Junkie, ein junges Mädchen, das abgehauen ist und das niemand vermisst hat. Zerrüttete Verhältnisse. Eine tragische Parallele zu Christiane F., wenn du so willst. Man hat die Fixerin tot in der Stuttgarter Altstadt gefunden und nach Stammheim gebracht.«

In Martins Miene machte sich Besorgnis breit. Zuletzt hatte er mich so angesehen, als ich mit Magen-Darm eine halbe Nacht lang auf dem Klo saß. »Wenn es so gewesen wäre, dann wäre klar, warum die Abhörgeschichte im LKA bis heute absoluter Geheimhaltung unterliegt«, sagte er und fügte, lauter als nötig, hinzu: »Aber so war es nicht!«

»Und wenn doch?«, fragte ich, öffnete die Faust und hielt ihm die Kastanie unter die Nase. »Das gäbe doch eine Irrsinns-Heldenlegende.«

Martin lächelte wie fürs Konfirmandenfoto. »I wo. Das ist nicht mal ein guter Filmstoff mit Isabelle Huppert als Gudrun Ensslin in der Hauptrolle. Alles reine Spekulation, lässt sich nie mehr beweisen. Denn die Akten über die Abhörmaßnahmen in Stammheim sind eh futsch!«

Vier Wochen später bekam ich einen Brief mit einer italienischen Marke. Die großspurige Schrift kam mir verdammt bekannt vor.

Liebes Ulrikele!
Ich möchte dir sagen, dass du immer mein Mädele warst und dass mich das vor dem Schlimmsten bewahrt hat. Ich schäme mich heute noch für die Sache mit Oma, ich hätte mich viel mehr um dich kümmern müssen und ich möchte dich nicht bitten, dass du mir verzeihst.
G. hat eine schwere Zeit hinter sich. Sie war fast dreißig Jahre lang in Kuba, in einem primitiven Flecken im Nordwesten, in der Gegend von Guane, wo sie noch mit dem Ochsenkarren pflügen. Ich glaube, sie hat nie ihren Frieden gemacht und deshalb trieb es sie zurück. Sie blieb eine Weile hier bei mir, um die Orientierung zu kriegen, aber wir können die alten Wunden nicht flicken. Wir mussten wieder jede ihrer eigenen

Wege gehen. Um ihr etwas zu schenken, das ihr etwas bedeutet, habe ich ihr Whisky mitgegeben. Sie ist das einzig Lebendige, das G. bleibt.
Deine Mama

P.S.: Dass ihr mit dem gleichen Flieger aus Berlin gekommen seid, ist kein Zufall. Da musste ich etwas nachhelfen. Aber sicher hast du das längst bemerkt und deine Schlüsse daraus gezogen.

Ja, das hatte ich. Aber ich hatte gar nicht gemerkt, dass Whisky fehlte. Im Oktober hatte sie sich früher immer irgendwo eingegraben. Winterschlaf.

Anja Kemmerzell

Petjacked

Der Schwimmreif saß ihm eng um die Hüften. Darüber hing ein schneeweißer Schmerbauch. Das Gesicht war unter der Taucherbrille nur undeutlich zu erahnen. Ansonsten war der Mann, bis auf die Taucherflossen, splitterfasernackt.

»Arme Wurst«, sagte ich zu Robbi. »Der friert bestimmt. Es sind doch höchstens fünf Grad.«

»Jetzt geht's rund.« Mein Dauerpraktikant Robbi rieb sich die Hände. Acht Polizisten näherten sich dem Schlossplatz und versuchten, den nackten Mann einzukreisen. Doch der schlug einen raffinierten Haken und rannte breitbeinig in Richtung Schlossgarten, begleitet von Anfeuerungsrufen einer johlenden Zuschauergruppe.

»Alle Achtung«, entfuhr es mir. »Los, ihm nach!«

Robbi und ich rannten gemeinsam mit den Polizisten hinter dem Nackten her.

»So ein Tempo hätte ich dem Dicken gar nicht zugetraut.« Robbi klang ehrfürchtig.

»Robbi, nein!«

Ich kannte ihn mittlerweile gut genug, um zu erkennen, dass jegliche Professionalität, die ich ihm innerhalb der letzten zehn Monate zumindest ansatzweise einzutrichtern versucht hatte, vergessen war. Seine goldenen Locken flatterten engelsgleich um seinen Kopf, als er leichtfüßig zum Zwischenspurt ansetzte und schon die ersten Uniformierten überholte.

»He, Sie da!« Die Stimme klang wie ein Bellen. »Stehen bleiben!«

Ich musste einen Zahn zulegen, um meinem Praktikanten beizustehen. Die Gruppe aus Polizisten, dem Nackten und Robbi befand sich inzwischen kurz vor der Brücke zur U-Bahn Staatsgalerie. Als ich sie endlich erreichte, hatte ich übelstes Seitenstechen. Der nackte Mann war in Handschellen, und Robbi diskutierte heftig mit drei Uniformierten.

Wir sind von der Presse, wollte ich sagen, aber es kam nur ein Keuchen heraus. Ich wedelte mit meinem Presseausweis, der genau unter die Lupe genommen wurde.

»Hab ich doch gleich –« Robbi sah meinen warnenden Blick und hielt die Klappe.

»Und was macht die Presse morgens um halb sieben im Schlossgarten, Frau Grün?« Der kleine Polizist mit der bellenden Stimme hatte offensichtlich nicht verwunden, dass er von einem dicken Nackten mit Taucherflossen und einem athletischen Engel abgehängt worden war. Den Polizeifunk abzuhören gehörte zwar zum Geschäft, darüber wurde normalerweise aber kein Wort verloren.

»Lieber Herr …?« Ich schnaufte nur noch leicht und kramte in meinem Rucksack nach dem Aufnahmegerät.

»Leiser«, bellte es.

»Lieber Herr Leiser«, wiederholte ich und bückte mich, damit ich ihm mein Diktaphon besser unter die Nase halten konnte. »Mein Kollege Robert Schmidt und ich haben heute Morgen den Tipp bekommen, dass auf dem Schlossplatz ein – äh – exhibitionistisches Spektakel stattfinden wird. Wie mir scheint«, ich drehte mich zu dem immer noch entblößten Mann um, »handelt es sich dabei nicht um einen gewöhnlichen Exhibitionisten. Immerhin tauchen Sie hier mit einem Großeinsatzkommando auf. Können Sie mir dazu etwas sagen?«

Leiser knurrte.

Ich drehte mich zu dem Nackten. »Möchten Sie vielleicht was sagen? Wie heißen Sie denn?«

Der nackte Mann glotzte mich durch die Taucherbrille an, und unartikulierte Laute drangen dumpf durch den Schnorchel, den er noch immer im Mund hatte.

»Das haben wir gleich«, sagte ich. Doch bevor ich ihm das Gerät aus dem Mund ziehen konnte, legte sich eine Hand auf meinen Arm.

»Sie werden doch wohl nicht die Ermittlungsarbeiten behindern wollen, Frau Grün?«

Ich blickte auf zwei strahlende Zahnreihen. Lars Bruns, Kriminalhauptkommissar und nicht gerade unattraktiv, wenn man auf schöne Zähne, dunkle Haare, grüne Augen und große Männer stand. Unsere Wege hatten sich bereits bei zwei anderen Fällen gekreuzt, über die ich berichtet und in denen er ermittelt hatte. Und dann gab es da noch die ganz und gar privaten Treffen zwischen ihm und mir. Instinktiv hielt ich mir die Hand vor den Mund und spürte, wie mir die Röte ins Gesicht schoss. Bei unserer letzten Verabredung, einem romantischen Abendessen im *Piazza*, hatte ich mich eine Stunde lang auf der Toilette verstecken müssen. Erst dann war ich sicher, dass er das Restaurant verlassen hatte. Eigentlich lief alles perfekt, meine Spinatlasagne war köstlich, er hatte bereits bezahlt, und wir wären sicher zu mir gegangen, um den Abend ausklingen zu lassen. Vorher wollte ich allerdings noch mal schnell für kleine Mädchen. Ich kam mir ungeheuer sexy und begehrenswert vor. Vor dem Waschbecken wollte ich mir noch ein laszives Lächeln zuwerfen. Dabei traf mich fast der Schlag, denn der Spinat hing mir in großen Stücken unappetitlich zwischen den Zähnen. Es war ekelhaft. Und ich schämte mich immer noch zu Tode, auch wenn das peinliche Szenario bereits vier Wochen zurücklag.

»Nein, ich meine … Welche Ermittlungen überhaupt? Gibt es denn hier etwas zu ermitteln?«

»Kein Kommentar.« Lars Bruns wandte sich zu einem Polizisten. »Und gebt dem Mann doch endlich eine Decke.«

»Sind Sie nicht …?« Robbi zog die Stirn kraus und beugte sich ein Stück nach unten, damit er das Gesicht hinter der Taucherbrille genauer anstarren konnte. »Hab ich's mir doch gleich gedacht. Obwohl, ich muss schon sagen. Dass Sie so dick sind! Also, ich meine. Na, angezogen wirken Sie, äh, proportionierter. Wobei, wie Sie die Bullen abgehängt haben. Respekt!« Ich trat Robbi unauffällig auf den Fuß. Aber der war nicht zu bremsen.

»Wenn ich mir die Bemerkung erlauben darf: Mit Trennkost ließe sich das sicher in den Griff bekommen.«

»Wir sollten jetzt den Fachleuten das Feld überlassen«, sagte ich und zog Robbi Richtung U-Bahn Staatsgalerie. »Wer zum Teufel, war der Dicke?«, fuhr ich ihn an, als wir außer Hörweite waren.

Doch Robbi war beleidigt, und erst als wir wieder im Sender waren, konnte ich ihn davon überzeugen, dass die Bullen gefälligst selbst herausfinden sollten, um wen es sich bei dem Nackten handelte.

Die Redaktionskonferenz begann pünktlich um neun Uhr. Ein schlecht gelaunter Dr. Rathe schnäuzte trompetend ins Taschentuch, griff sich mit leidender Miene an den Kehlkopf und hustete demonstrativ.

»Irgendwelche Präferenzen?« Die Frage war rein rhetorisch, denn Rathes kleine Äuglein lösten sich nicht von dem Papier, das vor ihm auf dem Tisch lag. »Gut, dann übernimmt den Poststreik Herr Klein. Das Wintervergnügen ...« Rattes Blick bohrte sich so lange in Ottos Gesicht, bis der aufblickte und müde nickte.

»Dann hätte ich hier noch die Eröffnungsparty der neuen Wellness-Beauty-Oase.«

Ich drückte mich tiefer in den Stuhl.

»Das ist sicher was für unsere Frau Grün!«

So ein Sadist.

»Aber wir sind an einer Sache dran ...« Robbi hatte noch immer nicht kapiert, dass Rathes Spitzname Ratte nicht von ungefähr kam, denn er war hinterhältig, fies und intrigant.

»Wie war Ihr Name noch mal?« Rathe tat, als überlegte er, und fuhr dann fort. »Dann bleiben Sie mal schön dran. Und falls daraus tatsächlich mal eine Geschichte werden sollte, über die es sich zu berichten lohnt, lassen Sie's mich wissen.«

Nachdem Sarah noch mit dem Dauerthema Stuttgart 21 betraut worden war, war die Konferenz, die diesen Namen nicht verdiente, beendet.

VIP-Well, sehr tiefsinnig. Ich starrte auf den Presse-Flyer für die Eröffnungsparty. Ayurveda-Büfett stand da, was die Sache auch nicht gerade erfreulicher machte.

»Hab ich's doch gewusst ...« Robbi hüpfte auf dem Stuhl auf und ab.

Ich sah ihm über die Schulter und betrachtete die Bilder auf dem Computer. Eine gewisse Ähnlichkeit gab es durchaus, soweit man das bei einem Gesicht hinter einer Taucherbrille feststellen konnte.

»Und woher kennst du einen«, ich las die Bildunterschrift, »Franz Donnersberg?«

»Das ist doch Dr. Fancy.« Robbis Gesichtsausdruck gab mir auf eindeutige Weise zu verstehen, dass ich mal wieder keine Ahnung von den wirklich wichtigen Dingen hatte.

»Aha.«

»Den kennt doch jeder! Dr. Fancy gehören mittlerweile fast alle Klubs in der Stadt. Früher hat er selbst in einer Hip-Hop-Band gesungen, ist dann aber ausgestiegen und hat sich erst als Manager versucht, bevor er das *Fancy* eröffnet hat. Seitdem ging es steil bergauf. Nicht immer auf legalem Weg, wie es heißt.«

»Dann mach du dich mal an die Recherche. Ich will wissen, ob es früher schon mal Blitzergeschichten gab,und was du sonst noch so über ihn rausfinden kannst.«

»Geht klar, Paula.«

»Zur Belohnung darfst du heute Abend mit auf die VIP-Well-Party!«

Ich hörte noch Robbis Jubelschrei, als er das Zimmer im Laufschritt verließ, um ins Archiv zu rennen.

Mein Blick fiel auf das Telefon, aber ich konnte mich noch nicht aufraffen, den schönen Kommissar anzurufen. Wenn ein gutes Dutzend Polizisten auftauchte, musste mehr dahinterstecken, als bloß einem Nackten nachzujagen. Normalerweise beschäftigte sich Lars mit Mord und nicht mit Exhibitionisten. Ich holte mir einen Kaffee aus dem Automaten und startete dann das Suchprogramm. Die Meldungen der letzten Woche ratterten über den Bildschirm. Nichts, bis auf *Darmvirus legt Landesbank Baden-Württemberg lahm.* Auch vierzehn Tage zuvor konnte ich nichts entdecken, was mir irgendwie weiterhalf. Als ich aber eine weitere Woche zurückging, blieb ich an einer Meldung hängen. *Musicalstar Benny ohne seinen Gecko Clyde, dafür mit Riesenjoint in der U-Bahn!* Das war mindestens so absurd wie der Nackte im Schlossgarten.

Zu Hause blinkte das Lämpchen vom Anrufbeantworter. »Ich hol dich um halb acht ab. Wirf dich in Schale, ich brauch was Hübsches an meiner Seite. Tscha-hau.«

Dass mein bester Freund Thorsten auch eine Einladung zur VIP-Party hatte, sollte mich eigentlich nicht wundern. Schließlich war er mehr oder weniger der Promi-Frisör von Stuttgart. Auch wenn er sich natürlich nicht Frisör nannte, sondern sich als *Artistic Designer* bezeichnen ließ. Ich sah aus dem Fenster. Draußen war es bereits stockdunkel. Ich setzte die Kaffeemaschine in Gang und packte die zwei Stück Birnensahne aus, die ich mir vorhin noch aus dem *Koenigx* geholt hatte. Die Aussicht auf das Ayurveda-Büfett löste plötzlich das dringende Bedürfnis nach einer Kalorienbombe aus.

Um sieben Uhr klingelte es an der Tür.

»Was willst du denn schon hier?«, fragte ich mit vollem Mund.

»Mir ist plötzlich eingefallen, dass ich dich bei deiner Kleiderwahl unterstützen sollte«, sagte Thorsten, hauchte mir zwei Küsschen auf die Wangen und schob sich in die Küche.

»Birnensahne«, sagte er und klopfte sich verschämt auf seinen Hüftring. »Zieh du dich schon mal um. Ich warte solange.« Thorsten schob sich verdächtig nah an meinen Teller heran. Aber bei Kuchen brach mein Futterneid aus.

»Die fettreduzierten Kekse sind im Schrank«, sagte ich und ging ins Schlafzimmer.

Zehn Minuten später kam ich zurück. Thorsten hatte inzwischen seine Designerjacke ausgezogen. Er trug einen dunkellilafarbenen Anzug und darunter ein grellgrünes hautenges T-Shirt mit der Aufschrift »I'm the perfect body«. Und bis auf ein zentimetergroßes Anstandsstück hatte er meine Torte restlos vertilgt.

»Ich dachte, du wollest dich umziehen«, sagte er.

»Ich bin umgezogen! Und außerdem will ich meinen neuen Stiefeln nicht die Schau stehlen.« Ich klackerte ein bisschen mit den Absätzen und ging auf und ab.

Thorstens Augen klebten an meinen Schuhen. »Entenform ist mega-out!« Er seufzte. »Aber die Farbe ist einigermaßen okay.«

Nachdem ich Thorsten nicht davon überzeugen konnte, das Auto bei mir stehen zu lassen, brauchten wir ungefähr zwanzig Minuten, um einen Parkplatz zu finden, und weitere zehn, bis wir endlich vor der Königsbau-Passage standen. Es war bereits nach acht und auf der Haupteinkaufsstraße von Stuttgart gingen die letzten Feierabend-Shopper tütenbepackt Richtung Hauptbahnhof.

Thorsten dirigierte mich zu einem Fahrstuhl, den ich noch nie wahrgenommen hatte, und drückte auf den obersten Knopf. Als sich die Tür öffnete, stand eine Menschentraube vor dem Flur von *VIP-Well.*

Wir drängelten uns zum Eingang, da schoss Robbi auf mich zu. »Na endlich!«, sagte er. »Die wollten mich einfach nicht reinlassen.«

»Wen haben wir denn da?« Thorstens Stimme ähnelte einem Schnurren, obwohl sich die beiden bereits kannten. »Dann hab ich ja doch noch was Hübsches an meiner Seite.« Er hakte sich bei Robbi unter, schwenkte lässig mit seiner Einladung und stolzierte am Türsteher vorbei.

»Nette Stiefel. Schönes Schlammbraun.« Robbi drehte sich noch mal kurz zu mir um, bevor sich die beiden ins Getümmel warfen und ich in angemessenem Abstand hinterherdackelte. Das Mahagoni-Parkett war teuflisch glatt. Die Fünfzentimeterabsätze forderten ihren Tribut.

»Und hier ist der Aromatherapieraum.«

Fliederfarbene Liegen mit weißen Beistelltischen waren kreisförmig angeordnet. Auf einem Sideboard lagen nachtblaue Cashmere-Decken, und in einem Holzregal standen kugelförmige Glasflaschen mit verschiedenen Ölen.

»Sind das Duftöle?«, fragte ich.

Die braungebrannte Frau mit dem Schild *Susanna, Presse- und Öffentlichkeitsmanager* warf mir einen vernichtenden Blick zu. »Unsere Aromatherapie beruht auf streng wissenschaftlichen Untersuchungen. Eine halbe Stunde pro Woche, und die Zellregeneration wird beschleunigt angeregt. Das verlangsamt, ja, ich möchte beinahe behaupten, es stoppt den Alterungsprozess der Haut.« Sie beugte sich dicht zu mir. »Damit kann man gar nicht früh genug anfangen.«

Ich seufzte angemessen. »Wie recht Sie haben! Ich fürchte nur«, ich versuchte entsprechend zerknirscht auszusehen, »dass der Jahresbeitrag meine finanziellen Möglichkeiten übersteigt.«

»Aber das ist ja der Sinn der Sache.« Susannas Feingefühl war wirklich beeindruckend. »Hier befindet man sich unter Seinesgleichen. Wir haben mittlerweile eine mehrseitige Warteliste. Dabei ist ein Jahreseinkommen von einer Viertelmillion die Grundvoraussetzung für eine Mitgliedschaft. Irmchen! Welche Freude ...«

Susanna beendete ihre Pressevorführung für mich abrupt, als sie Irmchen von der *Gala* entdeckt hatte. Aus den Augenwinkeln bekam ich noch mit, wie die beiden Küsschen austauschten, dann machte ich mich auf die Suche nach meinen beiden Jungs. Ich folgte der Musik, die aus dem saalähnlichen Raum kam, in dem sich das Büfett und etwa zweihundert Menschen befanden, die überwiegend gebräunt, dünn und diamantenbehängt waren. Das machte es einfach, Thorsten und Robbi zu finden.

»Dünne Kuh!«

Ich zuckte zusammen. Die Stimme war ohrenbetäubend laut.

»Ich weiß, dass du dein Geld mit Erpressung gemacht hast!«

Die Stimme musste über Lautsprecher kommen, denn sie übertönte alles. Die Gäste blickten sich irritiert um und versuchten, die Sprecherin zu orten. Endlich schien die Party in Gang zu kommen.

»Dein Mann betrügt dich.«

Das war kein Lautsprecher. Eine Frau im goldenen Kleid hatte ein Megaphon vor dem Mund. Der Mann, den sie gerade öffentlich bloßstellte, schnappte nach Luft, doch die Frau im Goldkleid ging bereits weiter, während eine andere Frau, offenbar seine eigene, mit der Handtasche auf ihn einschlug.

»Dein Kleid ist eine billige Versace-Imitation.«

Der angesprochenen Platinblondine klappte der Unterkiefer herunter. Der Großteil der Partygäste scharte sich inzwischen zusammen und versuchte, Abstand zu der Frau mit dem Megaphon zu halten.

»Tolle Party.« Thorsten stand neben mir. »Was ist bloß in die gute Dede gefahren? Vielleicht hätte sie doch lieber zu Hause bei ihrem Blauperserkater bleiben sollen.«

»Du kennst die Frau?«

»Klar, das ist Desiree Dorn, kurz Dede. Hat eine rasante Karriere hinter sich und ist so was wie ein Star bei den betuchten Yoga-Anhängern. Ist der neueste Fitnesskult. Ihre Kurse kosten fünfhundert Euro pro Stunde. Ist eine gute Kundin von mir. Ein wenig überheblich, die Frau.«

»Ziemlich durchgeknallt, würde ich sagen.«

»So hab ich sie noch nie erlebt. Da wird sie mir ja fast sympathisch.« Thorsten musste schreien, um sich verständlich zu machen. Denn Dede hatte mittlerweile wohl fast alle Anwesenden via Megaphon beleidigt, und die gingen zum Gegenangriff über. Erste Häppchen vom Ayurveda-Büfett flogen durch die Gegend. Thorsten nahm den letzten Schluck aus dem Champagnerglas, griff nach meiner Hand und zog mich mit sich in die aufgebrachte Menge.

»Deckung!« Die Warnung kam zu spät. Ein Gurken-Reis-Häppchen klebte bereits an meinem Hals. Eine Sekunde später spürte ich etwas Feuchtes unter meinem linken Auge.

»Knoblauchspinat«, kommentierte Thorsten. »Guck mal, da.«

Wo kurz zuvor noch vornehme Zurückhaltung waltete, räumte eine aufgebrachte Menge das Büfett ab, um sich mit ausreichender Munition auszustatten. Das Servicepersonal hatte jeden Widerstand aufgegeben und versuchte nicht mal mehr, die Leute zu beruhigen. Ein rothaariger Vamp, dessen bildhübsches Gesicht zur zänkischen Fratze verzogen war, trat nach Dede, die mit dem Megaphon zurückschlug.

»Jetzt kommt die Catcheinlage.« Thorsten rieb sich die Hände, während eine aufgelöste Susanna versuchte dazwischenzugehen. Irmchens Fotograf schoss ein Foto nach dem anderen.

»Ich glaube, für heute langt's mir«, sagte ich.

»Du hast recht.« Thorsten seufzte. »Man soll immer gehen, wenn's am schönsten ist.«

An der Garderobe wartete Robbi bereits auf uns. Und als wir auf den Fahrstuhl zugingen, kamen uns Lars Bruns, Leiser und Co. entgegen.

»Paula, was machst du denn hier?« Zwei strahlend weiße Zahnreihen lächelten mich an. Lars war offenbar so überrascht, dass er vergaß, mich unter Seinesgleichen zu siezen.

»Wir gehen dann schon mal rein, Chef.« Leiser nickte ihm kurz zu, ignorierte mich und ging mit seinen Kollegen voraus.

»Hallo, das ist aber eine entzückende Überraschung.« Thorsten strahlte.

Er und Lars Bruns hatten sich vor einiger Zeit kennengelernt. Seitdem versuchte Thorsten sich als Kuppler.

»Abend, Herr Wollter«, sagte der Kommissar. Er deutete mit dem Kopf zur Tür, die zu *VIP-Well* führte und hinter der deutlich aufgebrachte Stimmen und klirrende Flaschen zu hören waren. »Was ist denn da drin los?«

»Viel interessanter ist doch, warum die Kripo hier auftaucht. Habt ihr nichts Wichtigeres zu tun?«, fragte ich.

Lars Bruns lächelte gequält. »Schön wär's. Ich muss da jetzt rein. Paula, ich würd dich gerne demnächst mal privat sprechen. – Dir klebt da übrigens was unter dem Auge«, hörte ich noch, bevor sich die Fahrstuhltür schloss.

Auf dem Weg zu Thorstens Auto teilte mir Robbi mit, dass die Recherchen über Dr. Fancy im Sender auf meinem Schreibtisch lagen und er die wesentlichen Infos bereits gelb, die interessanten orange und die verdächtigen hellblau markiert hatte. Dass es ihm leider nicht möglich gewesen war, ominöse Details grün hervorzuheben, lag nur daran, dass er keinen Marker mehr auftreiben konnte. Überhaupt könnte er sich nichts Schöneres vorstellen, als mein Praktikant zu sein. Noch nie wäre er so viel menschlichem Desaster begegnet wie in den letzten zehn

Monaten. Grandios sei das und eine echte Bereicherung. Ich tätschelte seinen Kopf und bildete mir ein, ein tiefes Schnurren zu hören.

Nachdem wir Robbi zu Hause abgesetzt hatten, versuchte Thorsten mich über Lars Bruns auszuquetschen. Doch ich war weder bei der Sache, noch gab es irgendwas Wesentliches zu berichten. Ich vertröstete ihn auf den nächsten Abend. In der Wohnung wusch ich mir die Essensreste aus dem Gesicht, putzte die Zähne und versuchte einzuschlafen.

Doch in meinem Kopf arbeitete es. Ein Nackter auf dem Schlossplatz, eine Frau im Goldkleid auf Kollisionskurs und ein kiffender Musicalstar in der U-Bahn ... Zusammengenommen waren das ein bisschen zu viele Zufälle. Selbst wenn es sich dabei um mehr oder minder bedeutsame Promis handelte. So viel schlechte PR nahm doch kein Mensch freiwillig auf sich.

Weder die morgendliche Dusche noch der halbe Liter Espresso verbesserten meine Laune. Morgenmuffeligkeit war eine Tatsache, der man sich nicht entziehen konnte. Ein lebenslanges Stigma, das eigentlich kein Problem darstellte, solange man unter sich blieb und erst kommunizierte, wenn man einigermaßen bei sich war.

Als ich mir im Flur die neuen Stiefel anzog, hörte ich schon das aufdringliche Klappern. Ich atmete tief ein und versuchte meine innere Mitte zu finden, wie es mir ein Yogalehrer vor einigen Monaten beibringen wollte. Ich hatte mich gerade noch beherrschen können, ihm eine auf die Nase zu hauen, als er mir in den allerersten Minuten die Hände auf den Rücken legte und laut in die Runde sagte: »Oh, da ist aber jemand sehr angespannt.« Daraufhin hatte ich die Stunde verlassen. Ohne Yoga war mein Leben wesentlich stressfreier und entspannter.

Als ich die Haustür öffnete, stand Opa Körner vor mir. Er war zwei Köpfe kleiner als ich, stocktaub und mindestens hundert Jahre alt, was ihn nicht davon abhielt, die Kehrwoche für alle Mietparteien zu übernehmen. Wobei er es mit der Woche nicht so genau nahm und täglich für Sauberkeit sorgte.

»Ja, die Frau Grün. Gell, Morgenstund hat Gold im Mund.«

Ich nickte ihm stumm zu.

»Wobei, halb neun, das ist ja fast schon Mittag.«

Ich ging an ihm vorbei die Stufen hinunter und wäre dabei fast über Opa Körners Katze gestolpert, die majestätisch mitten auf der Treppe thronte und mich schläfrig ansah, als ich ihr die Zunge rausstreckte.

Im Sender erwartete Robbi mich bereits mit einem dampfenden Milchkaffee. Ich versuchte mir vorzustellen, wie ich jemals wieder ohne meinen Praktikanten arbeiten sollte. Eine Horrorvision. Lieber widmete ich mich den Unterlagen über Dr. Fancy. Als ich wieder aufsah, begegnete ich Robbis Blick.

»Ich glaube ja, das hat mit seiner Vergangenheit zu tun.«

Ich zog die Augenbrauen hoch.

»Es gab damals, als Dr. Fancy groß in die Klubszene eingestiegen ist, auffällig viele Geschäftsaufgaben bei seinen Konkurrenten. Im *Tex* wurde bei einer Razzia Koks gefunden, das *Hobster* ging in Flammen auf und war unterversichert. Und das *Bumps* ging pleite, weil das Publikum wegen Schlägertrupps wegblieb.«

»Aber das ist mehr als zehn Jahre her«, wagte ich einzuwenden. »Und mal ehrlich, wie sollen ein nackter Dr. Fancy und so was wie ein Bandenkrieg zusammengehen?«

Robbi kaute nachdenklich auf seiner Unterlippe. »Vielleicht steckt dahinter gar kein Fall oder so und er hat wirklich einfach nur zu viel Drogen eingeworfen.«

»Das glaube ich nicht.« Ich zeigte auf die Artikel der letzten Jahre, die Dr. Fancy vorzugsweise in Homestorys porträtierten. Nicht die kleinste Andeutung von Drogengeschichten, im Gegenteil. Sofern er eine wilde oder kriminelle Vergangenheit gehabt hatte, die schien vergeben und vergessen.

»Guck dir den Mann doch mal an.« Ich nahm ein Foto, auf dem er einen Pekinesen im Arm hielt. »Und hier.« Ein Bild von Dr. Fancy und demselben Hund gemeinsam auf dem Sofa. »Das ist doch Spießbürgertum pur, allerdings auf hohem Niveau.«

»Das ist übrigens Little Fancy, sein Ein und Alles.« Robbi wusste über Hund und Herrchen Bescheid.

»Weißt du was? Ich glaube, ich sollte Big und Little Fancy einen kleinen Besuch abstatten.«

Ich erzählte Robbi von dem Artikel über den kiffenden Benny in der U-Bahn und bat ihn, ein kleines Dossier über den Musicalstar zu erstellen.

Mit der 15 ruckelte ich zum Eugensplatz und stieg dort aus. Über die Gerokstaffel und am Kanonenhäusle vorbei schnaufte ich Richtung hochgelegener Gänsheide und Bubenbad, eines von Stuttgarts reichsten und schönsten Villenviertel. Die palastähnlichen Häuser waren von riesigen Grünanlagen und dem obligatorischen Zaun umgeben, der ungebetenen Besuch fernhalten sollte.

Ich klingelte trotzdem und hielt mein Gesicht nebst Presseausweis vor die videoüberwachte Gegensprechanlage.

»Ja?« Die Anlage funktionierte einwandfrei.

»Paula Grün vom SWR. Herr, äh, Donnersberg, ich hätte einige Fragen an Sie.«

»Worum geht's?«

»Nun, könnten wir das nicht drinnen besprechen?«

Der Klubbesitzer pflegte einen professionellen und routinierten Umgang mit der Presse, denn statt einer Antwort summte der Türöffner.

Der Garten war weitläufig und unglaublich schön. Die alten Obstbäume verloren bereits ihre Blätter, die sich gelb und rot über den Rasen verteilten. Ein kleiner Springbrunnen plätscherte vor sich hin, während ich mich auf der gewundenen Auffahrt der höher gelegenen Villa näherte. Vor der weißen Haustür waren Arbeiter in weißen Overalls mit der Aufschrift *Home-Safety* beschäftigt.

Ich klingelte ein zweites Mal.

Ein ganz in Schwarz gekleideter Herr Donnersberg öffnete mir die Tür. Im Arm hielt er Little Fancy, der eine Art Muff um den Bauch trug und den er unaufhörlich streichelte. Ich folgte den beiden durch den Flur, wo ein weiterer Sicherheitsmann eine Kamera installierte.

Das Wohnzimmer hatte eine riesige Fensterfront mit Panoramablick. Der Raum war bis auf die Bonsaipflanzen ganz in Weiß gehalten, inklusive der monströsen Hi-Fi-Anlage.

Die beiden Fancys nahmen auf dem Sofa Platz. »Was kann ich für Sie tun?« Dr. Fancy begutachtete mit Kennerblick mein Schuhwerk.

»Herr Donnersberg, wir haben uns ja bereits gestern Morgen kennengelernt.«

Röte schoss in sein Gesicht. »Und?«, fragte er.

»Und?«, wiederholte ich. »Sie rennen splitterfasernackt zur Rushhour durch den Schlossgarten und alles, was Ihnen dazu einfällt ist: und?«

»Mehr habe ich dazu nicht zu sagen.«

»Standen Sie irgendwie unter Druck?«

Little Fancy wurde es offenbar zu eng in der Umklammerung seines Herrchens. Mit einem Fiepsen befreite er sich und schoss auf meine neuen Stiefel zu.

»Hören Sie, Frau Grün …« Fancy wusste ohne Hund offenbar nicht, was er mit seinen Händen machen sollte, und schob sie unter die Achseln. »Ich hab der Polizei bereits alles gesagt, was es dazu zu sagen gibt, nämlich nichts. Eine Anzeige wegen öffentlicher Ruhestörung war alles, was die mir anhängen konnten. Schreiben Sie, was Sie wollen. Ist mir völlig egal. Fancy, hierher!«

Doch Fancy speichelte begeistert auf meinem rechten Schuh.

Ich betrachtete die plakatgroßen und professionell gemachten Fotos, die in protzigen Silberrahmen das Wohnzimmer schmückten. Little Fancy, der seinem Herrchen das Gesicht leckt. Little Fancy mit seinem Besitzer Stuhl an Stuhl beim Essen. Little Fancy, der sich am Bauch kraulen lässt.

»Sie hängen sehr an Ihrem Hund?«, fragte ich, während ich erfolglos versuchte, ebenjenen von meinem Schuh abzuschütteln. Mittlerweile knabberte der Pekinese bereits am Leder.

»Er ist mein Ein und Alles.«

»Und wo war er gestern Morgen?«

»Na hier, wo denn sonst? Wollen Sie irgendwas damit andeuten?« Donnerbergs Stimme wurde lauter.

»Nein, natürlich nicht. Das war's dann auch schon. Vielen Dank.« Ich wollte aufstehen, doch der Hund hatte sich in meine

Stiefel verbissen. Schön, dass es außer mir noch jemanden gab, der sich dafür begeistern konnte. Mit einem leichten Kick wollte ich ihn wegtreten. Dabei verrutschte Fancys Bauchwams.

»Was ist denn das?«, fragte ich und deutete auf das signalrote Anarcho-Zeichen in Fancys Fell.

»Ein bisschen Demut hin und wieder hat noch keinem geschadet.«

Aha.

Auf dem Weg zurück in den Sender entwarf ich eine Hypothese. Sie war grotesk, aber in sich schlüssig. Und sie lief darauf hinaus, eine kleine Undercover-Aktion zu starten. Die Sonne strahlte, der Himmel war knallblau, und ich beschloss, erst an der Staatsgalerie in die U-Bahn zu steigen. Stäffele abwärts sind etwas Wunderbares und versteckt Idyllisches. Ich fühlte mich gut, also zog ich das Handy aus der Tasche und wählte die Nummer, die ich seit vier Wochen aus meinem Hirn verbannt hatte.

»Bruns.« Der Mann sah nicht nur blendend aus, sondern hatte auch noch eine tiefe, leicht rauchige Stimme.

»Paula hier. Das ist ein beruflicher Anruf.« Ich wollte meiner Stimme einen professionellen Ton verleihen. »Chrn, ähs …«

»Wie bitte?«

»Kann es sein, dass du zurzeit eine SoKo leitest?«

»Das könnte richtig sein.«

»Um was geht es dabei?«

»Nun, der Name unserer SoKo lautet Ö. Ä. Allerdings sind wir kurz davor, sie aufzulösen. Weil sich bisher nicht das kleinste Indiz für einen Zusammenhang zwischen den Vorkommnissen ergeben hat. Da du …«

»Ö. Ä.?«

Er hüstelte. »Öffentliche Ärgernisse.«

So was konnte auch nur der Polizei einfallen. Lars erzählte, dass der Polizeipräsident persönlich die Sonderkommission einberufen hatte, nachdem der Bürgermeister seine Frau beim Singen schmutziger Lieder und Graffiti-Sprayen im Rathaus erwischt hatte. Eine Woche später der Vorfall mit Benny. Der äußerst populäre Musicaldarsteller mit Starallüren war aufgegriffen worden, nachdem er etwa eine Stunde lang kiffend mit der U6 unterwegs gewesen war.

»Allerdings, wie gesagt, die SoKo wird aufgelöst. Zum Glück. Eine echte Zeit- und Ressourcenverschwendung. Als hätten wir nichts Besseres zu tun!«

»Habt ihr das denn?« Ich biss mir auf die Zunge.

»Wieso fragst du eigentlich? Hast du was rausgefunden, was ich wissen sollte?«

Nie mehr Spinatlasagne bei einem Rendezvous bestellen. »Nö«, sagte ich eine Spur zu laut. »Danke für die Info.«

»Paula, meinst du nicht, du bist mir noch eine Erklärung schuldig? Hab ich dir irgendwas getan? Oder warum hast du dich damals einfach im Klo eingeschlossen?«

Der offizielle Teil des Gesprächs war vorbei. Und auf den privaten war ich nicht vorbereitet. Deshalb klopfte ich mit den Fingernägeln aufs Handy, gab unartikulierte Laute von mir und brüllte »Funkloch« in die Muschel, bevor ich das Gespräch beendete.

Wie erwartet, war Robbi zutiefst beeindruckt von meiner Vermutung. Ich rechnete fast schon damit, dass er wie Little Fancy auf meinen Stiefel speichelte. Gemeinsam gingen wir noch einmal alle Unterlagen durch. Und da wir jetzt wussten, wonach wir suchten, wurden wir schnell fündig.

»Dede und ihr Blauperser Massimo. Benny und sein Gecko Clyde. Ich komme mir ja vor wie im Kino.«

»Das ist besser als Kino.« Robbi war immer noch ganz hibbelig. »Das ist die Wirklichkeit.«

»Die große Frage ist nur: Wer? Und wie?«

»Paula, du kannst einem echt jeden Spaß vermiesen.«

Diesmal durfte Robbi die Ortstermine übernehmen und ich machte mich an den Papierkram. Eine Stunde später saß ich vor einer Liste mit dreißig Adressen. Damit ging ich in den dritten Stock zu Helga. Helga gehörte gewissermaßen zum Inventar des SWR und hatte laut eigenen Angaben schon viele kommen und gehen sehen. Außerdem hatte sie fünf Katzen und zwei Hunde, die mit Sondergenehmigung in den Sender durften. Es hatte vor einigen Monaten deswegen mal Ärger gegeben, weil ihre Riesendogge Ernie auf den Flur gekotzt hat. Aber Helga konnte sich durchsetzen, und seitdem war alles beim Alten.

»Ja ja, die Paula«, sagte Helga, als ich ihr Büro betrat und dabei vorsichtig über Ernie und seinen Bruder Bert stieg, die ausgestreckt auf dem Boden lagen. »Könntest dir ja auch mal neue Schuhe leisten, Mädchen«, sagte sie kopfschüttelnd.

Helga war entzückt, dass ich wegen ihres Tiersachverstands gekommen war. Sie rückte ihre Papageienbrille zurecht und studierte mit lautlosen Lippenbewegungen die Liste.

»Also, die kann ich nur empfehlen.« Sie deutete auf die erste Adresse. »Aber der nimmt's mit der Tierfellpflege nicht so ganz genau. Und der da …«, sie runzelte ihre Stirn, »… das ist ein völlig überteuerter, arroganter Sack.«

Während Helga die Liste kommentierte, fütterte ich Ernie und Bert mit ausdrücklicher Erlaubnis von Helga mit Gummibärchen. Angeblich ein wahres Wundermittel für gesundes Fell und die perfekte fettfreie Zwischenmahlzeit. Nach zwanzig Minuten war die Liste auf acht Adressen zusammengeschrumpft. Ich bedankte mich bei Helga, streichelte Ernie und ließ mich von Bert zum Abschied anrülpsen.

Robbis Handy war ausgeschaltet. Ich schrieb ihm eine SMS und ging nach Hause.

Das *Hüftengold* war mit der Zeit zu meinem zweiten Wohnzimmer geworden. Die Einrichtung war wie die Karte, übersichtlich, aber individuell, mit liebevollen Details und euro-asiatischer Küche. Außerdem war der Kaffee sensationell.

Thorsten saß bereits an seinem Lieblingsplatz und flirtete mit einem Kellner, den ich noch nie gesehen hatte. Ich setzte mich neben ihn aufs Sofa und bestellte einen Cafe Leche.

»Ich brauche deine Hilfe.«

»Schätzchen, wir machen dir eine hübsche Frisur, stecken dich in einen atemberaubenden Fetzen, und dann kann gar nichts mehr schiefgehen.«

»Ich rede nicht davon, einen Mann zu verführen.«

»Nicht mal einen Kommissar? Du musst dein Spinattrauma überwinden, und zwar schnellstens.«

»Paula, du hattest recht.« Robbi stand noch in der Tür der Kneipe, aber mit seinem Ausruf hatte er sofort die ungeteilte Aufmerksamkeit aller Anwesenden.

»Er ist einfach entzückend.« Thorsten klatschte in die Hände, während Robbi sich an den Tisch setzte und umständlich seine Jacke auszog.

Er hatte herausgefunden und per Kamera festgehalten, dass auch Dedes Blauperserkater Massimo ein rotes Anarcho-Zeichen auf dem Fell hatte. Bei Clyde war er sich nicht ganz sicher, da der Vorfall schon drei Wochen zurücklag und die Haut des Geckos mittlerweile wieder aussah wie eh und je. Ein Nachbar von Benny hatte aber erzählt, dass Clyde vor einiger Zeit so ein rotes Frauensymbol gehabt hätte.

»Na ja, mit Fantasie könnte man das Frauen- und das Anarcho-Symbol schon verwechseln.« Thorsten knabberte stirnrunzelnd an seinen Tapas.

Ich zog die Liste aus meiner Tasche. »Ich hab hier acht potenzielle Kandidaten. Sagt euch einer der Namen was?«

»Von denen hier hab ich mal gehört.« Thorsten spülte mit Prosecco den Mund leer. »Ist wohl ein Kollektiv.«

»Ein Kollektiv? Hier in Stuttgart?« Ich war einigermaßen baff. »Okay, dann geht's mit denen los.«

Zwei Augenpaare starrten mich an.

»Wir werden einen Tierentführer überführen. Thorsten, du musst mit, weil du als Einziger in der Lage bist, ein Beweisstück zu sichern!«

»Wie bitte?«

»Na ja«, sagte ich. »Wer sonst könnte die Tiere von irgendwelchen Promis identifizieren?«

Thorstens Augen glitzerten. »Bin dabei.«

»Und ich?« Robbis Unterlippe zitterte leicht.

»Du …«, ich flüsterte, und die beiden Jungs beugten ihre Köpfe vor, »… du bist unsere Lebensversicherung. Wer weiß, wozu Tierentführer fähig sind, wenn ihnen menschliche Wesen auf die Schliche kommen.«

Robbi strahlte mich an. Und unser Plan nahm Gestalt an.

»Miez, miez, miez.« Ich hatte mich bestens vorbereitet. Die Sporttasche stand im Flur und alle Zimmertüren waren geschlossen. Opa Körner putzte im obersten Stockwerk. Mit zwei Scheiben Wurst in der Hand wedelte ich vor seiner Katze herum, die auf meiner Fußmatte lag. Wenn das kein gutes Omen war. Schwerfällig erhob sie sich und folgte mir in die Wohnung. Ich warf die Wurst in meine Sporttasche, und als die Katze darin verschwunden war, machte ich schnell den Reißverschluss zu. Ein empörtes Miauen war die Reaktion.

Ich zog meinen Mantel an, schnappte die Tasche und rannte die Treppen hinunter zu Thorsten, der im Auto auf mich wartete.

»Und Opa Körner war damit einverstanden?«, wollte er wissen, als ich die Tasche auf dem Rücksitz verstaute.

»Den hab ich nicht gefragt. Erstens hätte dann das ganze Haus Bescheid gewusst, so taub wie er ist. Und zweitens hätte er es bestimmt nicht erlaubt.«

Thorsten nickte. »Das stimmt allerdings.«

Ich betrachtete die pseudo-abgeschabte Lederjacke, die Cowboystiefel, die schwarze Sonnenbrille und die grünen Streifen in seinem Haar. Selbst für Thorstens Verhältnis war sein Outfit an Geschmacklosigkeit kaum zu überbieten. »Wie siehst du überhaupt aus?«, fragte ich.

»Das ist meine Tarnung.«

»Und was soll sie darstellen?«

»Na, dass ich Punk bin und gegen das Establishment natürlich.« Thorsten bog in den Wagenburgtunnel ein.

»Klar.« Ich bezweifelte, dass der Armanischriftzug auf der Sonnenbrille bei der Tarnung hilfreich sein würde.

»Und außerdem hab ich noch das da zu unserem Schutz dabei.« Er griff an seinen hinteren Hosenbund, zog einen Revolver heraus und warf ihn in meinen Schoß.

»Hast du ’nen Knall?«

»Keine Sorge, das ist nur eine Gaspistole.«

Na prima, Thorsten im Agentenfieber. Das war wirklich sehr beruhigend. Ich stopfte die Waffe in meinen Rucksack.

»Übrigens, Paula, deine Tasche hüpft über den Rücksitz.«

Während ich auf die Katze einredete, um sie zu beruhigen,

steuerte uns Thorsten souverän durch den Stuttgarter Osten. Wir hielten vor einem einstöckigen Haus, von dem der rote Putz abblätterte. Umgeben von einem wilden Garten, wirkte es seltsam abgelegen vom Rest der Straße, die aus grauen mehrstöckigen Wohnhäusern bestand. *Tierasyl* war mit bunten Buchstaben über die Tür geschrieben.

»Da wären wir.«

Ich zog den Reißverschluss der Tasche auf und Opa Körners Katze schoss heraus. Sie verpasste mir einen Kratzer auf die Wange, als ich versuchte, sie auf den Arm zu nehmen. Und als ich sie endlich eingefangen hatte, pinkelte sie mir auf den Mantel.

»Das stinkt ja widerlich. Bleib bloß weg von mir.« Auf Thorsten war wirklich Verlass. »Übrigens, du blutest. Ist aber für unsere Mission geradezu perfekt.«

Wir betraten das Tierasyl. Durch einen schmalen Gang kamen wir in einen riesigen, zartgelb gestrichenen Raum. Pflanzen, Kletterbäume, Liegestühle und eine Art Planschbecken schafften eine behagliche, entspannte Atmosphäre, in der die Tiere – überwiegend Katzen und Hunde – wie selbstverständlich integriert waren.

»Irre«, sagte Thorsten, schob die Sonnenbrille auf seinen Kopf und folgte einer Art Pfad in den hinteren Teil des Raums.

»Kann ich euch helfen?«

Ich hatte den Mann gar nicht kommen hören. Er trug ein nilblaues Sweatshirt und hatte ein angenehmes Lächeln.

»Ich bin Karl.«

»Ja ...« Ich drückte ihm Opa Körners Katze in den Arm. »Ich würde gerne meine Katze hier abgeben. Also nicht direkt abgeben, sondern ich möchte wissen, ob ich sie eine Woche lang hierlassen kann, weil ich solange wegmuss.«

Das Schnurren war unüberhörbar. Die Katze schmiegte sich an ihn. Karl kraulte sie sanft an den Ohren und widmete ihr seine volle Aufmerksamkeit. Dann kniff er die Augenbrauen zusammen und musterte mich eingehend. »Und wie heißt deine *Katze*?«, sagte er mit seltsamer Betonung.

»Sie heißt, äh, sie heißt Katze.«

»Paula!« Thorsten dröhnte durch den ganzen Raum. »Guck mal, was ich hier gefunden hab.«

Plötzlich war noch eine andere, leisere Stimme zu hören, dann nur noch ersticktes Geschrei. Ich trat von einem Fuß auf den anderen und tastete an meinem Rücken nach der Gaspistole im Rucksack. Das lief nicht so, wie ich es mir vorgestellt hatte.

Plötzlich kam Thorsten mit einem sommersprossigen, rotblonden Mann um die zwanzig an der Seite hinter einer Palme hervor.

»Den Typ hab ich hinten beim Rumschnüffeln erwischt«, sagte der Sommersprossige.

»Was wollt ihr wirklich hier?« Karls Stimme klang bestimmt und er trat einen Schritt auf mich zu, so dass er direkt vor mir stand. Mit seinem Finger fuhr er sanft über den Kratzer auf meiner Wange. Ich bekam Gänsehaut.

»Also Leute«, Thorsten räusperte sich, »wir wissen Bescheid.«

Karl ließ mich keine Sekunde aus den Augen. Ich starrte in seine graugesprenkelte Iris, die sich langsam im Kreis drehte, und konnte mich nicht rühren. Der Typ war bestimmt ein prima Schlangenbeschwörer. »Bescheid, worüber?« Seine Stimme war beinahe zärtlich.

»Über die Entführungen.« Ich riss mich zusammen. »Wir wissen, dass ihr die Haustiere von Benny, Dr. Fancy und Dede –«

»Und Pikizzo. Hab seinen fetten Mops da hinten entdeckt«, unterbrach mich Thorsten.

Wer war zum Teufel war Pikizzo schon wieder? »Und Pikizzo entführt habt und ihre Besitzer dazu gezwungen, sich in der Öffentlichkeit lächerlich zu machen«, fuhr ich fort.

»Pikizzo ist heute Nachmittag erst noch dran.« Karl lächelte. »Aber ansonsten: stimmt.«

»Stimmt?«, wiederholte ich dümmlich.

»Ja, und du kannst nichts dagegen machen, weil es dafür keine Beweise gibt. Außerdem hast du selbst ein Tier entführt.« Bevor ich das abstreiten konnte, brachte mich Karl mit einem Blick zum Schweigen. »Deine Katze ist nämlich ein Kater, das nur nebenbei.«

»Aber warum?«, fragte ich. »Ich meine, um Geld ging's dabei ja wohl nicht.«

»Warum?«, wiederholte Karl. »Weil es möglich war, ganz einfach. Weil die Leute durch ihr Geld und ihren Erfolg schon so degeneriert sind, dass man sie mal wieder erden musste. Um ihnen zu zeigen, dass es keine Sicherheit gibt. Dass sie jederzeit alles wieder verlieren können. Dass man gerade bei Erfolg ein bisschen Demut nicht vergessen darf. Dass alles vom einen zum anderen Moment wieder vorbei sein kann. Deshalb!«

»Wow.«

»Wir wollten sie dort treffen, wo es ihnen am meisten wehtut. Nicht mit Geld, sondern mit peinlichem öffentlichem Auftreten. Nur so konnten sie spüren, worum es uns geht.«

»Wow.« Das kam von Thorsten.

Der Typ beeindruckte offenbar nicht nur mich. Sein offenes Geständnis und die Motivation gefielen mir. Von der perfekten Planung und Ausführung mal ganz abgesehen.

»Und jetzt?«, fragte Karl.

Gute Frage. Irgendwie war mir klar, dass ich ihn nicht verpfeifen konnte.

Karl erzählte, dass ihr Kollektiv aus neun Leuten bestand und alles, was sie mit ihren unterschiedlichen Jobs erwirtschafteten, in eine gemeinsame Kasse ging.

»Dass es das tatsächlich noch gibt, hätte ich nicht für möglich gehalten«, sagte ich. »Zumindest nicht in Stuttgart!«

Karl und der Sommersprossige grinsten. Und bevor wir gingen, verabredeten wir uns für den Nachmittag am Kunstmuseum. Denn dort würde Pikizzo eine Führung der besonderen Art durch seine Ausstellung machen, um seinen fetten Mops wieder zurückzubekommen. Karl versprach sogar, mir in Zukunft rechtzeitig Bescheid zu geben, damit ich live darüber berichten konnte. Zum Dank schenkte Thorsten ihm seine Armani-Sonnenbrille.

Als Thorsten mich zu Hause abgesetzt hatte, ließ ich im Flur Opa Körners Kater frei, der mich fauchend anmaunzte und dann die Treppen zu seinem Herrchen hinauflief. Langsam ging ich ihm hinterher.

»Hallo, Paula.« Lars Bruns lehnte neben meiner Haustür und wartete offenbar schon länger. In der Hand hielt er eine Kuchenschachtel. Er starrte auf den blutigen Kratzer in meinem Gesicht.

»Was ist denn mit dir passiert? Und was stinkt denn hier so barbarisch?«

Offenbar hatte ich mich schon so an die Katzenpisse gewöhnt, dass mir der Geruch nicht mal mehr auffiel. »Nichts«, wehrte ich ab, zog meinen Mantel aus und warf ihn in die Ecke.

Was hatte Karl gesagt? Das Glück kann einen jederzeit wieder verlassen. Ich betrachtete meinen schönen Kommissar. Der würde zwar kein Sterbenswörtchen über Karl und sein Kollektiv erfahren, aber gegen ein gemeinsames Privattreffen war nichts einzuwenden, ganz und gar nichts.

»Komm rein«, sagte ich. »Und wenn du Lust hast, können wir heute Nachmittag ja zusammen in die neue Pikizzo-Ausstellung gehen.«

»Keine Zeit, leider«, sagte Lars. »Ich dachte, wir können schnell was zusammen zu Mittag essen, dann muss ich wieder ins Büro. Heute Nachmittag wird die SoKo offiziell aufgelöst.«

Gerührt betrachtete ich den Kuchenkarton. Bestimmt hatte Thorsten ihm erzählt, dass ich für Birnensahnetorte sterben würde. Ich öffnete die Schachtel und brachte keinen Ton hervor.

Lars legte die Arme um mich und sagte leise in mein Ohr: »Der Frisör hat mir verraten, dass du unheimlich auf Spinatquiche stehst.«

Tatjana Kruse

Die schönsten Frauen kommen aus Schwaben

Ich hatte sie fast zwanzig Jahre nicht mehr gesehen. Stupsnase. Sommersprossen. Blaue Augen in der Farbe von Veilchen. Bärbel, meine ehemalige Nebensitzerin. Einst meine beste Freundin. Aber nach dem Schulabschluss hatten wir uns aus den Augen verloren. Und jetzt würde ich sie auch nicht mehr wiedersehen. Sie war nämlich tot.

Quasi posthum hatte sie mir geschrieben. Während sie bereits im Grab kompostierte, stellte mir der Postbote den handschriftlichen, schwach nach Rosen duftenden Brief zu, den ihr Nachlassverwalter an mich weitergeleitet hatte. Irgendwie gänsehäutig.

Ihr Schreiben war kurz. *Liebe Chris, bin tot. Habe dir mein Haus hinterlassen. Viel Spaß damit. Bärbel.*

Erst als ich zum Einfordern meines Erbes in dem kleinen, aber exklusiven Notariat nahe dem Stuttgarter Hauptbahnhof eintraf, erfuhr ich, dass Bärbel ermordet worden war.

Und dass es sich bei ihrem »Haus« um ein Bordell handelte.

»Tja, Sie müssen das Erbe natürlich nicht antreten.« Notar Gebecke blies die Hamsterbacken auf und sah geflissentlich zur Decke. Er ähnelte ungemein Ex-OB Manfred Rommel und sprach das sogenannte Stuttgarter Honoratiorenschwäbisch. Irgendwie süß.

Sollte ich das Erbe nicht antreten, fiel das »Haus« mitsamt

seinen nicht unerklecklichen Einnahmen an die Stadt. Notar Gebecke war in Personalunion auch Gemeinderat. Da hatte er das finanzielle Wohl der schwäbischen Metropole im Sinn. Besonders jetzt, wo »Stuttgart 21« anstand.

Ich versuchte, mich als Puffmutter zu visualisieren.

Gebecke klopfte mit den Fingerknöcheln auf die Schreibtischplatte.

»Drängen Sie mich nicht«, brummte ich, »ich überlege noch.« Ich legte die Stirn in Falten. »Kann ich das ... äh ... Haus mal anschauen?«

Dem langgestreckten weißen Reihenhaus im Stuttgarter Stadtteil Dachswald – Hanglage mit Gartenzwergen im Vorgarten – hätte man als Uneingeweihter nie und nimmer angesehen, was sich im Innern abspielte. Von nachmittags 14 bis nachts um zwei Uhr. Es strahlte schwäbischen Fleiß aus – auch für ein florierendes Freudenhaus die beste Zutat.

Wir standen gegenüber auf dem relativ großen Parkplatz, beschattet von zwei Blutbuchen und umgeben von einer Handvoll Matronen und Vollbartträgern mit Spruchbändern. *Weg mit dem Puff* stand darauf zu lesen. Mein Empfangskomitee. Mit kollektiv erhobenem, gichtigem Moralfinger.

»Frau Nägele hat das gewerbliche Nutzungsrecht in diesem reinen Wohngebiet absolut rechtmäßig erworben«, erläuterte mir Notar Gebecke ungefragt und klang dabei ein wenig defensiv. »Wir gehen wohl besser hinein.«

Ich folgte ihm und fragte mich, wie gut er Bärbel gekannt haben mochte.

Die Mädchen schliefen noch. Es war ja auch erst kurz nach zehn Uhr vormittags. Das Haus war makellos sauber. Und gar nicht so puffig, wie ich – unbeleckt vom wahren Leben – es mir vorgestellt hatte. Ich kannte Hurenhäuser nur aus Western und hatte Troddeln und viel roten Plüsch erwartet. Die Innenausstattung war aber erstaunlich nüchtern und verchromt und alles in allem ziemlich edel. Im Empfangsbereich hing sogar ein Holzschnitt von Grieshaber. Sah ziemlich original aus.

In der Küche heulte die kroatische Putzfrau.

»Warum?« Aus tränenverquollenen Augen sah sie zu uns auf.

»Warum was?«, fragte ich. Ich hasste Tränen. Wer alt genug ist, um allein aufs Klo zu gehen, ist auch alt genug, die Zähne zusammenzubeißen, wenn er vom Schicksal einen Kinnhaken bekommt.

»Warum ist sie tot?«, schniefte die Putzfrau in ihren Wischmopp.

Der Notar wandte sich erklärend an mich. »Frau Nemec war im Urlaub und hat erst heute früh erfahren, dass Bärbel Nägele ermordet wurde.«

Wir tranken erst mal Kaffee und aßen jeder eine Butterbrezel. Als Schwabe überstürzt man nichts.

»Wie ist sie eigentlich umgebracht worden?« Endlich war ein guter Zeitpunkt für diese Frage gekommen, die ich mich bislang nicht zu stellen getraut hatte. Gedecke hatte nur ganz allgemein von einer Gewalttat gesprochen. Automatisch hatte ich an Schutzgelderpresser gedacht. Oder an konkurrierende Zuhälter. Oder unzufriedene Freier.

Die kleine Bärbel aus meiner Erinnerung hätte eigentlich nur sanft wie eine Prinzessin auf einem Bett aus Rosen entschlafen dürfen. Nichts war weiter voneinander entfernt als Sommersprossen-Bärbel und ein blutiger Gewaltakt.

Notar Gedecke sah betroffen zu Boden. Offenbar hielt er das für die angemessene Reaktion auf eine derart etikettelose Frage. »Frau Nägele wurde auf bestialische Weise erschlagen.«

Frau Nemec heulte noch lauter. Trommelfellzerfetzend laut. »Gott, wer tut nur so etwas?«, schrie sie in Richtung Küchendecke.

Die Decke blieb stumm, doch Notar Gedecke fühlte sich angesprochen. »Es handelt sich um einen Serientäter. Frau Nägele ist schon sein zweites Opfer.«

Auf diesen Schreck holte Frau Nemec die Eierlikörflasche aus dem Besenschrank – offenbar ihr Notvorrat – und schenkte uns allen die mittlerweile leeren Kaffeetassen randvoll ein. Ich nahm einen kräftigen Schluck.

»Schreckliche Sache. Frau Nägele wurde mit einem Ast der Schädel eingeschlagen.« Gedecke schnupperte nur an seinem

Eierlikör, trank aber nicht. Er hätte sichtlich männlichere Alkoholika bevorzugt.

»Wer war das erste Opfer?«, erkundigte ich mich.

»Die Frau eines Zahnarztes, hier gleich um die Ecke. Lilo Zetsche.«

Auch ihr hatte ein durchgeknallter Psycho mit einem schweren Ast den Kopf förmlich zermanscht, wie Gedecke farbig erläuterte, woraufhin Frau Nemec ihre Tasse ein zweites Mal auffüllte. Zack, war die Eierlikörflasche leer.

»Kannten die beiden Frauen sich?«

Gedecke schüttelte den Kopf. »Höchstens flüchtig vom Sehen. Ihre Freundin war hier ... nun ja, sie wurde gesellschaftlich geschnitten. Viele Bürgerinnen und Bürger waren und sind der Ansicht, dass ein Bordell nicht in einen idyllischen Stadtteil wie den Dachswald gehört.«

»Aber es muss doch einen Zusammenhang zwischen den beiden ermordeten Frauen geben«, beharrte ich. »Wenn es in diesem Vorort wirklich so idyllisch ist, dann werden doch nicht zusammenhanglos gleich zwei Frauen ermordet.«

Gedecke schürzte die Lippen. »Nein, reiner Zufall. Die Welt ist schlecht. Sodom und Gomorrha. Aber der Täter ist so gut wie überführt, stand heute in den *Stuttgarter Nachrichten* zu lesen. Ein gewisser Armin Wicki. Ein polizeibekannter Gewalttäter. Wohnt auch hier im Dachswald. Natürlich nur zur Untermiete.«

»Ich habe gehört, Ihre Frau ist ermordet worden. Mein Beileid«, sagte ich zu den grünen Augen über dem Mundschutz.

»Danke«, erwiderte Zahnarzt Zetsche. Seine Unterlippe begann zu zittern. Sehen konnte ich das natürlich nicht, aber sein Mundschutz vibrierte auf verräterische Weise.

Ich hatte über einen diffusen Schmerz oben links geklagt. Eigentlich hätte er nichts finden dürfen, weil ich meine Halbjahresinspektion erst vor zwei Wochen mit Bravour bestanden hatte. Aber natürlich fand er doch etwas. Ich war ja auch privat versichert.

»Mittlerweile wurde noch eine Frau ermordet, eine Frau

Nägele«, sagte ich, kurz bevor er die Spritze ansetzte. »Kannten Sie sie?«

»Sie war hier in Behandlung.« Er stach zu. Wenig feinfühlig.

»Hatte Ihre Frau Feinde?«, fragte ich, schon etwas undeutlich, weil die Spritze schnell zu wirken begann.

»Meine Frau war eine Seele von Mensch. Sie hatte keinerlei Feinde.« Die Hand mit dem Bohrer zitterte.

Ein Angstschweißtropfen perlte über meine Stirn.

Kurz darauf stand ich mit einer neuen, völlig unnötigen Füllung im Flur. Meine linke Wange war geschwollen und aus meinem Mundwinkel tropfte der Sabber.

»Natürlich hatte Frau Zetsche Feinde. Jede Menge sogar«, raunte die Zahnarzthelferin mir zu, die mich zum Ausgang führen sollte.

»Ach ja?«, gurgelte ich völlig unverständlich, aber die Zahnarzthelferin war an derartige Lautäußerungen gewöhnt und konnte sie mühelos übersetzen.

»Jede Menge«, wiederholte sie ominös. »Frau Zetsche war Strafverteidigerin und hat einen Päderasten rausgepaukt, der im Schlosspark eine Siebenjährige vergewaltigt hat. Wegen eines Verfahrensfehlers brachte sie ihn wieder auf freien Fuß. Die halbe Stadt hätte sie am liebsten gelyncht.«

Die Mädchen erwiesen sich als unglaublich normal und sympathisch. Sie stammten sämtlich aus Schwaben. Importware gab es nicht. Wozu auch – man weiß ja, woher die fleißigsten Frauen kommen. Schönheit ist nur ein Thema in Hollywood, nicht im Horizontalgewerbe.

Sie begrüßten mich total herzlich, obwohl ich – dank Zetsche – immer noch wie ein missglückter Versuch aus Doktor Frankensteins Labor aussah und mich nicht wirklich verständlich artikulieren konnte. Wir öffneten zwei Flaschen Sekt, um auf Bärbel anzustoßen, dann kamen auch schon die ersten Kunden. Ich blieb in der Küche sitzen und kühlte mir die Wange mit Eiswürfeln.

»Wollen Sie mal einen Blick in die Bücher werfen?«, erkundigte sich Gerda, die auf Domina spezialisiert war und vorübergehend die Geschäftsführung übernommen hatte.

»Warum nicht«, lallte ich unverständlich, was mittlerweile aber eher an den zwei Gläsern Sekt als an der Zahnarztspritze lag.

Müßig blätterte ich in einem der dicken Folianten. Gerda hatte gar nicht die Finanzakten gemeint, die natürlich alle elektronisch erfasst waren, sondern die Bücher mit den Kunden. Jeder Freier wurde im Eingangsbereich heimlich fotografiert und es wurden Stichworte über seine Besuche und Vorlieben festgehalten.

»Falls mal was wäre«, erklärte Gerda diese Selbstschutzmaßnahme.

Ich fühlte mich großartig unterhalten. Die allermeisten Pappnasen waren mir natürlich fremd, aber Notar Gedecke und Zahnarzt Zetsche erkannte ich sofort wieder.

Auf den letzten Seiten waren nur Namen erfasst, keine Fotos. »Die Kamera ist seit vorletztem Monat defekt«, erklärte Gerda. »Da haben wir nur noch die Namen und die Auffälligkeiten notiert.«

Ein Name stach mir sofort ins Auge.

Armin Wicki!

Armin Wicki kam seit fünf Wochen fast täglich und ließ sich nur von Elflein bedienen. Sie war mit Abstand die Jüngste. Ein ätherischer Rotschopf aus Rottweil. Eigentlich hieß sie Monika. Und bis übermorgen war sie auf Urlaub bei ihren Eltern.

»Wird sie wiederkommen?«, fragte ich, plötzlich ganz nüchtern.

»Klar, ihr Fasnachtskostüm hängt doch noch in ihrem Zimmer.« Gerda feilte sich die überlangen Nägel spitz zu. »Abgesehen davon, dass sie es für ihre Arbeit braucht, hängt sie geradezu fanatisch an diesem Kostüm. A echte Rottweilere halt.«

»Vielleicht hat sie mit Armin Wicki gemeinsame Sache gemacht«, sinnierte ich.

»So ein Unsinn«, widersprach Gerda mit ihrer dröhnenden Dominastimme. »Das Elflein ist ein süßer Schatz. Die tut keinem was zuleide. Und wozu hätte sie sich mit diesem Wicki zusammentun sollen? Die beiden haben von Bärbels Tod überhaupt nicht profitiert.«

Dem konnte ich auf den ersten Blick nur zustimmen. Aber der erste Blick war bisweilen fehlerhaft. Ich nahm mir einen zweiten Blick vor.

Das Konterfei von Armin Wicki erschien am nächsten Morgen erneut in der Zeitung, zusammen mit einer ausführlichen Auflistung seiner bisherigen Straftaten. Wicki war ein vierschrötiger Glatzkopf mit Halstätowierung und Hängeauge. Wenn man so einem Typen im Dunkeln begegnete, nahm man schleunigst Reißaus. Und bei Tageslicht erst recht. Bärbel und Frau Zetsche hatten aber keinerlei Spuren von Fluchtmaßnahmen oder Gegenwehr aufgewiesen. Es erschien mir schlichtweg wenig glaubhaft, dass beide Frauen beim Anblick dieser Brutalo-Visage einfach die Augen geschlossen und auf ihr Ende gewartet haben sollten. Aber vielleicht hatte er sie ja hinterrücks erwischt.

Am Mittag inspizierte ich mein Hurenhaus. Es gab fünf Zimmer mit jeweils eigenem Mini-Bad für insgesamt sieben Sexarbeiterinnen. Die Küche diente gleichzeitig als Gemeinschaftsraum. Im Keller befand sich die Geheimtür für alle, die unerkannt ins Bordell und wieder hinaus wollten, ergo für sämtliche Freier – schließlich waren wir hier in Stuttgart. Unten im Souterrain befanden sich außerdem zwei möblierte Gästezimmer. In dem einen schlief Bärbel, das andere war an Elflein untervermietet.

Mein Misstrauen wuchs.

Vielleicht hatte Elflein Bärbels Sparstrumpf entdeckt. Als sie ihn stehlen wollte, hatte Bärbel sie überrascht. Zusammen mit Armin hatte Elflein Bärbel erschlagen und so getan, als sei sie das Opfer eines Serienmörders.

Blödsinn. Bärbel war definitiv beim Joggen im Schlosspark ermordet worden.

Seufz.

Am nächsten Mittag kehrte Elflein von ihrem Elternbesuch zurück. Wir saßen alle beim Frühstück. Es war kurz nach zwölf.

Sie wirkte tatsächlich wie eine naive Unschuld vom Lande. Aber in der Zwischenzeit hatte ich herausgefunden, was Elfleins Spezialität im Lustgewerbe war, und keine Sekunde lang glaubte ich mehr, dass hinter dieser ätherischen Fassade ein harmloses Menschenkind wohnte.

»Ich bin eine Freundin von Frau Nägele«, stellte ich mich relativ harsch vor. »Und ich habe gleich mal eine Frage. Sind Sie die Komplizin dieses Mannes?«

Ich warf ihr die Zeitung entgegen. Die Seite mit Wickis Foto war aufgeschlagen.

»Den kenne ich nicht«, erklärte Elflein.

»Blödsinn«, kommentierte ich. »Seit Wochen ist er Ihr treuester Stammkunde. Los, raus mit der Wahrheit!«

Elflein sah sich hilflos in der Menge ihrer Kolleginnen um. »Den kenne ich nicht«, wiederholte sie mit einer Aufrichtigkeit, die mich fast überzeugt hätte.

»Lüge!«, gellte ich. »Das ist Armin Wicki.«

»Das ist doch nicht der Armin«, gellte Elflein zurück. Die Gläser in den Schränken klirrten. Im Gellen war sie eindeutig versierter als ich.

»Klar ist das Armin Wicki«, beharrte ich.

»Blödsinn«, zitierte mich Elflein.

»Das ist echt nicht der Typ, der in letzter Zeit immer zum Elflein kommt«, sagte Mathilde, eine Blondine Ende vierzig aus Kornwestheim mit so viel Botox im Gesicht, dass man damit die Gesamtbevölkerung von Uruguay hätte lähmen können. »Er hat einmal einen Dreier gewollt, darum kenne ich ihn. Armin ist viel schlanker, mit langen Fingern und langem, grauem Haar und völlig ohne Tattoos.«

Schlank, Pianistenhände, graue Intellektuellenmähne? Ich kannte in Stuttgart nur einen Mann, auf den diese Personenbeschreibung zutraf.

Notar Gedecke bockte.

»Das ist völlig unmöglich. Berufsunehrenhaft. Ausgeschlossen. Das tue ich nicht.«

»Na, das sehe ich aber anders«, widersprach ich und schob ihm das Foto entgegen. Man sah darauf, wie er in weiblicher Reizwäsche durch den Flur des Bordells hopste, Gerda peitschenschwingend dicht hinter ihm.

»Das Foto wurde widerrechtlich geschossen«, mupfte Gedecke auf. »Außerdem ist das hier Erpressung.«

»Sie sind ein Mann von schneller Auffassungsgabe«, lobte ich ihn. »Und jetzt besorgen Sie mir die Informationen. Mit Ihren Connections ist das doch ein Klacks.«

Wie sich herausstellte, war die verblichene Lilo Zetsche nicht nur vor Gericht knallhart gewesen. Als reiche Erbin hatte sie einen niet- und nagelfesten Ehevertrag aufgesetzt. Zahnarzt Zetsche verdiente auch nicht annährend genug für seinen aufwändigen Lebensstil als Lebemann und Frohnatur, den er sich mit beginnender Midlife-Crisis zugelegt hatte. Kurzum: Er war pleite. Als seine Frau herausgefunden hatte, dass er sich heimlich an ihrem Geld bediente – er überwies gewaltige Summen auf das von ihm mit Hilfe eines gefälschten Passes bei einer Stuttgarter Großbank unter dem Namen des stadtbekannten Schlägers Armin Wicki eingerichtete Konto –, hatte sie sterben müssen. Bärbel hatte er nur umgebracht, um von sich abzulenken und das Interesse von Polizei und Medien auf einen vermeintlichen Serientäter zu richten. Wäre ich ihm nicht auf die Schliche gekommen, hätte er zweifelsohne noch eine Frau ermordet, nur um auf Nummer sicher zu gehen und großräumig von sich abzulenken.

Wir saßen allesamt nachts um drei in der Küche und kippten Sekt. Nicht die süßliche Hausmarke für die Freier, sondern den guten Jahrgangssekt, der aber trotzdem für Kopfweh sorgen würde, weil die Mädels ihn mit je zwei Zuckerwürfeln süßten.

Ich strahlte über alle vier Backen. Die Polizei hatte in den Freierlisten des Bordells nur den Namen Wicki gefunden und daraus den erstbesten Rückschluss gezogen. Dagegen hatte ich Weitsinn bewiesen. Und Glück gehabt. Aber das Glück klopft bekanntlich ja nur an die Tür derer, die mit offenen Armen darauf warten. Oder so ähnlich.

»Bravo«, lobte Gerda, und alle Mädchen stießen mit mir an, sogar Elflein, die mir großherzig meine Unterstellungen verziehen hatte.

»Und was wird jetzt?«, fragte Mathilde.

Alle sahen mich gespannt an.

Ich musste natürlich nicht lange überlegen.

Der Laden brummte. Wir Mädels würden unser gutes Auskommen haben. Wir würden erleben, wie man zusammen etwas wuppt, gemeinsam als Team.

»Jetzt bauen wir an. Wir brauchen dringend einen Bar-Bereich!« Ich lachte.

Ich, die frisch gebackene Puffmutter.

Fanny Morweiser

Emma

»Frau Kordes muss heute ins Krankenhaus«, sagte Regula, »und ich habe ihr versprochen, den Hund zu nehmen.«

»Diesen kleinen weißen Köter?« Ihr Bruder ließ den mit Müsli vollgehäuften Löffel, den er gerade in den Mund hatte schieben wollen, wieder sinken und sah sie böse an. »Kommt nicht in Frage.«

»Es scheint keine sehr große Sache zu sein«, sagte sie. »Drei bis vier Tage hat sie gemeint. Er heißt übrigens Emma.«

»Wer?«

»Dieser kleine weiße Köter, wie du ihn nennst. Und er wird keinerlei Probleme machen. Ich kümmere mich um ihn.«

»Er bellt.«

»Jeder Hund bellt. Es ist nun mal ihre Art sich mitzuteilen.«

Sie saßen beim Frühstück im Erkerzimmer, nach einer langen Regenzeit war es ein schöner sonniger Morgen, die Rosen, die draußen an der Mauer emporrankten, standen in voller Blüte und schienen nun, von einem leichten Windstoß bewegt, zustimmend zu nicken.

»Regiswindis«, sagte ihr Bruder in drohendem Ton. Er wusste, dass er sie mit nichts mehr ärgern konnte als mit diesem Namen, den ihr Vater, der Stadtbaumeister hier in Lauffen gewesen war, ein anerkannter und der Tradition verhafteter Mann, ihr gegeben hatte. Der Name Regula war der Kompromiss gewesen, den sie ihren Eltern abgerungen hatte, als sie in die erste Klasse der Realschule gekommen war. Natürlich kannte so gut wie jeder Einwohner dieser Stadt die Regiswindislegende und auch die Kirche, die denselben Namen trug, die Kapelle, in der der Sarkophag des kleinen Mädchens stand, das eine böse Magd erdrosselt und in den Neckar geworfen hatte, weil ihr Bruder ausgepeitscht worden war.

Regula hatte in ihren ersten Jahren noch voll Andacht und mit leisem Schauder dem Vater zugehört, wenn er ihr von dem Tod dieser Urenkelin Karls des Großen erzählte, die man nach drei Tagen im Schilf gefunden hatte, mit dem Gesicht eines Engels, als wäre ihr Wunderbares begegnet und nicht die Erdrosselung durch eine verbitterte Frau, die übrigens, wie der Vater mit erhobenem Zeigefinger erklärt hatte, zur Strafe bei lebendigem Leib in eine Felshöhle eingemauert worden war. Doch später hörte sie kaum noch hin, als habe sie zusammen mit dem Namen auch das Interesse an der Geschichte verloren.

Sie nahm einen Schluck von ihrem heißen Kaffee und schloss für einen Moment die Augen. »Frau Kordes war immer hilfsbereit«, sagte sie. »Emma kommt zu uns.«

»Ich habe eine Hundeallergie.«

Sie öffnete die Augen wieder und betrachtete ihn prüfend. Wie immer war Eugen auch heute schon zum Frühstück tadellos angezogen. Anzug, Krawatte, ein blütenweißes Hemd, das natürlich sie gewaschen und gebügelt hatte, goldene Manschettenknöpfe, die sonst kaum noch jemand trug, die aber gut mit seiner goldgerahmten Brille harmonierten.

»Du hast immer irgendwas«, stellte sie trocken fest. Und das stimmte. Neben seinem Gedeck stand die geräumige, ausrangierte Zigarrenkiste, die er für seine diversen Medikamente benutzte, da gab es rote, blaue, weiße und grüne Kügelchen und Kapseln, die ihm einer seiner Freunde, ein Arzt mit einem elfenbeinfarbenen, fast gelblichen Gesicht, hemmungslos verschrieb. Tabletten zum Einschlafen und welche zum Wachwerden, solche, die den Magen beruhigten, und andere, die das Gemüt aufhellten. Eugen schluckte sie mit wahrer Begeisterung und hielt die Erfindung von Pillen für eine der größten Errungenschaften der Menschheit.

Regula hielt sich von Eugens Freunden fern, traute vor allem diesem von Damen umschwärmten Arzt nicht. Er war in Mode, schien ihr aber eher ein Blender zu sein und erinnerte sie an den kleinen geschmeidigen Jesuiten, der bei der Trauerfeier anlässlich des Todes ihrer Mutter den mit roten Rosen überhäuften Sarg immer wieder beinahe tanzend umkreist hatte, um die darin Liegende mit ihrem Vornamen anzureden, als wäre sie noch am Leben. Und Regula, die damals erst vierzehn Jahre alt gewesen war, genauso alt wie ihr Bruder beim Tod des Vaters sechs Jahre später, bekam danach noch wochenlang Albträume, hörte den Sargdeckel sich knarrend öffnen, während die Rosen herabfielen und der Jesuit sich zu dem wachsbleichen Gesicht ihrer Mutter neigte, die, angetan mit einem weißen bestickten Totenhemd, den Rosenkranz zwischen den unauflöslich ineinandergekrallten Fingern, sich halb aufgerichtet hatte, um dem geschwätzigen Priesterchen Rede und Antwort zu stehen.

»Pah«, sagte sie nur, und Eugen, der wohl eingesehen hatte, dass er gegen einen Aufenthalt des Hundes nichts machen konnte, wählte seufzend ein paar von seinen Pillen aus und spülte sie nacheinander mit dem Rest des Kaffees hinunter. Er würde jetzt wie jeden Morgen in die Kanzlei gehen, wo er in einer Sozietät der dritte Mann war, zuständig für Wirtschaftsrecht, was ihm den Umgang mit den üblichen Straftätern ersparte. Das überließ er einem jüngeren Kollegen, obwohl er gern vor Gericht auftrat, groß und stattlich, wie geschaffen für Anzug und Talar, und nur Regula und eine Dame in Stuttgart, die er regelmäßig aufsuchte, kannten seine klapperdürren weißen Beine, bei deren Anblick man das Gefühl hatte, sie müssten unter dem vorgewölbten Bauch früher oder später einknicken.

Sie blickte ihm von der Spüle in der Küche aus nach, wie er gravitätisch den Garten durchschritt, auf dem schmalen gepflasterten Weg durch die Blumenrabatten hindurch, die ihr ganzer Stolz waren.

Das von ihren Eltern auf sie beide übergegangene Haus war mit seinem Erker und den vielfach unterteilten Fenstern im Obergeschoss ansehnlich genug, aber die Blumen, die sie liebevoll pflegte, nahmen ihm etwas von seiner Behäbigkeit, brachten Anmut und

Farbe ins Bild, und nicht zuletzt gab ihr die Sorge um die Pflanzen das Frühjahr, den Sommer und auch noch den Herbst über genug Beschäftigung, so dass sie sich nie wirklich zu langweilen brauchte. Immer kam jemand vorbei, mit dem sie ein paar Worte wechseln konnte, das tat vorübergehend gut und ließ sie für kurze Zeit vergessen, was ihr doch alles fehlte.

Kaum war Eugen um die Ecke verschwunden, kam schon Frau Kordes auf dem Gehsteig daher, und der kleine weiße Hund an seiner Leine umsprang sie und schnüffelte vergnügt an den Stellen, die irgendwelche Vorgänger markiert hatten.

»Nein, Emma«, hörte sie Frau Kordes rufen, wenn der Hund sich anschickte, leicht in die Hocke zu gehen, um nun seinerseits das Revier abzustecken, »nicht hier«, und er gehorchte und ließ sich fortziehen. Frau Kordes bog in den Garten ein, kam zur Haustür und klingelte. Regula öffnete und bat sie einzutreten, und Frau Kordes, die blass und müde aussah, stellte einen Korb, bis oben angefüllt mit zwei kleinen Näpfen aus Metall, einem Zinkkamm und einer Fellbürste, einer Ansammlung bunter Hundeleinen und verschiedener Tüten und Päckchen, ab. »Sie mag nur Trockenfutter«, erklärte sie dabei, »und dazu dann natürlich viel Wasser. Mein Gott, bin ich froh, dass Sie den Hund nehmen. Ich wüsste niemanden, wo er besser aufgehoben wäre.«

»Schon gut«, sagte Regula und ging in die Küche voran. »Möchten Sie einen Schluck Kaffee? Oder lieber Tee?«

»Nein. Nein, vielen Dank. Ich hole nur noch mein Köfferchen und laufe dann zum Bahnhof. Der Zug fährt in einer guten halben Stunde.«

»Und in Stuttgart?«

Regula wusste, dass die alte Dame ins Marienhospital ging, weil sie sich dort, wie sie einmal erzählt hatte, immer gut behandelt fühlte.

»Nehm ich mir ein Taxi. Die Untergrundbahn macht mir Angst. Schon der Geruch, wenn man die Treppe hinuntersteigt. Es ist, als habe sich ein Spalt zur Hölle geöffnet.«

»Na, na«, meinte Regula begütigend. Sie alle hier in der Straße hatten mitbekommen, dass Frau Kordes nicht mehr so ganz richtig im Kopf war, man hatte ihr einen Betreuer zur Seite gestellt, der alles Amtliche und Finanzielle für sie regelte, aber kochen und backen konnte sie wunderbar. Fiel einmal jemand aus, weil er sich nicht wohlfühlte, oder hatte jemand Geburtstag, oder veranstaltete man ein Gemeindefest, kam sie mit ihren selbst zubereiteten Maultaschen oder Linsen mit Spätzle, Kuchen und Torten, spülte und putzte und räumte auf und stellte sich für jede Art von Hilfsleistung zur Verfügung, zu der sie noch imstande war.

»Emma ist was ganz Besonderes«, sagte Frau Kordes mit einem wehmütigen Blick auf den Hund, der sich, die Leine hinterherschleifend, darangemacht hatte, die Wohnung zu durchsuchen.

»Seine Rasse«, fuhr Frau Kordes fort, »kommt aus Peru, wissen Sie, und eigentlich sind diese Hunde nackt.«

»Nackt?«

»Ja. Sie haben kein Fell. Sie werden dort in den Anden, wo die Nächte ja sehr kalt sein sollen, als Wärmflaschen benutzt. Emma ist ein Fehlwurf ... oder wie man so was eben nennt. Und in ihrem Pass«, nun hellte sich das Gesicht der alten Dame regelrecht auf, »in ihrem Pass steht unter besonderen Kennzeichen ... Emma, lass das.«

Emma war auf das Sofa gesprungen, das in einem Winkel der Küche stand, und lag nun dort, zierlich ausgestreckt, zwischen den Kissen.

»Macht doch nichts«, meinte Regula. »Das ist sowieso ein Möbel, das schon lange hätte ausrangiert werden müssen.«

»Behaart«, schloss Frau Kordes.

»Wie bitte?«

»Das ist ihr besonderes Kennzeichen. Wenn sie Ihnen mal wegläuft und Sie werden danach gefragt, sagen Sie einfach, das Tier ist behaart.«

»Eine große Hilfe.«

Frau Kordes dachte nach. »Eigentlich nicht«, gab sie dann zu und ließ sich von Regula zur Tür bringen, wo sie sich noch einmal ausdrücklich bedankte. »Bei Ihnen ist sie tatsächlich gut aufgehoben. Ich melde mich dann, wenn ich wieder da bin.«

»Alles Gute.«

»Wird schon schiefgehen«, sagte Frau Kordes.

Nachdem die alte Dame weg war, kniete sich Regula vor das Sofa und nahm den Kopf des Hundes zwischen beide Hände. Wie weich und seidig sich sein Fell doch anfühlte. Die Augen waren groß und dunkel, eher schwarz als braun, und sie wirkten traurig, obwohl dieses kleine Geschöpf doch so anmutig und zerbrechlich und munter wirkte wie eine Schneeflocke, die durch die Luft tanzt, oder eine Feder, die ein Wind vor sich herweht. Als sie das Tier zu streicheln begann, immer vom Hals abwärts über den langgestreckten Rücken, kam plötzlich eine winzige rosa Zunge zwischen den spitzen schneeweißen Zähnchen hervor und fuhr über ihre Hand. Regula spürte, wie ein Schauer sie überlief. Die letzte zärtliche Berührung, an die sie sich erinnern konnte, war die eines jungen Mannes gewesen, mit dem sie sich heimlich auf der Nachtigalleninsel getroffen hatte, vor vielen Jahren, als die Insel noch zugänglich gewesen war und nicht gesperrt wie jetzt schon seit langer Zeit, weil die Gefahr, umstürzender Bäume wegen, zu groß geworden war. Die Sache mit dem jungen Mann war auseinandergegangen, aber geblieben waren ihr, jedes Mal, wenn sie sich über die Brüstung der Steinmauer am Rathausplatz lehnte und zu der dicht bewachsenen Insel hinuntersah, der süße Geruch, der von all diesen wildwuchernden Pflanzen aufgestiegen war, den Haselnusssträuchern, dem Holunder, dem Schwarzdorn unter Pappeln und Weiden, und schloss sie die Augen, vergegenwärtigte sich ihr das sanfte Schaukeln der Schmetterlinge über den Brennnesselbüschen und den Brombeerhecken, und ließ sie in warmen Sommernächten ihr Schlafzimmerfenster offen, glaubte sie gegen den Morgen hin das Schlagen der Nachtigallen zu hören, die der Insel ihren Namen gegeben hatten.

Sie stand auf und begann den Korb auszuräumen, füllte eine der Schalen mit Wasser, schüttete etwas von dem Trockenfutter in die andere und stellte beides neben das Sofa auf den verschlissenen Teppich. Die Küche war ihr Reich, hier tauchte Eugen so gut wie nie auf, und wenn der Hund nicht zu viel bellte, würde er ihn kaum bemerken. Sie griff nach der Leine, die noch am Halsband befestigt war, und schnalzte auffordernd mit der Zunge.

»Spazieren«, sagte sie.

Der kleine Hund verstand sie sofort, sprang vom Sofa, streckte sich in seiner ganzen Länge, gähnte und tänzelte dann vor ihr her bis zur Haustür, hinter der er wartete, bis sie ihre Jacke angezogen und sich die Einkaufstasche mit dem Geldbeutel gegriffen hatte. Sie ging ihren alltäglichen Weg zum Bäcker und zum Metzger und zu dem Obst- und Gemüseladen, aber im Gegensatz zu Frau Kordes achtete sie streng darauf, dass Emma höchstens mal auf einem Grünstreifen etwas Wasser aus ihrer Blase abließ, denn von ihren Spaziergängen am Neckar entlang kannte sie den eingezäunten, eng begrenzten Platz, der den Hunden erlaubte, dort ihre Notdurft zu verrichten, wobei sie sich immer gefragt hatte, wie ihre Besitzer es schafften, dass ihre Tiere genau an dieser Stelle und ausgerechnet zu dem Zeitpunkt, an dem sie dieses plattgewalzte Stückchen Erde erreichten, die Lust verspürten, sich zu erleichtern, wo doch außen herum Gestrüpp und Gras so viel einladender sein mussten.

Aber das war im Moment kein Problem, anderes geschah, was sie nicht hatte vorhersehen können. Wo sie sonst immer nur freundlich gegrüßt worden war, blieben jetzt die Leute stehen, fragten sie, warum sie den Hund habe, beugten sich nieder und streichelten ihn, und schließlich kam sie eine halbe Stunde später als gewohnt nach Hause, weil auch ihr gänzlich Fremde sie angesprochen und Emma bewundert hatten. Als sie an der Garderobe ihre Tasche abgestellt und ihre Jacke aufgehängt hatte, blickte sie wie zufällig in den Spiegel und sah ein ihr fast unbekanntes weiches und gelöstes Gesicht, das graue Haar hing ihr von dem vielen Bücken ins Gesicht, denn auch sie hatte sich jedes Mal am Hundestreicheln beteiligt, die beiden feinen Falten unterhalb ihrer Mundwinkel schienen geglättet, eine sanfte Röte lag auf ihren Wangen und ließ sie um Jahre jünger aussehen.

In der Küche begann sie das Gemüse zu putzen, zu schnippeln und das Fleisch vorzubereiten, setzte die Pfannen und Töpfe auf den Herd, hantierte schneller und freudiger als sonst, beobachtet von dem Hündchen, das seinen Platz auf dem Sofa wieder wie selbstverständlich eingenommen hatte und, sprach sie es an, leicht mit dem Schwanz auf die Unterlage klopfte.

Danach folgte es ihr durch das Haus, kläffte, als sie die Betten in den beiden Schlafzimmern machte, ein-, zweimal erschrocken auf, denn mit solchem Schwung warf Regula heute die dicken Daunendecken in die Luft, dass es sich wohl bedroht fühlen mochte. Aber nicht wirklich, nein, nicht wirklich, nicht bei und mit ihr.

Als Eugen zum Mittagessen kam, hatte sie den Tisch besonders liebevoll gedeckt, eine Vase mit Rosen in seine Mitte gestellt und Eugens Lieblingspudding gut sichtbar auf der Anrichte drapiert, aber all das half nichts, von Anfang an ging es schief. Emma sauste, als sich die Haustür öffnete, wie ein Blitz von ihrem Sofaplatz, schlitterte den Flur hinunter und begrüßte den Eindringling, noch bevor Regula eingreifen konnte, mit so schrillem und hellem Gebell, als käme da ein ganzes Dutzend Einbrecher ins Haus.

»Schaff die Töle weg«, rief Eugen wütend. »Wieso ist sie schon da? Und warum sagt mir keiner was?«

»Hätte ich dich im Büro anrufen und vorwarnen sollen? Ich hab dir doch Bescheid gegeben. Das ist kein Wolf, das ist ein kleiner Hund.«

»Zum Teufel mit ihm«, knurrte Eugen, stieg über das kläffende Hündchen hinweg und ging ins Wohnzimmer, wo er sich die Zeitung griff und sich auf seinen Stuhl fallen ließ.

Regula hob Emma, die ihm folgen wollte, hoch, trug sie die Treppe hinauf in ihr Schlafzimmer, legte sie dort auf das Bett und sprach ihr beschwörend zu.

»Sie wird sich schon noch an dich gewöhnen«, sagte sie, wieder unten, während sie das Essen auf einem Tablett hereintrug. »Da ist nun mal zu viel Neues für sie.«

Hinter der Zeitung kam nur ein Brummen hervor, und so tat sie ihm wortlos auf, füllte sein Wasserglas, bediente sich selbst und begann zu essen. Er warf die Zeitung fort, aß hastig und unkonzentriert, verschmähte den Pudding und zog sich, während sie abräumte und anschließend in der Küche spülte, zu seinem halbstündigen Nickerchen in seinen Sessel zurück. Von oben kam verzweifeltes Kratzen an der Tür und leises Winseln, das Regula fast das Herz abdrückte. Konnte sie es wagen? Schon jetzt fehlte ihr dieses Stückchen warmes Leben in ihrer Küche, aber Eugen würde ja bald wieder gehen und dann konnten sie und Emma machen, was sie wollten. Ein Café aufsuchen, dachte sie, während sie einen Teller trockenrieb, allein komme ich mir dort immer so fehl am Platz vor, aber mit ihr unterm Tisch ... Oder wir spazieren durch die Weinberge, schon oft hat es mich da hingezogen, aber eine ältere Frau allein, da denkt doch jeder gleich, der fehlt was. So ist das nun mal, wenn man nur wenig Freunde hat, um ganz ehrlich zu sein, eigentlich keine. Bekannte ja, den Singkreis und die Gymnastikgruppe an der Volkshochschule, mit ein, zwei Ausflügen im Jahr, den Weihnachtsfeiern und den gelegentlichen Besuchen, wenn jemand krank war. Aber Freunde? Sie hörte, wie Eugen sich ächzend erhob.

»Kaffee?«, rief sie von der Küche her.

»Ich lass mir im Büro einen machen«, sagte er, »der ist sowieso besser als deiner.«

Unter anderen Umständen hätte sie jetzt ein paar Tränen heruntergeschluckt, aber da dieses weiche, flauschige Bündel oben auf sie wartete, drückte sie nur das Geschirrtuch fest an ihre Brust und betete zum Himmel, Eugen möge möglichst schnell verschwinden, und das tat er schließlich auch.

Nach diesem Nachmittag in den Weinbergen, wo spazieren zu gehen sie sich schließlich entschlossen hatte, kam sie wieder verspätet und völlig erhitzt zurück. Seit Wochen hatte sie nicht mehr so viele Gespräche geführt. Unter anderem mit einer reizenden jungen Frau, die neben einem Kinderwagen zwei niedliche Jack Russels mit sich führte, mit einem beleibten, schwer atmenden Rentner, der ihr schnaufend die Vorzüge seines Golden Retriever schilderte, ohne den er bestimmt schon eingegangen wäre, mit einem etwa vierzehnjährigen Jungen, der einen Welpen unbestimmter Rasse hinter sich herzog, den seine Eltern ihn im Tierheim hatten aussuchen lassen, und schließlich mit einem geradezu zauberhaften älteren Herrn, der, wie sich im Verlauf ihrer Unterhaltung herausstellte, Witwer war und sich Sorgen wegen seines schwarzen Labradors machte, dem irgendein Geschwulst am Bauch gewachsen war, inzwischen schon taubeneigroß. Das Tier würde nächste Woche unters Messer kommen, und er hoffte, natürlich hoffte er ... Regula hatte ihm gut zugesprochen, obwohl sie doch selbst noch ohne jede Erfahrung mit den Nöten und Problemen eines Hundebesitzers war, und er hatte, als sie sich trennten, schüchtern gefragt, ob man sie nun öfter auf diesem Weg treffen würde.

Ja. Sicher. Und sosehr sie Frau Kordes wünschte, dass alles gut ging und sie bald wieder nach Hause durfte, dachte sie doch insgeheim, dass ein paar Tage mehr bei guter Pflege im Marienhospital in Stuttgart der alten Dame nur guttun würden. Eugen traf an diesem Abend seine Kumpane, mit denen zusammen er ein Jagdgebiet im Odenwald gepachtet hatte, und wollte mit ihnen zusammen im *Goldenen Hirsch* zu Abend essen. Sie und Emma konnten deshalb den Abend ebenfalls ungestört genießen. Den Hund auf dem Schoß und ein Glas Rotwein neben sich, sahen sie zusammen einen alten Film mit Sonja Ziemann an, und während sie immer wieder mit der Hand über das seidige Fell strich und mit ihren Fingern darin kleine Löckchen drehte, versicherte sie dem Tier, dass es sich hervorragend benommen habe, nur einmal einen fremden Hund angebellt hatte, und das auch nur, weil der zuerst damit angefangen hatte.

Was nun Eugen anging, versuchte sie, Emma möglichst von ihm fernzuhalten. Das gelang ihr nicht immer, und war es nicht der Hund selbst, der ihn störte, so waren es die weißen Haare, die Eugen trotz ihrer Sorgfalt auf seinem Sessel fand. Einfach infam waren seine Bemerkungen bei Tisch, wenn das eingesperrte Tier oben nach ihrer Gesellschaft verlangte, sein hämisches Grinsen, wenn das Telefon klingelte und sie zusammenzucken ließ, in der Annahme, dass Frau Kordes nun wieder zu Hause war, kräftig genug, sich wieder selbst um ihr Eigentum zu kümmern. Ein- oder zweimal hatte sie versucht, im Marienhospital etwas über Frau Kordes' Gesundheitszustand zu erfahren, war aber, als sie zugeben musste, keine Angehörige zu sein, mit irgendwelchen vage klingenden Auskünften abgespeist worden. Die alte Dame zu besuchen war nicht möglich, sie konnte Emma ja nicht mitnehmen, und sie allein zu lassen oder jemand anderem anzuvertrauen kam nicht in Frage. Es vergingen die drei oder vier Tage, die man ihr zugestanden hatte, es verging eine Woche und dann noch mal eine, und schließlich rief der Betreuer an und erzählte ihr, dass Frau Kordes von der Abteilung für Onkologie in die Fachabteilung für Palliativmedizin verlegt worden war.

»Was bedeutet das?«

»Es bedeutet, dass man nicht mehr allzu viel für sie tun kann, außer ihre Schmerzen lindern.«

»Aber …«

»Nun, es hat sich herausgestellt, dass sie inoperabel ist. Verstehen Sie? Man hat sie geöffnet und gleich wieder verschlossen.«

»Krebs?«

»Was sonst.« Er klang müde und bedrückt.

Regula holte tief Luft. »Der Hund?«, fragte sie besorgt.

»Muss wohl ins Tierheim. Frau Kordes hat einen Neffen, der auch ihr Erbe sein wird, aber er kann ihn nicht nehmen. Ist Flugbegleiter. Immer unterwegs.«

»Kann ich ihn behalten?«

Er zögerte. »Das wäre eine Lösung«, sagte er dann.

»Fragen Sie sie, ob es ihr recht ist. Er hätte es gut bei mir.«

»Man kann sie nicht mehr fragen«, sagte er, »sie schläft in ihren Tod hinein.«

»Bin ich herzlos?«, fragte Regula, als sie am Nachmittag nach diesem Gespräch in die Weinberge gegangen war und dort den Witwer traf, dessen Hund inzwischen alles überstanden und Glück gehabt hatte. »Bin ich herzlos«, wiederholte sie, »weil ich, so grausam es klingt, beinahe dankbar bin?«

Sie saßen auf einer Bank inmitten von Grillengezirp und sahen über die Rebstöcke hinweg zur alten Stadtmauer, hinter der sich der Turm der Regiswindiskirche in den blauen Himmel erhob.

»Nein«, antwortete er, »nein, das sind Sie nicht. Es hat sich nun mal so ergeben, und wären Sie nicht bereit gewesen, ihn zu nehmen, wer weiß, wo er gelandet wäre. Der Hund ist in guten Händen«, er wandte sich ihr lächelnd zu, »in den allerbesten, würde ich meinen.«

Sie ging Eugens Fragen, wann der Köter nun endlich verschwinde, diplomatisch aus dem Weg, bis zu dem Abend, an dem der Betreuer Emmas Papiere und den Impfpass vorbeibrachte, Unterlagen, die unglücklicherweise ihr Bruder an der Haustür entgegennahm. Er bat den Mann nicht herein, und so hörte sie, als sie mit ein paar Kräutern in der Hand, die sie aus dem hinteren Teil des Gartens geholt hatte, um die Hausecke bog, den Mann gerade noch sagen, wie sehr es ihn freue, dass Eugens Schwester sich so schnell dazu bereit erklärt habe, wegen Frau Kordes' hoffnungslosem Zustand den Hund zu behalten. Sie wartete, bis der Betreuer die Straße hinunter und ihrem Blickfeld entschwunden war, erst dann betrat sie das Haus.

»Regiswindis«, brüllte Egon. Das Kuvert mit den Papieren in der Hand stand er groß und drohend unter der Tür zum Wohnzimmer und erwartete sie. Sie brachte die Kräuter in die Küche, ermahnte Emma mit einem auf die Lippen gelegten Zeigefinger, sich ruhig zu verhalten, und stellte sich. Ihr Bruder hatte sich inzwischen an den Tisch gesetzt. »Was soll das?«, herrschte er sie an. »Und auch noch ohne mich zu fragen. Hinter meinem Rücken. Du weißt, dass ich ihn nicht ausstehen kann.«

»Du kannst niemanden ausstehen, außer dich selbst«, sagte sie ruhig und setzte sich ihm gegenüber.

»Er kommt weg.«

»Nein«, sagte sie.

Hinter seinen dicken Brillengläsern hervor starrte er sie mit seinen kalten fischigen Augen an. »Ich …«, begann er.

Sie hob die Hand. »Jetzt hör mir einmal zu, Eugen. Nach dem Tod unserer Eltern habe ich meine Ausbildung abgebrochen, um nur für dich da zu sein. Du warst ja erst vierzehn Jahre alt, dazu noch schwach und kränklich. Ich habe mich um dich gekümmert, und dann, erinnere dich, als du mit deinem Studium in Tübingen begonnen hast, bist du lieber jeden Tag mit dem Zug gefahren, nur um hier weiter so gut umsorgt zu werden. Damals hätte ich darauf bestehen sollen, dass du dir ein Zimmer nimmst, und ich hätte mich um meine Dinge kümmern sollen. Hab ich aber nicht. Geheiratet hast du dann auch nicht …«

»So wenig wie du«, schnappte er.

»Richtig. So wenig wie ich. Und nun ganz kurz, mein Lieber, die Hälfte von allem hier gehört mir. Ich kann woanders hinziehen und du zahlst mich aus. Suchst dir eine Haushälterin.«

»Es ist auch dein Elternhaus, an dem du hängst.«

»Natürlich. Ich hänge an dem Haus und an den Erinnerungen, die es birgt, und ich hänge seltsamerweise auch an dir. Also bitte ich dich, den Hund zu akzeptieren. Ich hänge inzwischen nämlich auch sehr an ihm.«

»Meinetwegen, meinetwegen.«

Sie zog sich in die Küche zurück. Ein Sieg, wenn auch nur ein Pyrrhussieg, wollte ihr scheinen. Aber das würde sich zeigen.

Zu ihrem und Emmas Glück war Eugen die nächste Zeit einigermaßen abgelenkt. Er und seine Jagdkumpane hatten diesen kleinen gelblichen Arzt, ihrer aller Leibarzt, dazu überredet, sich ihnen anzuschließen und die Jagdprüfung abzulegen. So gab es nun häufigere Treffen im *Goldenen Hirsch*, sie gaben ihr Wissen weiter oder das, was sie dafür hielten, denn Regula glaubte, dass kein Einziger von ihnen das war, was ein Jäger eigentlich sein sollte, Heger und Pfleger des Wildes. Einmal hatte Eugen sie mit in den Odenwald genommen, um ihr das von ihnen gepachtete Waldstück und den Hochsitz zu zeigen, und sie hatte den Anblick lange nicht vergessen können.

»Das ist ja eine Hinrichtungsstätte«, hatte sie ihrem Bruder unverblümt erklärt. Der Hochsitz selbst, auf vier kräftige Stämme gelagert, glich eher einer kleinen Blockhütte. Eine breite, aus dicken, abgerundeten Holzsprossen gezimmerte Leiter führte zu der Tür, die mit einem Vorhängeschloss versehen war. Innen gab es einen schmalen Tisch, ihn entlang an den Wänden befestigte Bänke, die mit aus einem Teppichboden zurechtgeschnittenen Stücken belegt waren, ein gepolstertes Nest, von Buchenlaub überschattet und gut versteckt. Gegenüber der Tür befand sich ein Fenster aus irgendeinem durchsichtigen Plastikmaterial, das man zur Hälfte nach außen hochklappen konnte, so dass der untere Teil sich als ideale Stütze für die Gewehre anbot. Was sie sich vorgestellt hatte, die Aussicht auf eine weite, von dichtem Grün umsäumte Wiese, wo abends die Rehe aus dem Wald hervortraten, um im Mondschein zu äsen, gab es nicht. Stattdessen fiel eine Böschung sanft ab zu einem flach getrampelten Platz, in dessen Mitte ein ziemlich hoher Pflock stand, den ein Salzbrocken krönte.

»Ihr könnt sie aus ein paar Metern Entfernung regelrecht abknallen«, hatte sie gerufen.

»Wir beobachten sie nur.«

»Und wer versorgt den *Goldenen Hirsch* mit Wildbret?«

Daraufhin hatte er sie nur beleidigt die Sprossen wieder hinuntergeschoben, und mit der Zeit hätte sie wohl diesen Platz völlig aus ihren Gedanken verdrängt, hätte er ihr nicht eines Abends, als er mehr als angetrunken aus dem *Goldenen Hirsch* gekommen war, von dem seltsamen, makabren und äußerst kindischen Ritual erzählt, das sie dort schon vor Jahren eingeführt hatten. Erweiterte sich ihre Gruppe, musste sich der Neuling nach bestandener Jägerprüfung an diesen Salzpflock binden lassen, und sie schossen nacheinander mit Platzpatronen auf ihn.

»Idioten«, war ihr einziger Kommentar gewesen, »hirnlose Idioten. Mehr seid ihr nicht.«

Das gute Wetter hielt sich. Jeden Nachmittag traf Regula den netten Witwer mit seinem Hund und sie liefen zusammen, unterhielten sich, und oft nahm Regula auf dem Heimweg seine schüchterne Einladung an, mit ihm im Freien vor einem der einladenden Weinlokale im alten Teil des Städtchens ein Glas Rosé zu trinken. Man hatte sie zusammen gesehen, warum auch nicht, aber wer auch immer, irgendjemand musste Eugen die Nachricht überbracht haben, dass seine Schwester einen Verehrer habe. Es war beim Mittagessen, als er sie darauf ansprach. Emma hatte inzwischen begriffen, dass sie sich, was diesen großen schweren Mann anging, weitgehend außer Sichtweite halten musste, und blieb deshalb jetzt über Mittag in der Küche auf dem Sofa. Aber so, wie Regula sich befreit fühlte, wenn die Haustür hinter Eugen ins Schloss gefallen war, kam auch in sie dann wieder Leben, folgte sie ihrer neuen Herrin auf Schritt und Tritt, rannte hinter ihr her in den Garten oder erklomm auch mal mit ihr zusammen die Stiege zu dem großen dämmrigen Speicher unterm Dach, wo all die Schätze aus Regulas und Eugens Kindheit lagerten. Das Schaukelpferd mit den abgerupften Fransen um den töricht bunt bemalten Kopf, die zerfledderten Bilderbücher, die Faschingskostüme, die Spiele in den abgegriffenen Schachteln, die ihre Eltern an langen verregneten Sonntagnachmittagen mit ihnen im Erkerzimmer am Fenster gespielt hatten. Wie hatte Eugen sich nur so verändern können. Aus einem träumerischen, zarten und blassen Kind war ein nach außen hin tadelloser Erwachsener geworden, dessen Seele aber, da war sie sich sicher, verkrüppelt war.

»Du triffst dich mit jemandem?«, fragte er nun eines Mittags, und da sie keinerlei Anlass sah, dies zu verschweigen, nickte sie nur stumm und aß weiter. Er legte die Gabel klirrend ab und wischte sich mit der Serviette etwas Bratensoße aus dem Mundwinkel.

»Beim Friseur warst du auch«, bemerkte er missbilligend.

»Ja und? Das steht mir doch, oder? Herr Wendel findet es schön.«

»Wendel«, wiederholte er, »Wendel. Er ist Witwer und hat ein Häuschen in der Mühltorstraße.«

»Ein sehr gut wieder hergerichtetes Fachwerkhaus.«

»Warst du schon drin?«, fragte er lauernd.

»Nein. Aber er hat mir davon erzählt. Und er wird mich demnächst einmal dorthin einladen.«

Er warf die Serviette zusammengeknüllt auf den Tisch. »Da gehst du nicht hin.«

»Und warum nicht?«

»Du hast einen Ruf zu verlieren.«

»Ach ja«, sagte sie, »und was ist mit der Dame in Stuttgart, zu der du regelmäßig fährst?«

Eugen wurde tiefrot. Die Röte stieg von seinem Hals in sein Gesicht und ließ seine Augen noch heller und fischiger wirken. »Machst du heute keinen Kaffee?«, fragte er mit belegter Stimme, ohne auf ihre Bemerkung einzugehen.

»Doch.« Sie erhob sich. »Es hat sich nun mal so ergeben«, sagte sie mit versöhnlicher Stimme, während sie begann das Geschirr zusammenzustellen. »Er hat einen Hund, einen schwarzen Labrador. Aber das weißt du ja sicher schon. Man lernt so viele Leute kennen, wenn man mit einem Hund unterwegs ist«, fügte sie träumerisch hinzu. »Und wenn du vorhast, mir den Herrn mieszumachen oder ihn gegen mich einzunehmen, was ich mir allerdings nicht vorstellen kann, so möchte ich dir nur sagen, der Markt ist groß. Du bindest so einem Tierchen eine Leine an den Hals, marschierst los und schon gehört dir die Welt.«

»Du blöde Kuh«, sagte er. Die Röte war gewichen, er hatte seine normale hochmütig wirkende Blässe wiedergewonnen und musterte sie nun kalt. Aber was früher geschmerzt hatte, war nun nicht mehr als ein Nadelstich.

Sie ging in die Küche, setzte das Kaffeewasser auf und kniete sich vor das Sofa, wo Emma sie, mit dem Schwanz klopfend, begrüßte. Sie bewunderte wie schon oft die schönen dunklen Augen, in denen so viel Sanftheit lag, Sanftheit und eine leise Melancholie. Sie bewunderte die winzigen, schneeweißen spitzen Zähne, die sich vorsichtig um ihren Finger schlossen, wenn sie ihn ihr hinhielt, berührte das weiche Fell über dem geschmeidigen Körperchen, unter dem man die Rippen und die Erhebungen des Rückgrats erspüren konnte. Emma wälzte sich auf die Seite und zeigte ihr den rosigen Bauch mit der bläulichen Tätowierung, die der Züchter oder Frau Kordes hatte machen lassen. Regula erhob sich.

»Wie wäre es jetzt mit deinem Futter?«, fragte sie.

Emma räkelte sich und beobachtete in aller Ruhe, wie sie die Schüssel füllte. Sie war nicht gierig, fraß nur so viel, wie sie mochte, und hob sich dann den Rest für später auf.

»Regiswindis, wo bleibt der Kaffee?«, rief Eugen. »Ich habe einen Termin, im Gegensatz zu dir kann ich nicht den ganzen Tag spazieren gehen.«

Sie gab das kochende Wasser in die Filtertüte, tat Zucker und Sahne in Eugens Tasse und trug sie ihm, nachdem sie sie gefüllt hatte, hinein. Ein seltsames Lächeln spielte um seine Lippen.

»Einen Termin?«, fragte sie. »Am Gericht?«

»Bei meinem Dottore. Sie gehen zu Ende.« Er klappte seine Zigarrenkiste auf, prüfte die sorgfältig von ihm beschrifteten Fächer und griff sich eine gelbe Pille und danach eine blaue.

»Er gibt dir viel zu viel«, sagte sie und stellte ihm den Kaffee hin.

»Manchmal auch zu wenig«, meinte er dunkel, betrachtete sinnend die zwei Kügelchen in seiner Hand und spülte sie dann nacheinander hinunter.

Am nächsten Tag ging es Emma schlecht. Sie zitterte und wollte nicht fressen, klagte aber nicht, und als sie auch nicht trinken wollte, das Köpfchen wegdrehte, wenn Regula ihr die Schüssel mit Wasser vor die Nase hielt, wickelte sie den Hund kurzentschlossen in eine Decke und lief mit ihm zu dem jungen Tierarzt, der nicht weit von ihnen in der Innenstadt die Praxis seines Vaters übernommen hatte und der, wie andere Hundefreunde ihr versichert hatten, sich angeblich gut mache. Das Sprechzimmer war voll, Hunde, Katzen, Hamster, die von besorgten Kindern in ihren behelfsmäßigen Behältnissen Zuspruch bekamen, ein Wellensittich, dem, wie seine Besitzerin wiederholt erklärte, nur die Krallen geschnitten werden mussten. Regula war wie in Trance. Die bunten Poster an den Wänden, die Aufklärung über Wurmbefall, Zecken, Flöhe oder Ähnliches gaben, streifte sie nur rasch mit besorgten Blicken, und als sie endlich an der Reihe war und dem Tierarzt in seinem grünen, Hoffnung gebenden Kittel gegenüberstand, sah sie in ihm einen jungen Gott, der Wunder wirken konnte, obwohl er mit seinem frischen rosigen Gesicht eher einer Apfelblüte glich, das Leben selbst, dachte sie bei sich, oje, ich fange an durchzudrehen, aber das tut nichts, Hauptsache, er hilft. Er beruhigte sie auch, horchte Emmas Herz ab, gab ihr eine Spritze und drückte Regula ein Fläschchen in die Hand. »Eine Magenverstimmung«, sagte er, »sie muss was gefressen haben, das ihr nicht bekommen ist. Sie werden sehen, morgen früh ist sie wieder in Ordnung.«

Zum Mittagessen kam Eugen nicht. Die Schreibkraft aus seinem Büro rief an, und durch sie ließ er ausrichten, er sei mit einem seiner Klienten zum Essen verabredet. Das war Regula nur recht. Sie hielt Emma auf dem Sofa, flößte ihr die Tropfen und etwas Wasser ein, hielt sie im Arm und versuchte das Zittern, das nicht aufgehört hatte, zumindest etwas einzudämmen.

Gegen Abend wurde es ihr unheimlich. Der Hund versuchte sich zu übergeben, aber aus seiner Kehle kam nur ein hohles ziehendes Röcheln, das ihr ins Herz schnitt. Sie rief Herrn Wendel an, der sie schon in den Weinbergen vermisst hatte und der ihr anbot, sie in die Tierklinik zu fahren, wo er auch seinen Hund hatte operieren lassen. Sie nahm an und er holte sie ab, und während er beruhigend auf sie einredete, ihr sagte, dass die dort sehr gut seien und alles wieder in Ordnung kommen werde, bäumte sich der Hund in ihren Armen, wie von Krämpfen geschüttelt, immer wieder auf.

Auch in der Tierklinik war das Wartezimmer brechend voll, aber als Notfall wurde sie sofort in einen Nebenraum geführt und eine Ärztin in einem diesmal weißen Kittel nahm sich ihrer an. Ohne viel zu reden, versuchte sie eine Infusion zu legen und murmelte dabei etwas von »ausgetrocknet« und »so gut wie kein Blutdruck mehr« vor sich hin, wirkte aber sehr sachlich und nüchtern und riet Regula, ihre Telefonnummer dazulassen und nach Hause zu fahren. »Und morgen kommen Sie wieder«, sagte sie. »Wir tun unser Bestes.« Regula konnte nur nicken. Ihr Mund war völlig ausgetrocknet, als habe sie selbst seit Stunden keinen Schluck Flüssigkeit mehr zu sich genommen. Sie gab unter Herrn Wendels besorgten Blicken, er hatte sich auf eine Bank zwischen die anderen Wartenden geklemmt, ihre Telefonnummer und Adresse an der Rezeption ab und versprach, am nächsten Morgen auch Emmas Pass mitzubringen, den sie in der Aufregung vergessen hatte.

Die Heimfahrt verlief ruhiger. Herr Wendel legte ab und zu seine Hand auf ihre eiskalten, in ihrem Schoß ineinander verschränkten Finger und versprach, als er sie absetzte, ganz früh am Morgen wieder da zu sein.

»Danke«, sagte sie. Als sie das Haus betrat, schien es ihr unendlich verlassen, und das lag nicht daran, dass Eugen noch nicht da war, es war, als fehlte ihr ein Stück von ihr selbst. Sie trank ein Glas Wasser in der Küche, erinnerte sich dumpf, dass heute der Jägerstammtischabend ihres Bruders war, er also erst sehr spät heimkommen würde, ging ins Wohnzimmer und holte sich seine Zigarrenschachtel mit den Tabletten von der Anrichte. Sie würde zwei von seinen Schlaftabletten nehmen, um die Nacht zu überstehen. Als sie die längliche Holzkiste öffnete, fand sie sie wieder wohlgefüllt, sie griff sich zwei Schlaftabletten und bemerkte einige Pillen in einer neuen Farbe, die sorgfältig seitlich in einem nicht beschrifteten Fach lagen. »Es wird immer bunter«, murmelte sie gleichgültig, schleppte sich zurück in die Küche, spülte die Schlaftabletten mit einem weiteren Glas Wasser hinunter und stieg in ihr Schlafzimmer hoch, zog sich aus, legte sich ins Bett, blinzelte mit tränenverschleierten Augen in den fast vollen Mond, der durch die Äste eines Ahorns hindurch in ihr Zimmer schien, und schlief ein.

Am nächsten Morgen hatte sie das Schnarren des Weckers überhört, aber als sie eine Stund später als sonst herunterkam, fand sie Eugen in fröhlicher Geschäftigkeit in der Küche vor, wie er für sie beide ein Frühstück richtete. Das war seit Jahren nicht mehr vorgekommen. »Wo ist der Hund?«, fragte er über die Schulter.

»Krank«, sagte sie.

»Krank«, wiederholte er gedehnt, als wäre ihm eine andere Nachricht lieber gewesen.

In diesem Moment schrillte das Telefon. Sie stürzte ins Wohnzimmer und warf in ihrer Aufregung beinahe den Apparat zu Boden. »Ja«, keuchte sie, »ja?«

»Spreche ich mit Frau Baumgart?«

»Ja.«

»Sie haben uns gestern Ihren Hund gebracht. Er ist leider heute gegen Morgen gestorben.«

»Ja«, sagte sie.

Die Frauenstimme stockte ein bisschen, fuhr dann aber freundlich und geschäftsmäßig fort: »Möchten Sie ihn holen oder sollen wir ihn entsorgen?«

»Machen Sie das. Ich … ich … was war mit ihm?«

»Die Nieren haben versagt.«

»Gift?«, flüsterte sie.

Eine lange Pause entstand. »Man kann nichts behaupten, aber auch nichts ausschließen. Möchten Sie, dass wir nachsehen?«

»Nein!« Nun schrie sie fast. Emmas zarter zerbrechlicher Körper, aufgeschnitten, auseinandergenommen, nein, sie wollte sie in Erinnerung behalten, wie sie war. Egal, was sie dann dort mit ihr machten.

»Alles Gute für Sie. Wiederhören.«

»Wiederhören«, sagte sie mechanisch, legte auf und wandte sich Eugen zu, der mit einem gefüllten Tablett unter der Tür stand.

»Tot?«, fragte er. Er stellte das Tablett ab und kam auf sie zu. »Es ist ja nur ein Hund. Wo ist er eigentlich?«

»In einer Tierklinik.«

»Du lässt ihn dort.«

»Ja.«

»Dann machen sie Seife aus ihm«, sagte er zufrieden, »und jedes Mal, wenn du dir die Hände wäschst, kannst du dir vorstellen, dass er es ist.«

In diesem Augenblick geschah etwas mit ihr. Es war wie ein Riss, der mitten durch sie durchging. Vor ihren Augen breitete sich Schwärze aus und sie begann zu taumeln.

»Regula«, rief er. Seine Stimme kam für sie von weit her, sie spürte kaum, dass er sie in seinen Sessel lagerte, und hörte wie durch einen Nebel, dass er seinen Freund, den Arzt, anrief. Ich kann nicht mehr, dachte sie, ich kann nicht einmal mehr aufstehen und ihn zur Rede stellen, ich … Sie glitt in eine Art Vakuum hinein, nahm wie von einem andern Stern aus wahr, wie Herr Wendel barsch an der Haustür abgefertigt, der Arzt eingelassen wurde. Aber als er seine kleine gelbliche Hand auf ihre Stirn legte und anschließend nach ihrem Puls tastete, war es, als kehre das Leben wie ein alles mit sich fortreißender Strom in sie zurück. Sie sprang auf und ging auf ihn los, und jetzt war er nicht nur Eugens Freund, sondern der kleine Jesuit, der so geschwätzig damals den Sarg ihrer Mutter umsprungen hatte. Dasselbe Gesicht, die gleiche Beredsamkeit.

»Aber wer wird denn, was soll das … nun machen Sie doch nicht so ein Theater. Ich gebe Ihnen etwas, das Sie beruhigt.«

»Dieselben Pillen, dic Sie auch ihm gegeben haben?« Ihr zitternder Finger wies auf Eugen. »Mit denen er Emma umgebracht hat?«

Aber da hielt Eugen sie schon fest umklammert und der Arzt

hatte seine Spritze aufgezogen und stieß sie ihr in den Arm. »Hässliche alte Hexe«, sagte er dabei, entblößte grinsend die Zähne, und seine Augen, dicht über ihrem Gesicht, wurden größer und größer, bis sie wegsank.

Es war nur einige Tage später, als Eugen ihr erklärte, dass er über Nacht wegbleiben wolle, und die Frage nachschob, ob sie sich schon gut genug fühle, um allein zu bleiben.

»Aber sicher«, sagte sie apathisch. »Wo willst du hin? Nach Stuttgart?«

Er pfiff leise durch die Zähne und tat, als habe er die Frage nicht gehört. »Hubert hat seine Jagdprüfung bestanden. Wir werden in den Odenwald fahren und feiern.«

Ach ja, dachte sie, saufen und mit Platzpatronen auf Menschen schießen. Einen Menschen. Den Menschen, der ihm geholfen hat, der es möglich machte … Ein seltsames starres Lächeln trat auf ihr Gesicht. Sie blickte Eugen durchs Erkerfenster nach, wie er beschwingt den Gartenweg hinunterlief, den Nachmittag vor der großen Feier noch der Kanzlei zu widmen. Schließlich wandte sie sich um und betrat den Flur. Dort lag auf einer Truhe das Jagdgewehr in seinem Futteral, er würde es vor der Abfahrt heute Abend nur noch in das Auto legen müssen. Sie trug es ins Wohnzimmer und überprüfte das Magazin. Platzpatronen. Sie kannte sich aus. Zu oft hatte sie Eugen, ihm abends am Wohnzimmertisch gegenübersitzend, beim Auseinandernehmen, Reinigen und Wiederzusammenfügen seines Lieblingsspielzeuges zugesehen, wusste jetzt auch, wo die Patronen sich befanden und wie sie mit ihnen umzugehen hatte. Sie lud das Gewehr scharf, packte es ein und legte es wieder hin. Danach ging sie zum Telefon und rief im Tierheim an, und man sagte ihr, dass es im Moment ein paar kleinere Hunde gäbe.

»Weiß?«, fragte sie.

»Auch das.«

Sie legte auf und seufzte. Keiner würde wie Emma sein. Aber er würde auf seine Art ein Wesen sein, das sie lieben konnte.

Angelika Scholz

Sie besucht meinen Vater

Brigitte betrat die kleine, muffige Wohnung. Sie ging durch den Flur, sah in jedes Zimmer, um sicher zu sein, dass niemand da war. Nach dieser ersten Runde nahm sie sich die Küche vor: spartanisch, ein paar Teller, ein paar Tassen, etwas zusammengewürfeltes Besteck, zwei Töpfe, eine zerkratzte Teflonpfanne, die eher in den Sondermüll gehörte, so wie sie aussah. Im Vorratsschrank befanden sich Gewürze mit DM-Preisen, eine Nesquick-Packung aus den Siebzigerjahren und zwei Eierspätzletüten. Der Kühlschrank war abgestellt und leer.

Im Wohnzimmer standen ein fleckiges Zweiersofa, ein alter Wohnzimmertisch mit unzähligen Ringen, die von einem dieser überdimensionalen Kaffeebecher herrührten, der ihre Mutter immer begleitet hatte. Ein goldgrüner Kreiselaschenbecher stand auf dem Tisch, bei dem Brigitte als Kind den Drücker leidenschaftlich bedient hatte, um die Asche heruntersausen zu lassen. Der alte, kalte Rauch hatte sich in jeder Ritze breitgemacht und gelb gefärbt, was sich gelb färben ließ. Der Fernseher war das teuerste und neueste Gerät in der ganzen Wohnung. Aus dem Schlafzimmer kam ihr Dunkelbraun entgegen. Ein Schrank, auf dem die Pril-Blumen verblassten, die sie als 10-Jährige dorthin geklebt hatte, und ein Doppelbett mit einem Holzgestell befanden sich darin. Auch das kleine Duschbad bot keine Überraschungen.

So hatte ihre Mutter gelebt und hier war sie auch gestorben. In dem großen Bett mit Blick auf die Pril-Blumen.

Brigitte holte die großen Mülltüten aus ihrem Rucksack und warf alles bis auf die Nesquick-Dose hinein. Im Wohnzimmer gab es nichts, was in den blauen Müllsack passte, außer einer alten Rätselzeitung und einem Kugelschreiber auf dem Fernseher. Bei dem Aschenbecher zögerte sie, dann fiel er mit einem dumpfen Geräusch auf die Rätselzeitung. Für den Rest würde sie den Sperrmüll anrufen müssen. Die dürftige Ausstattung des kleinen Bades war schnell eingesackt, die zwei Paar Schuhe im Flur warf Brigitte im Vorbeigehen gleich dazu.

Nun kam der schlimmste Teil. Brigitte drehte mit klopfendem Herzen den kleinen, kalten Schlüssel herum, hob die Schranktür etwas an und zog sie dann auf. Sie versuchte nicht zu atmen, dennoch drang der leicht süßliche Geruch in ihre Nase. Brigitte hatte sich fest vorgenommen, nicht zu weinen. Sie tat es trotzdem.

Die karge Garderobe aus dem Schrank – bis auf einen alten schweren grauen Mantel, der nach Mottenkugeln roch – passte in den Müllsack. In dem leeren Kleiderschrank stand noch eine Schuhkiste, an der eine beige Kunstledermappe lehnte. In der Schuhkiste waren Fotos, das wusste Brigitte. Die hob sie sich lieber für später auf. Für viel später. Sie sah die Mappe kurz durch. Mietvertrag, die Krankenversicherungsunterlagen und die unglaublich niedrig ausfallenden Strom- und Wasserrechnungen – alle nach dem Datum sortiert. Keine Überraschungen.

Unten in der Mappe lag ein großer brauner Briefumschlag. Sie nahm den Inhalt heraus. »Vollstreckbare Ausfertigung« stand da, in Schreibmaschinenschrift. Amtsgericht Nürnberg, Nürnberg 6. September 1965. Den Rest überflog sie mit klopfendem Herzen.

Giese, Rechtspfleger, Armensache, Vormundschaft über Brigitte Römer, Günther Rabenhorst, verpflichtet sich, uneheliches Kind namens Brigitte Römer, Geldrente, monatlich 105 DM, in Buchstaben hundertundfünf …

Was hieß das? Er verpflichtet sich, eine Geldrente zu bezahlen, weil er … nein, das kann nicht sein … weil er … mein *Vater* ist?

Langsam ging Brigitte ins Wohnzimmer. Fühlte nichts. Setzte

sich auf das Zweiersofa, breitete alle Urkunden vor sich aus. In der Küche trank sie Wasser direkt aus dem Hahn, wusch sich das Gesicht und ging zurück an den Tisch. Günther Rabenhorst war ihr Vater. Hatte Geld bezahlt. War irgendwann unbekannt verzogen und dann wieder aufgetaucht. Günther Rabenhorst. Lächerlich. Sie musste fast vierzig Jahre alt werden, um das herauszufinden. Sie wollte die Mappe schon wieder zumachen, als sie sah, dass der Rückendeckel noch ein Einsteckfach hatte.

Brigitte wischte ihre Hände an der Jeans ab, schob die widerspenstigen Haarsträhnen hinter die Ohren, dann griff sie in das Fach und zog einen Stapel Briefe hervor. Briefe, die sie dem Datum nach geordnet lesen musste. »Liebe meines Lebens«, so begann jeder Brief. Langsam setzte sich ein Bild der Vergangenheit zusammen, mit dem Brigitte niemals gerechnet hätte. Irgendwann musste sie das Wohnzimmerlicht anmachen, weil sie die Liebesbriefe ihres Vaters nicht mehr entziffern konnte. Günther Rabenhorst hatte zwar glühende Briefe an ihre Mutter geschrieben, doch mit ihr zusammengelebt, sie geheiratet hatte er nicht. Es gab eine andere, eine Frau, die über Leichen ging. Er schrieb, dass er nicht die Kraft hatte, für seine Liebe zu kämpfen, denn die Familie dieser Frau war zu einflussreich. Und im nächsten Brief stand, dass diese Frau schwanger sei und er sie heiraten würde. Am Datum des Briefes erkannte Brigitte, dass ihre Mutter zu dieser Zeit bereits selbst hochschwanger gewesen sein musste. Mit ihr. Brigitte dachte an die Tage, die sie in dem Hotel am Arbeitsplatz ihrer Mutter verbringen musste. Sie dachte an ihren Vater, wie er sie immer unsichtbar die ganzen Jahre über begleitet hatte: Mal stellte Brigitte sich vor, er sei ein hochrangiger Politiker, der seine Liebe zu ihrer Mutter geheim halten musste, mal war er ein unschuldig verurteilter Mörder, der seine lebenslängliche Haftstrafe in Stammheim absaß. Oder er war ein unbekannter Adonis, der die Telefonnummer seiner Traumfrau verloren hatte, nachdem sie in wilder Leidenschaft miteinander geschlafen hatten, gleich am ersten Abend, nachdem sie sich kennengelernt hatten. Doch die Wahrheit war weit schmerzlicher.

Tagelang las Brigitte sich die Briefe immer wieder durch. Hasste ihren Vater für seine Schwäche, übergab sich vor Sehnsucht und Trauer, dass er nie da gewesen war und sie mit ihrer Mutter allein gelassen hatte. Ekelte sich vor seiner Feigheit und liebte ihn für die zärtlichen Briefe, die er schrieb.

Dann fing sie an, ihn zu suchen. Ihn und die Frau, die an allem schuld war.

Ein paar Monate später in Hamburg

»Moin, Mädels!« Ariane strahlte ihre Freundinnen an. »Hoppla, schon wieder passiert. Ich hab mich einfach an ein *Moin* gewöhnt. Wenn ich hier sonst *Grüß Gott* sage, werde ich komisch angesehen.«

Gisela grinste in sich hinein. Sie wusste genau, dass Ariane diese Show immer abzog, um unauffällig die Reisekasse zu füllen. Amüsiert sah sie ihr zu: Die Handtasche wurde auf den Tisch geknallt, der Geldbeutel herausgefischt. Dann stopfte Ariane einen Zehn-Euro-Schein in die gelbe Spardose mit dem Stuttgarter Wappen.

Gisela stand auf, um Ariane kurz zu umarmen, und die anderen beiden »Mädels« Brigitte und Martina taten dasselbe und blieben gleich stehen, als sie Selma, die Fünfte und Letzte im Bunde, hereinkommen sahen. Nach ein paar weiteren Umarmungen saßen alle dicht gedrängt an ihrem Stammtisch bei der *Schwäbin* in Hamburgs buntestem Stadtteil Ottensen.

»I brauch Kässpätzle«, stöhnte Selma auf.

Gisela sah in die dunklen Augen der jungen Türkin, die ihre schwarzen langen Haare zu einem strengen Zopf gebunden hatte. »Oh, du hast neue Ohrringe. Die sind ja wunderschön, du siehst aus, als wärst du einem orientalischen Märchen entsprungen.« Gisela sah begeistert auf die langen geschwungenen Schmuckstücke.

»Awa, isch scho recht.« Selmas dunkle Haut bekam einen rötlichen Schimmer.

»So, ich geb erst mal ’ne Runde Prosecco aus!« Ariane kam direkt von der Arbeit, sie war wie immer in Werbebranche-Schwarz gekleidet und etwas durch den Wind.

»Habt ihr wieder mal einen Kunden über den Tisch gezogen?« Martina zog eine Augenbraue hoch.

»Ja, so richtig. Und zwar ich.« Ariane grinste wie die Katze, die den Vogel frisst.

»Das ist klasse«, sagte Gisela. »Dann hat sich der Wechsel also richtig gelohnt.« Gisela freute sich immer, wenn ihre Mädels Erfolg hatten. *Eine Frau muss sich nehmen, was sie braucht*, hatte sie damals zu Ariane gesagt, als sie über einen Agenturwechsel gesprochen hatten. Gisela sah sich in der kleinen Gruppe um – wie unterschiedlich sie doch waren: Ariane, immer im Stress und endlich dabei, die Erfolgsleiter nach oben zu klettern; Martina, allzeit blass und ungeschminkt – seit ihrem Vorruhestand vernachlässigte sie sich sogar etwas; Selma, die Märchenprinzessin, die den ganzen exotischen Eindruck verdarb, sobald sie anfing zu sprechen. Und Brigitte, diese schutzbedürftig wirkende Frau, die immer etwas Ungeliebtes an sich hatte. Das rührte Gisela und weckte in ihr das Bedürfnis, alte Wunden heilen zu können.

Brigitte war als Letzte zu der Gruppe, den »Rausgschmeckta«, gestoßen. Sie hatten genau wie heute Abend an ihrem Stammtisch gesessen, der damals noch im Kleinanzeigenteil einer Stadtzeitschrift beworben wurde. Ein Neuer war dazugekommen. Im Lauf des Abends hatte er zu verstehen gegeben, dass er eigentlich nur nach einer Frau suchte, mit der er eine Affäre haben konnte, weil er total auf schwäbischen Dirty Talk abfuhr. Und er war eindeutig an Selma interessiert. Als Martina ihm erklärte, dass er hier völlig falsch am Platz sei, bezeichnete er alle Anwesenden lauthals als Kampflesben und verließ das Lokal. Nachdem sich alle einigermaßen beruhigt hatten, fragte Brigitte, die alles vom Nebentisch aus mitbekommen hatte, ob *sie* sich vielleicht dazusetzen dürfe, wo sie doch auch aus Stuttgart komme … Ihre schüchterne Anfrage wurde mit einem vierfachen Ja beantwortet. Brigitte wurde in die drei Regeln der Gruppe eingeweiht. Erstens, jedes Mitglied musste aus dem Schwabenland kommen, zweitens, bei jedem Treffen wurden fünf Euro pro Person in die Reisekasse gezahlt – für den Jahresausflug ins Ländle. Und drittens, zur Begrüßung war ein »Grüß Gott« Pflicht, sonst waren weitere fünf Euro in die Kasse fällig.

Seit diesem Abend gehörte Brigitte dazu. Danach hatten sie keine neuen Mitglieder für die Gruppe mehr gesucht, die »Rausgschmeckta« waren komplett und trafen sich regelmäßig einmal im Monat.

Gisela lächelte noch in sich hinein, als Brigitte sich die Haare hinter die Ohren strich.

»Bevor wir zum gemütlichen Teil übergehen«, sagte Brigitte, »wollte ich noch Organisatorisches loswerden. Heute in drei Wochen treffen wir uns um drei viertel zwei am Hauptbahnhof, am Sushi-Stand. Kurz nach zwei fährt der Zug und wir sind so gegen acht in Stuttgart. Am Sonntag fahren wir um 11:35 wieder zurück und sind kurz nach halb fünf in Hamburg. Als Unterkunft habe ich etwas ganz Besonderes geplant – lasst euch überraschen.«

»Wie moinsch denn des, ebbes Bsonders mit dem Hodel? Ganget mir ins *Zeppelin* oder was?« Selma beugte sich neugierig vor.

»Überraschung heißt Überraschung, weil man sich überraschen lässt.«

Gisela sah auf. Das stille Wasser von Brigitte schien doch tiefer zu sein, als sie gedacht hatte.

Die gefüllten Teller, die in diesem Moment auf den Holztisch gestellt wurden, zogen die Aufmerksamkeit auf sich. »En guada!«, sagte die junge Bedienung und war schon wieder weg. Die Kässpätzle vor sich, verschwendete selbst Selma keinen Gedanken mehr an ihre Stuttgarter Unterkunft. Brigitte würde das alles schon regeln.

Drei Wochen später am Hamburger Hauptbahnhof

Gisela sah Brigitte als Erste und ihr fiel ein Stein vom Herzen. Ihr Zug fuhr in ein paar Minuten.

»Grüß Gott und 'tschuldigung, Gleis 12, das schaffen wir noch!« Brigitte war völlig außer Atem. Die anderen sahen sie fragend an, aber sie zuckte nur mit den Schultern. Gisela wunderte sich, normalerweise war Brigitte immer superpünktlich.

Kaum saßen sie im Zug, wurden Vesperpakete ausgepackt, Flaschen auf den Boden gestellt und Gläser verteilt.

»I freu mi scho so uf dia Schneggenudla.« Selma strahlte.

»Siehste, und ich hab die Hamburger Variante eingepackt. Wer möchte ein Franzbrötchen?« Ariane ließ eine Riesen-Bäckertüte in Selmas Schoß fallen.

»Hosch du au an Kaffee?«

»Nee, bin froh, dass ich überhaupt hier bin. So früh bin ich selten aus der Agentur gekommen. Hat eine von euch vielleicht Kaffee dabei?« Ariane schaute hoffnungsvoll in die Runde.

»Ja, ich hab an alles gedacht.« Martina strahlte, als sie eine Thermoskanne aus ihrem Rucksack holte. Dazu stellte sie eine Flasche Kaffeesahne und ein Schraubglas mit Zucker auf den vollen Tisch. Dann wühlte sie weiter im Rucksack. »Oh nein, ich hab die Becher vergessen.« Sie biss sich auf die Lippen.

»Macht nichts, ich hab welche dabei.« Brigitte reichte ihre Pappbecher heraus.

»Du bisch halt scho recht, gell.« Selma griff zur Thermoskanne. Sogar Komplimente machte sie auf Schwäbisch.

Ihre Mädels. Gisela lächelte und hielt Selma den Pappbecher hin. Frischer Kaffeeduft erfüllte das gesamte Großraumabteil.

Gisela zog ihren Reisekoffer durch das riesige Portal des Stuttgarter Bahnhofs. Wahrscheinlich hatte sie wieder viel zu viel eingepackt. Ihr Blick fiel auf das *Block House.* Vielleicht gab es hier ja einen Hamburger Stammtisch, der sich »Die Reigschmeckta« nannte …

»Jetzt bin ich aber gespannt, wo wir hingehen«, sagte Martina.

»Und, Brigitte, wohin gehen wir?« Selbst Ariane, die all ihre Klamotten in einem schwarzen Designerköfferchen untergebracht hatte, wirkte neugierig.

Brigitte schulterte ihren Rucksack. »Marktplatz.«

»Willsch zum Haufler oder zum OB ins Radhaus? I will erschtmol ins Hodel, duscha, un no weitergucka.« Eine entschlossene Falte zeigte sich auf Selmas Stirn.

»Keine Sorge, unser Hotel ist direkt am Marktplatz. Lasst euch ruhig überraschen.«

Verwundert liefen die anderen ihr nach die Königstraße hoch. Diese Stadt war ein Spielwarenladen für Architekten, dachte Gisela. Sie wunderte sich über den Neubau der Landesbank und den kleinen Schlossplatz, und schon standen sie auf dem Marktplatz und sahen sich um.

»Oah, lauder neie Gschäft und dr Breuninger siehd ja subber aus. Henn mir Zeit? Kennet mir schoppa ganga?« Selma hüpfte vor Freude auf der Stelle.

Brigitte sagte: »Das machen wir morgen. Jetzt erst mal mir nach, aber bitte zügig.« Sie nahm einen Schlüsselbund aus der Hosentasche und ging los, in die Hofeinfahrt links neben dem alten Gebäude der Firma Haufler. Ungefähr auf der Mitte des Weges machte sie Halt und schloss mit geübter Bewegung eine kleine unscheinbare Tür auf. »Schnell, geht rein«, sagte sie.

Nacheinander schoben sich alle durch den Eingang. Brigitte kam als Letzte und verschloss die Tür hinter ihnen. »So, die erste Hürde ist genommen.«

Mit einem zweiten, kleineren Schlüssel von dem Bund schloss sie eine weißgestrichene Tür mit der Aufschrift *Nur für Lieferanten* auf.

»Bitte schön, die Damen, willkommen im Hotel am Marktplatz. Ihr werdet es kaum glauben, aber das hier ist ein alter Bunker, der zwischen 1945 und 1985 als Hotel genutzt wurde – das *Hotel am Marktplatz.* Und ich gehöre zu der kleinen Gruppe Menschen, die einen Schlüssel zum Lieferanteneingang haben, der gleichzeitig der Notausgang ist. Der Originaleingang liegt vorn auf dem Marktplatz im Boden und ist mit zwei Betonplatten bedeckt. Unsere Zimmer sind bereits hergerichtet, es gibt Wasser, Strom und natürlich eine Lüftung.«

Neugierig gingen die Frauen die Stufen hinab. Das Neonlicht tauchte alles in einen grüngrauen Farbton, alte Tapeten klebten an der Wand – zunächst sah es aus wie die Kulisse eines billigen Gruselfilms. Im überraschenden Gegensatz dazu war die Luft ziemlich gut.

»Hä? Davo hann i no nie was ghört.« Selma ging dicht hinter Brigitte und versuchte, über deren Schultern zu erkennen, was vor ihnen lag.

Gisela dachte an Schimmelsporen in der Luft, und das Wort Klaustrophobie kam ihr in den Sinn. Sie fühlte sich nie besonders wohl in geschlossenen Räumen ohne Fenster.

Sie betraten den Empfangsbereich. Die halbrunde Rezeption war offensichtlich ein Original aus den Fünfzigerjahren. Die Ablage war mit Resopal bezogen und mit einem silberfarbenen Metallstreifen eingefasst, eine Vase mit Plastikrosen stand darauf. An der Wand hing ein Schild: *Wir bitten, auf Ihre Garderobe selbst zu achten, da wir für entstehenden Schaden nicht haften.*

Brigitte stand hinter dem Tresen und verteilte die Schlüssel. »Also, jede hat ein eigenes Zimmer. Dieses Hotel wird immer nur an eine kleine Gruppe vermietet, es steht auch in keinem Hotelführer oder so. Das läuft alles nur über Empfehlungen. Ich dachte, ist mal ein ganz anderer Blick auf Stuttgart, oder?«

»Ganz toll, ganz, ganz toll, eine Super-Location. Wir übernachten in einem alten Bunker, wow. Schade dass wir in Hamburg nicht so was haben.« Ariane nickte anerkennend.

Brigitte führte sie einen breiten Gang entlang. Eine Fotogalerie von Schlagersängern und Prominenten, die wohl alle in diesem Hotel übernachtet hatten, hing an den Wänden. Ariane stutzte beim Anblick der Les Humphrie Singers. »Das ist doch Jürgen Drews.«

»Ja, der ging hier ein und aus. Er hat mir damals sogar …« Brigitte brach ab, wurde rot und zeigte in das erste Zimmer.

»Da hat doch auch Liz Mitchell mitgesungen, die war später bei Boney M.« Gisela schaute sich das Bild näher an »Da – das ist sie.«

Gisela sah, wie Brigitte heimlich aufatmete. Sie musste mit der Kleinen mal in Ruhe reden. So ging das nicht weiter, so viel Anspannung – wegen nichts. Vielleicht klappt das ja hier auf dieser Reise … Sie nickte Brigitte aufmunternd zu.

Die lächelte zurück und sagte dann: »Die Zimmer liegen alle nebeneinander. Wenn ihr was braucht, klopft einfach, ich bin hier in Zimmer eins. In einer halben Stunden treffen wir uns wieder hier, dann geht's weiter im Programm!«

Brigitte setzte sich auf das weiche Bett mit der braunen Breitcord-Einfassung. Gerade noch mal gut gegangen, fast hätte sie sich verraten – wegen Jürgen Drews, nur weil er ihr, als sie ein Kind war, einmal ein Lied vorgesungen hatte! Das Foto, auf dem sie mit ihm abgebildet war, hatte sie schon abgenommen. Zum Glück hatten die anderen nichts gemerkt. Es hatte sich wirklich gelohnt, die letzten beiden Wochen hier zu putzen, zu schrubben und alles herzurichten, als sei dies eine kleine touristische Spezial-Attraktion. Sie atmete tief durch und versuchte sich zu entspannen. Alles verlief nach Plan. Und aufhören kam sowieso nicht in Frage. Nicht nach diesen Briefen und der ganzen Arbeit. Nicht, nachdem ihre Mutter an einem seit langem gebrochenen Herzen gestorben war.

Brigitte wurde von dem Geräusch des Türschlosses aus ihren Gedanken gerissen und schreckte hoch. Doch es war nur Martina, die durch den Türspalt hereinschaute.

»Hey, Brigittchen, wie sieht's aus, bist du eingeschlafen? Ich hab geklopft, aber du hast nicht reagiert.«

Brigitte sprang auf. »Oh, entschuldige. Ich habe mir nur überlegt, was ... na, was wir nun machen ... Ja, los geht's. Sind alle bereit?«

Sie nahm Jacke und Rucksack, ging an Martina vorbei und sagte mit fester Stimme zu der wartenden Runde: »So, meine Lieben, jetzt machen wir's uns nett, wir gehen Richtung Liederhalle auf ein Fest! Das italienische Kulturinstitut feiert in der Universitätsbibliothek. Das wird richtig schön.«

Gisela war gespannt, eine Institutsparty – da waren sicher alle steif wie 'n Grog. Doch kaum hatte sie den großen Saal betreten, schimpfte sie sich selbst wegen ihrer Vorurteile. Die Gruppe setzte sich an einen der letzten freien Tische. Ariane winkte den Losverkäufer heran und kaufte jeder ihrer Freundinnen ein Los für die Tombola. Gisela legte ihr Los auf den Tisch, sie wollte sich erst ein Glas Wein besorgen. Während sie sich nach dem Kellner umschaute, schrie Selma auf, als sie eine Nummer auf ihrem kleinen Stück Papier entdeckt hatte. Brigitte warf ihr Zettelchen missmutig in den Aschenbecher. Martina und Ariane hatten ebenfalls Nieten erwischt. Da zupfte Gisela an den Enden ihres Loses, wickelte es auf und zeigte allen die dreistellige Nummer.

»Los, komm, mir guckat, was mir gwonna henn.« Selma zerrte an Giselas Arm. Ein paar Minuten später kamen sie mit einem Kosmetikköfferchen für Selma und einem grünen Ungetüm, auf dem das BOSCH-Logo prangte, zurück. Gisela zog bereits neidische Blicke diverser Herren auf sich.

»Eine Bosch PMF 180 E, na prima. Seh ich aus, als ob ich was anderes schleifen würde als meine Fingernägel?«

»Ach, dein Zukünftiger in Husum, der wird sich doch wohl drüber freuen.« Ariane schien etwas enttäuscht.

Selma sah noch einmal auf ihr Köfferchen. »Der isch ja soggar von Semsonneit!« Dann umarmte sie Ariane spontan – wenigstens eine freute sich.

Viel später als Gisela vermutet hatte, machten sie sich auf den Nachhauseweg, leicht beschwipst und neugierig auf ihre erste Nacht im Bunker.

Am nächsten Morgen kurz nach zehn trafen sich die Hamburgerinnen an der Rezeption. Gisela hatte gut geschlafen und war bester Laune. Beim Frühstück in einem Café am Marktplatz beobachteten sie, wie die Stadt zum Leben erwachte.

»So«, sagte Brigitte, als auch die letzten Brezeln aufgegessen waren, »ich dachte wir schauen uns heute Morgen mal die schwäbische Variante von Stilwerk an. Schließlich war unseres in Hamburg, an der Großen Elbstraße, zuerst da.«

»Oh, du bist ein Schatz«, strahlte Ariane. »Ich wollte schon lange mal wieder zu Alessi. Hoffentlich gibt's den hier auch.«

»Wollen wir uns trennen und uns um zwei auf einen Kaffee im *Starbucks* treffen?« Brigitte schaute in die Runde, um die Reaktionen der anderen zu sehen. Ariane sagte sofort Ja, Martina und Selma schauten sich an und blieben zusammen, Brigitte sagte: »Gut, dann also tschüss, bis nachher.«

Gisela nickte nur. Sie sah Brigitte nach und fragte sich ernsthaft, was sie wohl auf dem Herzen hatte.

Um Punkt zwei Uhr mittags saß Gisela bereits bei ihrem zweiten Kaffee, als drei tütenbeladene Frauen das *Starbucks* betraten. Ariane bestellte einen White Caffè Mocha und drapierte all ihre Einkäufe um sich herum. Martina setzte sich gerade mit ihrem Kaffee hin, als Brigitte ohne eine einzige Tüte hereinkam. Sie hatte rote Wangen und schien die ganze Zeit draußen gewesen zu sein. Hatte sie geweint? Gisela war sich nicht sicher.

Als alle an dem kleinen Tisch saßen, wurden die Trophäen herumgereicht. Ariane hatte die Zeit genutzt und sich mit kleinen Kostbarkeiten von Alessi eingedeckt, Martina zeigte stolz einen neuen Pullover, den Gisela als Zeichen nahm, dass sie langsam wieder zu ihrem früheren Selbst fand. Sie selbst hatte sich lediglich einen neuen Duft gegönnt und war danach sofort Kaffeetrinken gegangen.

Die Runde blickte erwartungsvoll auf Brigitte. Mit einem Zwinkern in den Augen erklärte sie, dass es jetzt zu einer Stadtführung ginge. »Schließlich sind wir ja jetzt alle als Touristen hier.«

Martina und Selma klatschten vor Freude in die Hände, Ariane zeigte auf ihre hohen, schmal geschnittenen Cowboystiefel und stöhnte dabei theatralisch. Gisela blickte noch einmal zu Brigitte, die lächelte. Nein, sie musste sich getäuscht haben. Brigitte war wie immer.

Im Innenhof des Alten Schlosses ging es los. Der Stadtführer, ein junger Mann mit der Ausstrahlung eines Tom Cruise, ließ alle schmerzenden Füße vergessen. Über den Schlossgarten lief die Gruppe an der alten Oper und dem modernistischen Landtag entlang, hinauf zum Eugensplatz. Dort überkam Gisela eine seltsame Wehmut, die die anderen zu teilen schienen. Alle waren still, in sich versunken. Jede war mit dieser Stadt verbunden, auf ihre eigene Art. Sie selbst hatte diese Verbindung nie geleugnet, war aber vor ihren Eltern in ein eigenes Leben geflüchtet.

Der schwäbische Tom Cruise riss sie nach einer Weile wieder aus ihren Gedanken und führte sie über romantische Schleichwege hinunter zum Wilhelmspalais, um sie dann in der Markthalle ihrem Appetit zu überlassen. Keine wollte mehr laufen.

Und Brigitte hatte genau den richtigen Vorschlag. »Ich hab uns einen Tisch beim Italiener hier in der Markthalle bestellt.«

»Du bist die Beste!« Gisela war halb verhungert und wollte Brigitte in die Arme nehmen, spürte aber sofort ihren Widerstand und ließ sie los.

Es war so weit. Brigitte war mit Herzklopfen aufgewacht. Nach dem Duschen trug sie zweimal ihr Deodorant auf. Sie zitterte, als sie sich anzog, und versuchte, tief durchzuatmen. Sie ging ihren Plan noch einmal Punkt für Punkt durch, ja, so musste es klappen.

In den letzten Briefen ihres Vaters hatte gestanden, dass Günther Rabenhorst mit seiner Frau nach Hamburg gezogen war. Gut, hatte Brigitte sich gedacht, dann zog sie eben auch nach Hamburg. Ein Blick ins Hamburger Telefonbuch genügte, um herauszufinden, dass es nur drei Rabenhorsts in Hamburg gab. Michael Rabenhorst. Vincent Rabenhorst. Gisela Rabenhorst. Keinen Günther. Hatte ihr Vater kein Telefon, war er weggezogen? Oder war er etwa tot? Nun, es gab nur eine Möglichkeit, das zu erfahren. Und Brigitte hatte nichts zu verlieren.

»Ja, bitte?«, meldete sich die Stimme am Telefon.

»Hallo, spricht dort Rabenhorscht?«

»Ja, worum geht es bitte?«

»Könnt i mol mit dem Günder sprecha?«

»Mein Mann ist vor fünf Jahren gestorben. Worum geht es denn nun?«

»I such en alde Freund von meim Vadder, un der hoißt Günder. Kommt Ihr verschtorbener Gadde aus Schdugert?«

»Ja …«

»Mei herzlichs Beileid. Adele noa.«

So schnell war die Gewissheit da, wie ein unerwarteter Schlag, direkt in den Magen. Tot war er. Seit fünf Jahren. Aber diese Frau war lebendig. Zeit, ins feine Uhlenhorst zu fahren, um zu sehen, wie die trauernde Witwe lebte. Brigitte hatte sich einen ausgeklügelten Überwachungsplan zurechtgelegt. Nach einer Woche schon wusste sie genau, wo Gisela einkaufte, wen sie traf, wann sie zum Frisör ging. Und sie fand heraus, dass Gisela alle vier

Wochen nach Ottensen fuhr, um sich mit ein paar Freundinnen im Restaurant *Die Schwäbin* zu treffen.

Wie einfach es gewesen war, sich in Giselas Leben zu schleichen. Dieser Typ damals, der in der *Schwäbin* rumgepöbelt hatte, wusste gar nicht, was für einen Gefallen er ihr getan hatte. Er war die perfekte Eintrittskarte gewesen für die »schüchterne« Brigitte. Sie bekam eine Gänsehaut bei der Erinnerung. Wie wundervoll sich doch auch diese Stuttgart-Reise als perfekte Kulisse für den letzten Akt angeboten hatte.

Heute sah sie zum letzten Mal in das Gesicht der Frau, der sie und ihre Mutter ihr verpfuschtes Leben zu verdanken hatten. Mit einem entschlossenen Ruck stand Brigitte auf und ging an die Rezeption.

Martina und Selma warteten schon. Brigitte taumelte leicht, als sie auf die beiden zuging, doch sie stützte sich an dem Resopaltisch der Rezeption ab. Die anderen waren so mit ihrem Gepäck beschäftigt, dass sie nichts bemerkt hatten. »Sagt ihr Ariane noch Bescheid und ich hol mein Gepäck, dann geht's ab nach Hamburg. Geht doch schon mal hoch und genießt die frische Luft.«

»Wo isch'n Gisela?« Selma sah sich um.

»Sie besucht meinen Vater.« Wie oft hatte Brigitte sich diese Szene in Gedanken ausgemalt.

»I han gar net gwusst, dass die sich kennet.«

»Doch, doch, sogar ganz gut ... Deshalb ist sie schon früher losgegangen.«

Schnell nahm Brigitte ihr Gepäck und stellte es vor ihre Tür, dann ging sie zu Gisela in das hinterste Zimmer und steckte leise den Universalschlüssel ins Schloss.

Als sie klopfte, rief Gisela: »Komm rein, ich hab's gleich!«

Gisela kämpfte mit dem Reißverschluss ihrer Kosmetiktasche. Ihre Reisetasche stand offen auf dem Bett.

»Hallo, hier, ich hab noch was für dich.« Brigitte trat näher und legte einen Umschlag auf das Bett.

Gisela schaute sie kurz fragend an, schleuderte dann entnervt die Kosmetiktasche in die Reisetasche. »Na gut, verdammte Tasche, du hast gewonnen. Sind die anderen schon fertig?« Erst jetzt blickte Gisela zu dem Umschlag, der auf dem orangen Bettüberwurf lag.

»Nee, nur keine Hetze, wir liegen gut in der Zeit …« Die letzten Worte kamen nur noch heiser heraus.

»Was ist das …?«

Brigitte ging schnell zur Tür, zog rasch Giselas Schlüssel aus dem Schloss, das sie letzte Woche mit einer Extra-Portion Maschinenöl geschmeidig gemacht hatte. Dann schloss sie die Tür von außen geräuschlos ab, rannte den Flur entlang, nahm ihr Gepäck und sauste hoch zum Marktplatz, wo die anderen warteten.

»Auf geht's. Der Zug fährt in einer halben Stunde und wir wollten doch noch unser Frühstück am Bahnhof einkaufen.«

Gisela verspürte nicht die geringste Lust, Brigitte hinterherzulaufen, ohne Frühstück im Magen! Schnell hatte sie fertig eingepackt. Den Umschlag, den Brigitte ihr aufs Bett gelegt hatte, steckte sie in ihre Handtasche. Was die Kleine wohl auf dem Herzen hatte? Vielleicht brauchte sie einen Rat? Es wurde auch Zeit, dass sie etwas zutraulicher wurde, vielleicht war das der Durchbruch.

Gisela wollte die Tür öffnen, doch die klemmte. Sie rüttelte am Türgriff. Die Tür klemmte nicht, sie war abgeschlossen. Und wo war der verdammte Schlüssel?

Sie rief nach den anderen. Nichts. Sie rief lauter, schlug mit den Fäusten an die Tür. Durchsuchte ihre Tasche, ihren Koffer und das Zimmer. Sogar die Kosmetiktasche durchwühlte sie.

Nichts.

Gisela ließ sich auf das Bett plumpsen. Sie würde noch den Zug verpassen, wenn sie nicht bald diesen Schlüssel fand. Dann musste sie mit einem Mal grinsen. Natürlich, eine Schnitzeljagd! Übernachten im Bunker, da lag ein Abenteuer ja nahe. Plötzlich war sie sich sicher, dass sich in dem Umschlag eine Spielanleitung befinden musste. Diese Brigitte war schon eine!

Gisela zog erwartungsvoll den Umschlag aus der Tasche. Briefe fielen ihr entgegen. Das war ja richtig originell! Sie warf einen genaueren Blick auf die vollgeschriebenen Seiten. Die Briefe fingen alle mit »Liebe meines Lebens« an. Die Schrift kam ihr bekannt vor, diese schwungvollen Striche, mit denen die Ls und Fs geschrieben waren. Das war doch ... das war Günthers Schrift! Doch wie war das möglich? Günther war seit fünf Jahren tot.

Das unterste Papier in dem Umschlag war eine Fotokopie. Vollstreckbare Ausfertigung stand da, in Schreibmaschinenschrift. *Brigitte Römer?*

»Oh mein Gott«, flüsterte Gisela.

Sie sackte in sich zusammen. Günther hatte ihr erzählt, dass er mit einer Frau zusammen gewesen war, als er sie kennengelernt hatte. Aber er hatte das immer so harmlos dargestellt. Was er ihr verschwiegen hatte, war seine Tochter. Brigitte war Günthers Tochter!

Gisela trat zu der verschlossenen Tür. »Brigitte«, sagte sie leise. »Brigitte, hörst du mich? Bist du da?« Sie lauschte angestrengt. Das Geräusch der Lüftung war nicht mehr zu hören.

Nicht sprechen, fuhr es Gisela durch den Kopf, das kostet zu viel Sauerstoff.

Wollte Brigitte sie umbringen? Durch Ersticken? Hier in diesem Bunker? Das konnte sie doch nicht ernst meinen. Und dann fiel Gisela ein, wie viel Schmerz in Brigittes Augen zu sehen war, wenn sie von ihrer Vergangenheit sprach.

Es *muss* doch einen Weg hier heraus geben. Die Nagelfeile! Gisela wühlte in der Kosmetiktasche, versuchte, die Schrauben an dem Schloss zu lösen. Es ging nicht. Sie schob die Feile unter den Beschlag, wollte ihn abhebeln. Dabei brach die Feile.

Sie stieg auf das Bett und schlug mit dem Stuhl das Gitter der Lüftung ein. Doch der Schacht war zu eng, nicht mal ein Kind käme da hindurch. Es musste einen anderen Ausweg geben.

Erschöpft stieg sie vom Bett und schaute sich verzweifelt in dem Zimmer um. Es war ein Gefängnis, hier kam sie nicht mehr raus. *Nicht weinen. Nachdenken!*

Ihr Blick fiel auf den Tombolagewinn. Die Schachtel mit dem BOSCH-Aufdruck war vom Bett auf den Boden gerutscht. Warum war es kein Schlagbohrer? Ihr Blick blieb an der Verpackung hängen. Dort las sie: Fräsen, *sägen*, schleifen.

Vier Wochen später in Hamburg

Brigitte hatte lange überlegt, ob sie noch weiterhin zum Schwaben-Stammtisch kommen sollte, und sich entschlossen, noch einmal in der *Schwäbin* aufzutauchen. Es war nur eine Vorsichtsmaßnahme. Im Laufe des Abends wollte sie den anderen erzählen, dass sie eine Stelle in Frankfurt angenommen hatte.

»Wo ischn d Gisela? Die isch doch sonscht immer so superpünktlich ...« Selma schaute von ihrer Speisekarte hoch.

»Kann sein, dass sie es nicht schafft, wegen des Umzugs nach Husum. Sie hat mich angerufen.« Brigitte bebte innerlich und hoffte inständig, dass sie glaubhaft klang. Doch die anderen nickten nur und bestellten.

Als alle in ihr Essen vertieft waren, trat jemand an ihren Tisch. »Grüß Gott. Ich bin ein bisschen spät dran heute.«

Gisela setzte sich auf ihren Platz.

Monika Geier

Siebzehn und vier

Ich frühstückte. Einen Pfirsich. Es war ganz in der Frühe, ich saß in meiner Küche, die weiß ist wie ein Handwerkerauto und viel zu grell beleuchtet, aber ich bin zu faul, die Neonröhre vom Vormieter gegen etwas Wärmeres einzutauschen. Sorgfältig schnitt ich den Pfirsich in 11 Stücke. Sie lösten sich glatt vom Stein, so wie ich es mag. Ich aß auf und dann ging ich hinaus. Es war ein schöner Tag. Ich nahm die kleine Treppe hinunter zum Neckar, denn auf diesem Weg begegnen mir nur zwei Hausnummern, die 21 und die 17. Die 21 ist meine eigene und die 17 gehört zu einem ehemaligen Priesterseminar unten am Wasser, ein altes Steinhaus mit einer pompösen Treppe, der Eingang liegt im ersten Stock. Wegen des Hochwassers. Von dem Altan vor der Tür hängen seit ein paar Jahren regelmäßig große Plakate herab, denn das Haus ist jetzt eine Kunstgalerie, wenn auch die Räume darin eng und niedrig sein müssen. Ich war noch nie drin, ich habe zu großen Respekt vor der 17, aber man sieht es an den Fenstern. Dass die Räume niedrig sind, meine ich. Das Gebäude hat sich gut gehalten, was bestimmt auch an der Hausnummer liegt. Es ist fast dreihundert Jahre alt und rosa angestrichen wie ein junges Mädchen.

Der Fluss lag unter Dunst. Die Bäume ringsum sahen schwer und grün aus, und sehr schattig, obgleich das Licht noch diffus war. Ich drehte mich zurück, um der 17 meine Reverenz zu erweisen, und sah das Plakat.

Darauf war ein dunkelvioletter Kreis, der an einer Seite ins

Orange spielte, liegend auf einem grünen Oval, das auf einem breiten grauen Strich zu stehen kam. Dahinter war alles strahlend weiß und rundherum verlief eine Art Rahmen, der auch weiß war, aber schmutziger. Es war, als würde man aus einem Fenster hinaus sehen, auf dessen Bank ein grüner Teller stand mit einem Pfirsich darauf. Ich starrte das Bild an. Neben mir erschien eine Parkbank und ich setzte mich. An meinem Küchenfenster steht eine grüne Schale, da lege ich immer mein Obst drauf. Meistens ist es ein Pfirsich.

Nach etwa zwei Minuten verschwand die Vision. Das Bild kippte und ich sah wieder einen violett-orangen Kreis auf grünem Oval. Es war irrsinnig zu glauben, dass da jemand mein Fenster gemalt hatte, noch dazu von innen. Wie sollte derjenige dazu kommen. Meine Wohnung betritt höchstens der Gasmann, um die Uhr abzulesen. Es gibt niemanden, der die Fensterbank kennt außer mir.

Ich saß noch eine Weile auf der Bank, bis ich merkte, dass sie nummeriert war, sie trug ein kleines Messingschild mit einer 268 darauf, weiß der Himmel, weshalb die hier so etwas machen. Ich stand auf und wollte weitergehen, da winkte mir von dem Plakat wieder mein Fenster zu. Jemand hatte mich gemalt. Ich ging näher, und diesmal blieb es mein Fenster. Ich entfernte mich – dasselbe. Es wurde mir nur bewusst, dass es von außen dargestellt war. Natürlich. Die Fensterbank mit der Schale ragte nicht über die Leibung hinaus. Zuvor hatte mich das strahlende Weiß im Innern getäuscht. Es wirkte so überirdisch hell, dass ich es für Tageslicht gehalten hatte. Doch es stellte meine Küchenbeleuchtung dar. Das beunruhigte mich. Denn hier war sie zum Sterben schön. Ein Licht zum Reinfallen. Und das stimmte nun wirklich nicht.

Das Plakat verzeichnete außer einem merkwürdigen Zitat *(»ich kann nicht zurück zu ihren zweihundert schwarzen Bergrücken«)* auch den Namen des Malers: Alwin Glatz. Ich kannte ihn nicht. Das war kein Wunder, ich kenne außer ein paar Kollegen nur meinen Buchhändler und meinen Schneider, sonst niemanden hier. Aber diesen Alwin Glatz wollte ich kennenlernen.

Obwohl es mich Überwindung kostet, ein Haus mit einer Nummer 17 zu betreten, wartete ich, bis die Galerie öffnete, um die Ausstellung anzusehen. Die zweihundert im Zitat mochte ich auch nicht, aber immerhin war sie ausgeschrieben. Und sie hatte etwas Lautmalerisches, das mir gefiel. Sie war keine wirkliche 200, sondern ein verlängertes Z. Ohne jeden kryptologischen Affekt. Damit konnte ich mich anfreunden.

Drin jedoch fühlte ich mich unwohl. Natürlich klebten überall Schildchen mit Nummern und überdies schlich mir eine kurzhaarige Blondine hinterher, die einen viel zu symmetrischen Gang hatte. Ihre Schritte waren reiner 4/4-Takt, gleichmäßig, unsynkopisch, sie schien es zu genießen, sicher hielt sie sich für musikalisch, so etwas macht mich verrückt. Selbstverständlich war auch ihr Gesicht ebenmäßig, ihr Körper hoch und gerade, und ihr überlegenes Lächeln sah aus, als wüsste sie von meinem Küchenfenster.

Und das war überall. Es war kein Versehen. Es war keine Reihe »Fenster aus Schwaben« oder »Fenster mit Obstschalen« wie diese Poster mit Türklopfern aus der Provence. Es war mein Fenster. Der Ausschnitt änderte sich, mal klebte es winzig in einer riesigen Wand, mal wurde der Pfirsich kaum angerissen und es strahlte nur noch hell aus sich heraus, doch immer blieb es mein Fenster, immer lag da ein Pfirsich und immer zentrierte sich alles um dies paradiesische Licht in der Mitte.

Der Katalog indessen sagte anderes. Es handle sich lediglich um geometrische Formen, die sich perspektivisch konjugiert zeigten und in der Tat den Anschein einer primitiven gegenständlichen Darstellung suchten, da sie in Wahrheit alles andere als das waren, nämlich informell und frei (man musste den Maler schon ein bisschen kennen), einfach nur Figuren, die sich gefunden hatten, im äußersten Falle solle man sich Himmelskörper vorstellen, wenn man denn diese Brücke bräuchte.

Dass mich der Katalog leugnete, nahm ich ihm nicht übel. Vermutlich sind die meisten Kataloge so. Man muss wie überall auch in der Kunst an seinen Ruf denken und hübsch ambivalent bleiben und gerade dann behaupten, man beschäftige sich etwa mit der Stellung von Planeten zueinander, wenn man in Wahrheit

Küchenfenster malt. Was mir an den Bildern gefiel, war ihre Präzision. Es erfordert einen gewissen Mut, genau hinzusehen, der war spürbar. Und dass *mein* Fenster dargestellt war, elektrisierte mich. Da hatte mich einer portraitiert, genau, symmetrielos, sehnsüchtig und schöner, als ich war. Ich war es und ich war es nicht. Weshalb, war egal. In dem Moment hätte ich noch unberührt heimgehen können.

Dann führte die Blondine mich in die Kammer.

Ich sei sehr interessiert, sprach sie mich an und musterte mich. Ich lasse meine Kleidung von Hand anfertigen, um Symmetrien zu vermeiden und trotzdem nicht allzu sehr aufzufallen. Am allerliebsten würde ich ja herumlaufen wie ein Renaissance-Soldat, gestreiftes Hosenbein links, unifarbenes rechts, verschiedene Socken und Schnürsenkel und Schuhe, die Hellebarde an der Seite, doch ich passe mich an. Ich lasse mir die Unregelmäßigkeiten klein-klein machen. Dafür bezahle ich viel Geld. Leute mit geschultem Blick sehen das. Die Blonde hatte es längst erfasst: Ich beschäftigte einen Schneider. Also war ich reich.

»Da wäre es doch schade, wenn Sie einen bemerkenswerten Teil der Ausstellung versäumten«, fuhr sie fort, »leider ist das Haus etwas verwinkelt, der Denkmalschutz, tja, jedenfalls haben wir da noch einen Raum, den Sie sich ansehen sollten.«

Ich sagte: »In Ordnung«, sie lieferte mich ab und verflüchtigte sich.

Und sie hatte recht. Die Zeichnungen in diesem Raum waren elementar. Hier war der Maestro nicht bei meinem Fenster oder meinem Geschirr oder meinem Frühstück geblieben. Die wütenden schwarzen Kohlestriche dort auf den schmierigen Blättern zeigten mich selbst, einen von beängstigend hellem Licht angefressenen Schemen, der an einem skelettartigen Tisch saß, einen Teller vor sich, und auf dem Teller der Pfirsich. Geschnitten. In 3, in 6 und in 8 Stücke. Eine 7 war dabei, wahrscheinlich zufällig.

Ich setzte mich auf den einzigen Stuhl im Raum, der ungünstig stand, hier war alles eng, und die Bilder schrien auf mich ein. Es war schlimm. Die Präzision war tödlich, jeder Strich geladen, und ich sah überall Teller mit Obststücken. Doch die Zahlen waren verdreht. Etwas Obszönes hatte sich eingeschlichen, grünlicher

Schimmer lag über den Papieren. Und natürlich war alles eben noch uneindeutig, spöttische Vexierbilder, die man auch als Insekten lesen konnte oder Planeten. Oder zweihundert schwarze Bergrücken. Nur weil ich wusste, was gemeint war, erkannte ich mich.

Und gemeint war, dass der Künstler mich erfasst hatte. Dass er in der Lage war auszumachen, wie wichtig der Teller mit dem Obst war. Er hatte ihn stets ins Zentrum gerückt und immer eine klare Anzahl von Pfirsichstücken bestimmt. Immer eine falsche. Doch das, merkte ich, war unmaßgeblich, es zeigte mir nur, wie verrückt ich war. Irre. Inkomptibel. Dieser Raum hob für mich das Wunder auf, gemalt worden zu sein. Hier wurde ich boshaft und ironisch betrachtet, mit einem Blick, wie ihn vielleicht höchstens noch die Blondine zustande brächte, wenn sie wüsste, dass mein Bett mit garantiert asymmetrisch bedruckter Michael-Schumacher-Wäsche bezogen ist.

Ich war nicht wütend, das kam später. Im Moment fühlte ich mich nur getroffen. Mein Herz klopfte laut und ich wollte mit jemandem reden. Das Bedürfnis habe ich selten, und schon gar nicht, wenn die einzige Ansprechpartnerin eine im 4/4-Takt tänzelnde Blondine ist, aber ich dachte nicht nach und stürmte aus dem Raum und fand sie und sagte: »Diese Bilder da!«, und sie lächelte wieder wissend, als sei ihr selbst Michael Schumacher kein Geheimnis.

»Der Künstler ist von hier?«, fragte ich, und sie machte Ausflüchte in Richtung Paris. Ich sagte, ich wolle kaufen, aber nur nach persönlichem Kontakt zum Meister, das sei meine Gewohnheit.

Sie gab mir eine Preisliste, die ich sofort umdrehte, bevor mir die Zahlen ins Gesicht springen konnten, und darauf wurde sie nachdenklich und sagte: »Na ja, vielleicht sollten Sie wirklich persönlich mit Herrn Glatz sprechen.«

Ich sagte, ich fände auch, das sei das Beste. Sie schrieb mir seine Telefonnummer mit schwarzer Tinte auf eine kleine Büttenkarte. Die Zahl stieß mich ab. Es war die 62826.

Trotzdem ging ich nach Hause und rief Glatz an.

Er meldete sich vorsichtig mit »Hallo.« Ich sagte meinen Namen und dass ich seine Ausstellung gesehen hätte.

Er schwieg.

»Sie haben mein Fenster gemalt«, sagte ich.

Schweigen.

»Warum?«, fragte ich.

»Wer bissu«, sagte er da. Seine Stimme klang schwer, alkoholisiert. Es war siebzehn Uhr. Eine kleine Hommage an den Anlass des Anrufs.

»Ich bin der, dem das Fenster gehört«, sagte ich. »Das Fenster mit dem Pfirsich. Sie erinnern sich.«

»Ich«, entgegnete er und klammerte sich schwankend an das Wort, »arbeite abssrakt. Du biss nichss. Du spinss. Ich wusste immer, dass dun Spinner biss.«

»Warum mein Fenster?«, fragte ich. »Warum ich?«

»Ich kann dich von hier auss sehn.«

Ich ging ans Küchenfenster und blickte hinaus in die Stadt. Die Sonne schien auf viele Dächer, Wärme stand über den roten Ziegeln. Fenster blinkten mich an. Am Telefon hörte ich ein Kichern.

»Mimm Tele.«

»Du beobachtest mich«, wechselte ich zum Du.

»Ganss recht.«

»Warum?«

»Du glaubss nich, was man sieht, wenn man von hier auss innie Fensser guckt.«

»Ich will es nicht wissen«, sagte ich ehrlich.

Er schniefte. Dann sagte er verächtlich: »Passu dir.«

»Immerhin hast du mich gemalt«, sagte ich.

Jetzt leugnete er es nicht mehr. Er machte eine längere Pause. Dann sagte er: »Da hat einern Fensser mit ner Fensserbank und da is nie was anderes drauf als eine Schale, die steht immer am selben Platz, rechts vonner Mitte und auffer Schale liegt ein Stück Obst. Jeden Tag. Und jeden Tag steht einer frühmorgens auf und nimmt das Obst und schneidet es klein und isst es und dann geht er weg und bringt ein neues Stück Obst und legt es auf die Schale und das wars. Jeden Tag. Eine Banane, ein Pfirsich, eine Orange.

Nie zwei. Keine Kirschen, keine Weintrauben. Kein Apfel. Keine Frau.«

Ich schwieg. Das stimmte alles.

»Stimmt's?«, schrie er plötzlich.

»Ja«, gab ich zu.

»Du ziehss jeden Tag los und kaufss dir einen Pfirsich.«

»Ja.«

»Warum?«, fragte jetzt er.

»So habe ich nie eine gerade Anzahl Früchte«, antwortete ich. »Und immer nur einen Stein.«

Er lachte laut und falsch. »Dassis dein Leben.«

»Ja.«

»Und das magssu?«

»Na ja«, sagte ich. Es war immerhin mein Leben, und das an einen versoffenen Maler zu verraten, wäre ja noch schöner. Außerdem bin ich auch nicht ganz doof, oder sagen wir: uninspiriert. Ich hatte gehört, dass ihm die Antwort wichtig war. Sogar mehr als das. Sie war elementar.

»Ich bin zufrieden«, sagte ich.

Er unterbrach die Verbindung.

Schon als ich auflegte, war ich nicht mehr zufrieden. Der neue Pfirsich sonnte sich auf seiner Schale wie all seine Vorgänger, doch ich schob das Geschirr beiseite, um das Fenster zu öffnen und hinauszusehen. Wo war er, wo lebte dieser Säufer mit dem Teleobjektiv? Was tat er nun? Sicher sah er mich jetzt und holte schnell den Stift und malte mich, wie ich zum ersten Mal dies Fenster öffnete, ein denkwürdiger Augenblick. Quasi eine Entjungferung. Das hatte Potenzial, da steckte Symbolik drin, das musste für die Nachwelt festgehalten werden, geometrisch verschlüsselt, versteht sich. Der letzte Zahlenmystiker öffnet zum ersten Mal sein Küchenfenster. Da konnte man ganze Serien draus machen und Spannung schöpfen für eine komplette weitere Ausstellung. Die Blonde würde einen Katalog verfassen mit hochnäsigen Hinweisen auf das neunte Buch der Elemente von Euklid, und auf dem Plakat draußen stünde ein sperriger Satz, saftig und eleusinisch, ein wenig auftrumpfend auch, etwa so:

Und dann hab ich Analverkehr mit ihren während der Eiszeit gebildeten Korallenriffen. Es würden Menschen kommen und mich sehen und mich für einen Farbfleck halten oder ein Korallenriff oder eine Allegorie des Analverkehrs. Vielleicht würden sie über mich lachen. Was, dieser verzweifelte Strich, der da so komisch aus dem Quadrat hängt, soll eine Eiszeit sein, ich sage dir: Mein vierjähriger Sohn kann das besser.

In dem Moment fand ich, dass ich mit Herrn Glatz noch nicht fertig war. Ich ging zum Telefon und wählte seine Nummer erneut.

»Du hast dein Fenster aufgemacht«, begrüßte er mich. Er klang ein bisschen klarer als vorhin. »Du hast dein Fenster noch nie aufgemacht.« Ich hörte ein Klicken, dann atmete er lange ein. »Jetzt kannst du nicht mehr zurück.«

»Was wollen Sie von mir?«, fragte ich.

»Nichts«, sagte er obenhin. »Du hast mich angerufen.«

»Sie haben mich gemalt.«

»Ich wollte«, sagte er nachdenklich und fast freundlich, »mich mal mit etwas ganz und gar Anspruchslosem beschäftigen.«

Das war so stark, dass ich den Hörer nahm und sekundenlang anstarrte. Dann hielt ich ihn wieder ans Ohr. »Sie kennen mich nicht«, sagte ich wütend.

Er zog wieder an seiner Zigarette. »Jetzt schon.«

»Sie haben einen Fehler gemacht.« Etwas Böseres fiel mir nicht mehr ein. »Sie haben den Kern nicht getroffen. Sie haben nichts verstanden. Ihre Bilder sind schlecht.«

Schweigen.

»Jetzt haben Sie mich so lange ausspioniert und nicht gemerkt, dass ich nie im Leben 6 Stücke Pfirsich auf meinem Teller liegen lassen würde. Oder 8. Und 3 auch nicht. Das ist elementar. Und da Sie das nicht verstanden haben, ist alles andere auch verkehrt.«

»Wirklich?«, sagte er sanft.

»Ja«, schrie ich. Und pfefferte den Hörer auf die Gabel zurück.

Am Abend rief er mich an.

»Hör mal«, sagte er grußlos, »nicht dass ich das irgendwie wichtig fände, versteh mich nicht falsch, es ist im Grunde völlig nebensächlich, aber wie isst du denn deinen Pfirsich?«

»Woher haben Sie diese Nummer«, fragte ich schroff.

»Wie isst du ihn?«

»Das geht Sie nichts an.«

»Sag's mir doch«, bettelte er.

Ich sagte es ihm, obwohl ich in dem Moment schon wusste, dass es ein Fehler war. »So, dass ich immer eine ungerade Anzahl Stücke auf dem Teller habe.«

»Du steckst zwei Stück auf einmal in den Mund?«

»Natürlich nicht«, sagte ich entsetzt. »Eins halte ich in der Hand.«

»Was ist mit der 3«, fragte er. »Die ist doch ungerade.«

»Die 3 mag ich nicht.«

Er lachte. »Gibt es eine gerade Zahl, die du magst?«

Das sage ich nun wirklich nicht.

»Lass mich raten: die 2. Als Primzahl.«

»Lassen Sie mich in Ruhe.«

»Also die 2.«

»Nein.«

Ich fühlte mich müde. Das hier war etwa so wie eine Unterhaltung mit einem Mathematiker. Mathematiker waren furchtbar. Es begann immer hoffnungsvoll mit ihnen, doch dann starrten sie einen plötzlich verständnislos an und wussten nicht, dass die 97 eine Primzahl war. Oder sie bekamen so ein verlogenes Leuchten in die Augen und erzählten was über vollendete Zahlen und Verhältnisse und Reihen und Leonardo da Vinci und kapierten nicht, dass Beziehungen und Verbindungen in der Zahlenwelt lediglich Larven sind. Verunreinigungen. Dass es da eine einsame, pure, unendliche Menge von Solitären gibt, die köstlich sind, jeder allein für sich. Dass Primzahlen die eigentliche Poesie sind. Das durfte man aber um Gottes willen nie sagen, denn dann schlugen sie einen tot mit irrational und imaginär. Mathematiker sind unbesiegbar und merken nicht, dass es nicht ums Siegen geht. Künstler aber, wusste ich jetzt, sind noch schlimmer. Sie nehmen dir die Seele weg, schreiben ihren Namen drunter und hängen ein Preisschild dran.

»Ich muss jetzt Schluss machen«, sagte ich.

Glatz inhalierte zum Abschied noch etwas Rauch.

Ich schloss das Fenster wieder.

Auch darin behielt Glatz recht: Ich konnte nicht mehr zurück. Meine Ruhe war hin. Ich fühlte mich beobachtet. Endlos rückte ich meinen grünen Teller auf der Fensterbank herum. Es fiel mir schwer, mich zu konzentrieren. Meine Arbeit litt. Ich kaufte mir unifarbene Bettwäsche, um mich moralisch gegen die Blondine zu wappnen, doch schlafen konnte ich nicht darin. Ich hing tagelang in der Galerie herum und besah mir immer und immer wieder die Bilder, wie Narziss ans eigene Spiegelbild gefesselt. Ich malte eine 12 ins Gästebuch, die 12 ist eine Hure. Darauf rief Glatz mich an. Scheinheilig sagte er, so etwas in der Art habe er sich gedacht. Es überrasche ihn keinesfalls. Wichtig oder interessant sei es auch nicht. Aber warum sei ausgerechnet die 12 die einzige gerade Zahl, die ich mochte?

Ich war sprachlos. Es haute mich um, dass er wirklich und wahrhaftig glaubte, ich würde ihm auf die Art noch Liebesbriefe schreiben. Ich schrie ihn an, das sei nicht meine Zahl, sondern seine, die einzige, die er verdiene. Ich glaube, danach beobachtete er mich rund um die Uhr. Ich wurde den Blick, der auf mir lastete, nicht mehr los. Inzwischen überlegte ich ernsthaft umzuziehen. Ich war getroffen und vernichtet und immer hatte ich dieses Gefühl, dass jemand genüsslich noch meine letzte Energie abschöpfte.

Dann passierte etwas, das für den Weltenlauf und die große Kunst kaum von Interesse sein konnte und nur mein kleines anspruchsloses Leben betraf: Die WG von unten nahm eine neue Mieterin auf. Eine Studentin, zum Glück nicht der Mathematik. *Tina.* Eine hübsche junge Frau, eigentlich ein Mädchen, mit strubbeligen braunen Haaren und Sommersprossen und einem leicht exzentrischen Gang und unbekümmerter Gestik und einem riesigen Lächeln. Sie wollte sich bei mir Kaffee leihen. Oder sich vielleicht auch nur vorstellen, wer weiß. Jedenfalls erschien sie an ihrem ersten Tag in unserem Haus an meiner Tür und lächelte mich an, und wenn ich so reagiert hätte wie immer, dann hätte ich ihr demütig meinen Kaffee überlassen und sie nie wiedergesehen. So jedoch dachte ich an Glatz und dass es ihm zu denken geben würde, wenn ich Besuch von einer Tina hätte. Ich bat sie herein. Die Sonne schien und ich öffnete das Fenster. Ich war mir sicher, Glatz würde es sehen. Ich kochte Kaffee für Tina und wir unterhielten uns. Sie war nett. Sie hörte zu. Mit ihr zu reden war ganz leicht. Ich wollte ja auch nichts anderes, als dass sie dasaß und aussah wie wichtiger Damenbesuch. Fast locker erzählte ich von einem Stalker, der mich verfolgte (nichts Schlimmes, nur lästig) und der mich mit einem Teleobjektiv beobachtete, durch mein Küchenfenster. Ununterbrochen. Sie war nicht unangenehm berührt. Dass jemand von mir besessen war, erstaunte sie nicht im Geringsten. »Auch jetzt?«, fragte sie nur.

»Wahrscheinlich.«

Sie stand auf und stützte sich auf die Fensterbank und lächelte hinaus in den Sommer und warf dem fernen Glatz eine Kusshand zu. Dann wandte sie sich zu mir. »Du brauchst Vorhänge.«

Am nächsten Tag half Tina mir, sie auszusuchen und anschließend festzumachen. Sie waren aus unifarbener Seide. Die mit dem ungleichmäßigen Blumenmuster drauf hatte meine neue Nachbarin milde lächelnd verworfen. Ich brachte es nicht übers Herz, darauf zu bestehen. Man konnte die unifarbenen auch so ziehen, dass sie nicht ganz gerade waren. Es war eigentlich gar kein Problem. An diesem Tag ging ich nicht in die Galerie. Ich ging mit Tina schwimmen. Sie trug einen wunderbaren Badeanzug mit nur einem Träger über der rechten Schulter. Pfirsichfarben. Glatz hatte mir ungewollt ein Geschenk gemacht.

Nachts darauf brannte die Galerie.

Es war eine Tragödie, ein schwerer Fall von Brandstiftung mit hohem Sachschaden und einer Toten. Die symmetrische Blonde. Eine Frau Dr. Hohenadel, promoviert in Kunsthistorie, wie ich aus der Zeitung erfuhr. Unglücklicherweise hatte sie an ihrem Arbeitsplatz genächtigt, und ihr war keine Chance geblieben. Es musste ungeheuer schnell gegangen sein. Der Täter hatte einen Brandsatz in ein offenes Dachfenster des alten Priesterseminars geworfen. Ausgerechnet dort aber war unter dem sanierten Dach ein denkmalgeschütztes Gebälk mit seltenen Handwerksverbindungen erhalten geblieben, das, morsch und trocken, das Feuer überaus willig empfing. Es stand augenblicklich in Flammen. Der Dachstuhl, so konstatierte anschließend die Presse, war eine offene Einladung an jeden Feuerteufel gewesen, der in der Umgebung sein Unwesen trieb, ein System, das mit wenig Mühe und großer Wirkung gesprengt werden konnte, im wahren Wortsinn sogar: Das Dach war einfach explodiert. Die arme Frau Dr. Hohenadel schlief eine Etage darunter. Sie konnte später nur unter Schwierigkeiten überhaupt identifiziert werden.

Und ihr Tod wurde nicht als unglückliches Versehen behandelt.

Für mich war der Brand der Galerie zunächst schlicht unwirklich. Nach all der Zeit, die ich in dem alten Haus verbracht hatte, erfuhr ich aus dem *Tagblatt* davon. Noch dazu aus einem, das ich nie bestellt hatte. Es lag am Morgen nach der Brandnacht vor meiner Etagentür. Mit einem großen BRAVO über die Titelseite geschmiert. Über das Bild des brennenden Priesterseminars. Zuerst kapierte ich gar nichts, ich dachte, es handle sich um ein Versehen. Ich beziehe keine Lokalzeitung. Ich glaubte, sie sei falsch zugestellt worden, und wollte sie runterbringen ins Erdgeschoss, da las ich, was passiert war. Ich muss minutenlang auf dem Treppenabsatz gestanden haben, bevor ich verstand. Die Galerie war zerstört. Von einer Toten stand da noch nichts, doch das Bild des Feuers war eindringlich genug. Und das Bravo galt mir. Es war ein Brief an mich. Eine Anklage: Du bist schuld.

Ich überlegte, zur Polizei zu gehen. Lange. Es war ein Risiko dabei. Mein Lebenslauf ist nicht hübsch. Irgendwo muss es sogar noch ein Gutachten über mich geben, das man gegebenenfalls von einem Polizeicomputer aus ermitteln kann. Und was konnte ich schon zu Protokoll geben? Da hat einer mein Fenster gemalt? Als ich mir Vorhänge dranmachte, zündete er aus Eifersucht die Galerie Hohenadel an? Um mir zu zeigen, dass dies Fenster mit allem Drumherum ihm gehörte? So eine Geschichte konnte ich der Polizei nicht erzählen. Wenn sie es überhaupt ernst nahmen, würden sie die Gegenseite dazu hören wollen. Und Glatz konnte auf seinen informellen Werdegang, seinen Katalog und die schwarzen Bergrücken verweisen. Fenster? Pfirsiche? Da waren keine Ähnlichkeiten beabsichtigt. Natürlich sollten Menschen sich angesprochen fühlen, aber auf einer tieferen Ebene, das ist der Sinn der Kunst. Die gefährlichen Spinner kann man da nicht ausschließen. Das ist nur authentisch, so spielt das Leben: Immer ist ein gefährlicher Spinner dabei. Man denke nur an die Säureattacke auf die Mona Lisa. Und war etwa da Vinci schuld daran?

Nach einigen Tagen fragte Tina mich auf dem Flur, was ich von dem Brand in der Galerie wüsste. Ihr Gesicht war ganz zusammengeknautscht vor Misstrauen. Sie sagte, ihr tue die arme Frau leid, die verbrannt sei.

»Mir auch«, sagte ich.

»In der Stadt heißt es, dass du es warst«, sagte sie und blickte mir fest ins Gesicht.

Da packte mich ein gespenstisches Schuldgefühl. Mir blieb die Luft weg. Ich konnte nichts sagen. Ich steckte mit drin. Mich verband eine geheime Komplizenschaft mit Glatz. Wegen *mir* hatte das Haus gebrannt, nicht wahr. Sie sah mich lange an, dann drehte sie sich um und ging weg.

An diesem Nachmittag wurde ich bei der Polizei vorgeladen.

Das hatte ich Glatz zu verdanken. Er wollte haargenau mich. Er wollte der Welt und mir beweisen, dass meine Hand das Streichholz geführt hatte. Er war hysterisch. Und besessen. Das muss er gewesen sein. Sonst hätten seine Gerüchte niemals diese Ausmaße erreicht. Ich glaube, er sah es als eine Art Zweikampf. So schuf er erst die Atmosphäre, die seinen späteren Prozess verursachte.

Die Befragungen waren ungeheuer anstrengend. Ich sah in argwöhnische Polizistenaugen, in verhangene und in abschätzige. Ich sagte, dass ich so oft in der Galerie gewesen sei, weil ich damals ein Bild kaufen wollte. Dass ich unerfahren und daher etwas umständlich gewesen sei. Dass ich Frau Dr. Hohenadel in keiner Weise als aufregend empfunden habe. Dass meine Telefonate mit Glatz die Preise seiner Bilder betrafen. Sonst nichts. Als Zugabe wiederholte ich höchstens die hochtrabenden Vorworte (es waren 2) des Glatz'schen Katalogs. Dabei zu bleiben, war eine Prüfung. Denn man warf mir meine Vergangenheit vor, meine armselige Gegenwart, all meine Fehler. Streit mit Glatz. Ich hasste diesen Mann. Ich war wütend auf ihn, ich hatte Angst vor ihm und außerdem imponierte er mir noch gegen meinen Willen. Ich wurde von Gefühlen gegen ihn geradezu geschüttelt und da sollte ich ruhig sitzen und seinen blöden Mist über die Ästhetik des Nichtbegegnens von Planeten nachplappern. Doch ich tat es. Zähneknirschend. Immer wieder. Nur nicht verrückt wirken. Irgendwann entließen sie mich.

Alwin Glatz dagegen wurde ein halbes Jahr später vor Gericht gestellt. Die Anklage lautete auf schwere Brandstiftung und Totschlag. Und versuchten Betrug. Seine Bilder waren für die Dauer der Ausstellung versichert worden. Routinemäßig, wie seine Verteidigerin ein ums andere Mal betonte. Doch die Deckungssumme konnte sie nicht herunterspielen, die war sechsstellig. Dies war ein vernichtendes Motiv, viel handfester als alles bislang Vorgefallene. Außerdem hatte Glatz sich von einer Freundin ein falsches Alibi für die Brandnacht geben lassen, das die Polizei mit einiger Mühe widerlegen konnte. Das kam nicht gut vor Gericht. Gar nicht gut.

Dort im Gerichtssaal sah ich Glatz übrigens zum ersten Mal. Er war viel jünger als ich, trug eine Brille und einen ziemlich abgerissenen schwarzen Pullover, und er saß gerade. Auf eine Art, die mich faszinierte. Er saß gerade wie andere Leute schief sitzen, unbewusst, ungewollt, die Hände ständig in Bewegung unter dem Tisch, der Blick gesenkt. Sehr symmetrisch, aber nicht unangenehm. Es war eine kindliche Symmetrie, eine lange bewahrte, ungestörte. Obwohl seine Haare schon lichter wurden und sein Gesicht ziemlich verlebt wirkte, sah er aus, als warte er hier nur auf seine Freunde, die ihn gleich abholen würden zum Fußballspielen und Schwimmen. Das gefiel mir. Mir gefiel auch die Art, wie er sich verteidigte, nämlich schlecht.

Zu der hohen Versicherungssumme sagte er, die sei noch viel zu niedrig gewesen, im Grunde eine Frechheit von Frau Dr. Hohenadel, die den wahren Wert seiner Bilder gekannt habe, aber sparen wollte, und er als armer Künstler könne sich schlecht wehren. Galeristen. Das war zu Beginn der Verhandlung, und ich sah, wie seine Verteidigerin ihn anschließend beiseitenahm und auf ihn einredete, und von da an saß er tiefer über seine unruhigen Hände gebeugt, blickte finsterer und antwortete nur noch trotzig.

Die Staatsanwaltschaft warf ihm Planung vor. Er sei in Geldnot gewesen, denn seine Bilder verkauften sich schlecht. Bei den Preisen. Er habe kurz vor der totalen Pleite gestanden. Die Deckungssumme der Versicherung aber reiche für ein paar gute Jahre. Also sei er hingegangen, habe eine Flasche mit Benzin gefüllt, einen Lappen reingestopft, den angezündet und das Ding nächtens von dem kleinen Altstadt-Treppenabgang aus ins Fenster der Galerie geworfen. Das war nicht übermäßig schwierig. Dass Frau Dr. Hohenadel zu dem Zeitpunkt anwesend war, mochte er nicht gewusst haben, doch er habe es billigend in Kauf genommen. Anschließend habe er ein Gerücht über einen armen Irren (vornehmer drückte der Staatsanwalt es nicht aus) in die Welt gesetzt, um den Verdacht von sich selbst abzulenken.

Es war merkwürdig: Ich hätte wütend sein müssen. Ich war so hässlich benutzt worden, und dann nannte man mich auch noch öffentlich einen Irren. Doch je länger ich Glatz beobachtete, desto mehr zweifelte ich an seiner Schuld. Es war ein Gefühl, das mich ärgerte. Schließlich war ich leidtragend. Es liegt an seinem Charisma, sagte ich mir. Verbrecher haben das. Und Künstler erst recht, da hilft nur eins: Stell dir vor, du wärst nicht der Irre, sondern die arme Dr. Hohenadel. Der Gedanke hielt meinen Glauben an Glatz' Schuld mehr oder weniger aufrecht. Mühsam, um ehrlich zu sein.

Bis Glatz seine Rede hielt.

Der Richter fragte: »Herr Glatz, haben Sie noch etwas zu sagen?«, und die Rechtsanwältin legte eine Hand auf die ihres Mandanten, am liebsten hätte sie ihm den Mund zugehalten, das sah man deutlich. Doch Glatz erhob sich. Er schwankte. Vielleicht war er betrunken. Auf jeden Fall sah er aus, als könne er keinen geraden Satz sagen und habe es noch nie gekonnt.

»Als ich ein Kind war …«, begann er.

Der Staatsanwalt warf genervt seinen Stift von sich.

»… habe ich mich schon für Bilder interessiert.«

Der Richter verschränkte die Arme.

»Für jede Art davon. Fernsehbilder, Illustrationen, Gemälde. Und wenn ich eins besonders fand, dann wollte ich etwas damit tun. Ich wollte außen herumgehen und von der Seite aus reinschauen. Vom schmalen Rand her. Ich wollte die Betrachtungsweise ändern. Um zu verstehen. Dann war ich meistens frustriert, weil die Ränder natürlich wenig hergeben. Es änderte sich kaum je was. Das Bild blieb fast immer, wie es war. Nur manchmal –« Er brach ab.

»Was?«, fragte der Richter.

»Dann habe ich angefangen zu malen«, fuhr Glatz fort und rieb sich mit der Handkante seinen Nacken. »Vielleicht hätte ich mit Wörtern arbeiten sollen, um die kann jeder sofort herumspazieren und reingucken, aber, na ja, die kann man auch in den Raum stellen und in jede Richtung frei drehen und irgendwann erschlagen sie einen dann –«

»Herr Glatz«, sagte der Richter.

Er riss sich zusammen. »Es ist nicht einfach, ein gutes Bild zu malen«, sagte er. »Ich würde nie eins verbrennen. Schon gar nicht, wenn es von mir ist. Nie.« Damit setzte er sich.

Vermutlich war ich der Einzige, den diese Rede überzeugte. *Natürlich*, schrie mein naives Herz, *natürlich hast du sie nicht verbrannt*. Diese Reaktion war reine Eitelkeit. Die Bilder, auf denen ich drauf war, sollten gut sein, und sie sollten nicht verbrannt werden, erst recht nicht vom Maler selber. Keine Ahnung, was mit mir los war. Ich wartete ganz zuversichtlich auf einen Freispruch. Doch nur eine halbe Stunde später bekam Glatz ein niederschmetterndes Urteil: dreieinhalb Jahre ohne Bewährung. Und in den Zeitungen stand nichts von einem Justizirrtum, im Gegenteil, man fand den Richterspruch noch milde.

Ich wusste nicht, was ich tun sollte. Schließlich abonnierte ich das *Tagblatt*. Eigentlich mag ich Zeitungen nicht, weil sie datiert sind, genauso wenig wie Kalender. Ich hasse es, in eine fortlaufende Zahlenreihe gepasst zu werden. Doch jetzt wollte ich gründlicher informiert sein. Außerdem konnte ich das Blatt an Tina weitergeben, sie hatte dann einen Grund, jeden Tag hochzukommen. Also bestellte ich das *Schwäbische Tagblatt* und las vor allem die Regionalnachrichten haargenau. Ein Jahr lang brannte nichts. Nicht mal ein Heuhaufen. Weder in der Stadt noch in der Umgebung. Dann fing es, wie ich vermutet hatte, langsam wieder an. Erst ein verlassener Kiosk am Anlagensee, dann ein alter Waggon am Güterbahnhof und ein Bootsschuppen am Neckar. Brandstifter hören nicht auf. Sie machen höchstens Pausen. Und das Feuer in der Galerie war ein Meisterstück. Dass da bei all den Verhören und Ermittlungen keiner draufgekommen war! Da war ein ganzes Dach glatt in die Luft gegangen, innerhalb von Minuten, das war Pyromanie der Sonderklasse, ein Kunstwerk. Irgendwo in der Stadt saß noch einer herum und war stolz darauf.

Ich sammelte die Berichte und endlich schickte ich sie an Glatz ins Gefängnis. Dazu musste ich mich lange durchringen, aber ich fand, es ging ihn was an. Ich schrieb dazu, dass er jetzt vielleicht reich und frei wäre, hätte er nur die Polizei ungehindert ihre Arbeit machen lassen. Antwort bekam ich nie darauf.

Doch anderthalb Jahre später stand er plötzlich vor mir und reichte mir seinen Mantel.

Ich muss ihn angestarrt haben, denn Glatz machte die Augen schmal und sagte: »Sie kenn ich.« Dann wurde sein Mund ein Strich und seine Hände wurden zu Fäusten und ich trat vorsichtshalber einen Schritt zurück. Der Garderobentisch zwischen uns war kein echtes Hindernis.

Er schniefte. Und lachte kurz und trocken. »Ich dachte immer, du wärst Intellektueller«, sagte er dann. »Germanist. Oder Theologieheini. Irgend so ein Assistent auf einer vergessenen unkündbaren Stelle im katholischen Seminar.«

Sein Mantel war aus geschwärztem Lammfell, das Leder außen,

sehr dünn, sehr fein und völlig symmetrisch, er hatte nicht mal Knöpfe.

»Hier bist du also zufrieden«, sagte er und sah sich um.

»Wieder«, sagte ich.

Ich arbeite im Landestheater an der Garderobe. Mir gehören die Haken 1 bis 150.

Er lächelte. Charismatisch. »Du warst es nicht.«

»Wer weiß?«, sagte ich.

»Sie haben ihn noch nicht gefasst«, sagte er. »Man hat mir ja gesagt, sie seien nah dran. Aber die Galerie gibt der niemals zu. Der wäre ja irre. Dafür hat schon einer gesessen. Und er hätte eine Tote am Hals. Das Geld von der Versicherung hab ich also abgeschrieben.«

»Vielleicht ist er stolz drauf«, sagte ich.

»Och«, sagte Glatz, »ich dachte, du wärst ein guter Mensch. Tja, ich bin jedenfalls raus. Ich hab mich einigermaßen geführt.« Er grinste.

Ich hängte seine Jacke auf und gab ihm seine Marke. Er nahm sie und drehte sie in seiner Hand. »Netter Beruf«, sagte er etwas spöttisch. »Da kommen Menschen zu dir, und du kannst ihnen eine Zahl geben.«

»Welche ich will«, sagte ich.

Er betrachtete die Marke wieder und drehte sie und las die Zahl und steckte sie weg und fragte nicht.

Ich weiß nicht, ob ich mich wirklich zufrieden nennen kann. Das ist im Grunde ein Euphemismus. Ich bin stabil, sagen wir so. Es reicht meistens, um nicht durchzudrehen und keine Häuser anzuzünden. Und das kann nicht jeder von sich sagen, nicht wahr.

Katrin Kremmler

Schlüsselfertig

Als Marion das Haus betrat, war es schon lange dunkel. So spät dran war sie sonst nie. Licht machte sie keins an, die Straßenlaterne draußen schien hell genug. *Verhaltensauffällig.* Das war ja noch schöner. Morgen musste sie mit Kevin reden. Sie zog die Schuhe aus. Ihre schwarz bestrumpften Füße versanken im weißen Wohnzimmerteppich, auf dem man jedes Stäubchen sah. *Wenn mich die Klassenlehrerin deswegen schon auf dem Handy anruft … Couchtisch!,* erinnerte sie sich gerade noch. Neulich war sie im Dunkeln voll dagegengerannt. Drei Wochen lang keine kurzen Hosen mehr, im Hochsommer.

Im fensterlosen unteren Bad neben der Eingangshalle machte sie Licht und benutzte die Toilette. Auf dem Marmorfußboden war wirklich jeder Kalkrand zu sehen. Das cremefarbene Handtuch hing schief, sie rückte es gerade. Goldene Armaturen. Auch so eine Geschmacksverirrung.

An der Stirnseite des Wohnzimmers hing ein ungerahmtes Ölgemälde in wilden Rottönen über fast unsichtbaren Drähten an einer Deckenschiene. Man konnte es zur Seite schieben wie einen Vorhang, die Mechanik lief tadellos, nichts knarzte oder quietschte, schön.

Morgen red ich mit ihm. Sie tippte die Kombination ein, öffnete den Safe und nahm den wattierten Umschlag heraus. *Elvira sagt mir das ja schon lange.*

Da war ein Geräusch.

Marion erstarrte. *Was …?*

Und wieder eins. *Das kann doch nicht …?*

Es kam von oben.

Ihr Herz hämmerte los. *Da ist wer im Haus.*

Es war das leise Schwingen der Metallstangen, an denen die Marmorstufen der Wendeltreppe hingen. Das leise, flüsternde Schwingen, wenn jemand die Treppe herunterkam.

Marions Herz raste. Sie stopfte den Umschlag in ihre Jackentasche und quetschte sich neben den Kamin in die Ecke, da war es am dunkelsten. Dem Gemälde gab sie einen Schubs, worauf es an seine alte Position zurückglitt, keine Sekunde zu früh.

Beinahe geräuschlos kam er zur offenen Wohnzimmertür herein. *Strumpfsocken*, registrierte Marion. Sie roch Aftershave und einen frischen Minzeduft. Und Nervosität.

Er sah sich im Zimmer um. Oben in der hinteren Ecke blinkte fast höhnisch das rote Auge der Alarmanlage, *blink, blink, keinen Piep hat die gemacht.* Marion atmete bemüht leise und flach.

Der Moment wurde immer länger. Marion konnte sich selber zusehen, so als ob sie von oben in ein Puppenhaus hineinschaute. Und während hier unten ihre Gedanken im Kreis herumjagten, *aber das kann doch nicht sein, was will der hier, was mach ich jetzt?*, schüttelte die obere Marion nur tadelnd den Kopf. *Jesses Mädle. Offener Safe, Umschlag in der Tasche, zwei Meter weiter steht einer. Nicht gut.*

Noch hatte er sie nicht bemerkt.

Dann bewegte er sich, und für einen Augenblick stand er im Lichtstrahl der Straßenlaterne.

Der hat eine Pistole!

Er musste sie gehört haben, denn er fuhr herum, machte ein paar Schritte und rannte voll gegen den Couchtisch. In seiner Schrecksekunde hechtete sie aus ihrer Zimmerecke und an ihm vorbei, auf die Terrassentür zu.

Der Schuss war erstaunlich leise. Marion spürte einen heißen Schlag an der rechten Schulter. Sie fiel gegen die Terrassentür.

Kevin.

Der Mann machte Licht. Wie eine Flutlichtanlage, so schneidend grell, es tat ihr in den Augen weh. Marions Schulter pochte, Blut rann ihr warm den Ärmel herunter. Die obere Marion war außer Gefecht gesetzt, und die untere Marion starrte nur und rätselte. Da war ein Fleck, und solange sie den so sah, war es gar nicht gut. Irgendwas sollte sie jetzt machen, aber was? Der Fleck bewegte sich, flimmerte ungeduldig etwas hierhin, etwas dahin. Es war ein Loch. Der Lauf einer Pistole. Sie saß auf dem Boden, und da stand einer und zielte mit einer Pistole auf sie. *Marion!*

»So was«, sagte der Mann. Er klang erstaunt. »Jetzt nehmen Sie mal die Hände hoch.«

Marion blinzelte ins Licht. Jetzt konnte sie sein Gesicht sehen. Mitte vierzig. Dunkel, groß. Den würde sie wiedererkennen.

Er stieß sie an. »Los jetzt«, sagte er. »Hoch mit den Händen.«

Und da war ja noch was. In ihrer Hand, der linken. Die unter der bodenlangen Gardine lag. *Er kann es nicht sehen,* sagte die obere Marion. Gab die auch wieder ihren Senf dazu. *Zumindest nicht, solange du nicht aufstehst.*

In ihrer Schulter pochte es wütend. Zentimeterweise hob sie die rechte Hand an und ließ sie dann kraftlos wieder fallen. »Geht nicht«, murmelte sie. »Verletzt.«

Der Mann runzelte die Stirn.

»Krankenwagen«, murmelte Marion.

Er fuhr sich durch die Haare. Ein paarmal sah er zwischen ihr und dem Couchtisch hin und her, auf dem ein schnurloses Telefon lag.

Und das genügte der oberen Marion. *Los jetzt!,* schrie sie.

Die untere Marion riss die Linke hoch und verpasste ihm das Pfefferspray voll ins Gesicht. Er schrie auf. Mit dem linken Fuß trat sie ihm die Pistole aus der Hand. Das Ding schlidderte über den Boden.

Immer weiter schrie und blinzelte er, rieb sich die tränenden Augen, und die beiden Marions bissen mit vereinten Kräften die Zähne zusammen und stemmten sich auf. *Schnell jetzt. Nach der Pistole bücken, mit der Linken aufheben, gut so, Griff nach unten und drauf!* Sie traf ihn am Hinterkopf. Er ging zu Boden. *Mit der Pistole auf ihn zielen, falls er zu sich kommt. Gut. Und jetzt raus hier.*

Neben der Terrassentür standen ihre schwarzen Halbstiefel, sie schlüpfte hinein. Mit dem linken Ellenbogen öffnete sie die Schiebetür.

Da stimmt jetzt aber überhaupt nichts mehr.

Der Mann lag regungslos. Und er trug einen gestreiften Schlafanzug.

In den nächsten Minuten sorgte die obere Marion dafür, dass alles seine Ordnung hatte. *Wohnzimmerlicht ausmachen. Terrassentür zuziehen. Pistole sichern, einstecken. Nein, nicht über die Terrasse gehen, die ist geplättelt, da sieht man die Blutflecke. Schön über den Rasen gehen, und dann über die Einfahrt, Tor auf, raus auf die Straße. Achtung, Marion, nicht ohnmächtig werden jetzt. Schön atmen. Du schaffst das. Na komm.*

Irgendwo in ihrer Jacke fand sie den Autoschlüssel. Der dunkle Mercedes begrüßte sie mit einem kurzen Aufblitzen der Scheinwerfer.

Es war so still um diese Zeit. Nichts als Stille und würzige Waldluft. Im Schein der Straßenlaterne huschte ein Eichhörnchen vorbei. *Nicht träumen. Tür aufmachen.*

Beige und makellos gähnte der Fahrersitz. Aus ihrer Sporttasche auf dem Beifahrersitz zog Marion ein T-Shirt und knüllte es zwischen ihre rechte Schulter und das helle Leder. Es würde gehen. Dann blieb sie einen Moment lang sitzen und wartete ab, ob sich das ungute Flimmern vor ihren Augen legte.

Ein Auto kam ihr entgegen. Gerade noch rechtzeitig zog Marion die dunkle Skimaske ab. Dann biss sie die Zähne zusammen, ließ den Motor an und fuhr los. Rechts an der Ecke ragte das seltsame Betonzelt der Versöhnungskirche schwarz zwischen den Bäumen hervor. Sie bog in die Löwenstraße ein und fuhr geradeaus in Richtung U-Bahn Waldau. Hinter der Waldschule war eine Sportgaststätte, und davor leuchtete es fuchsienrot. Eine Telefonzelle. Der Typ brauchte einen Arzt.

Sie wusste kaum, wie sie in die Stadt hinuntergekommen war. Zum Glück war nicht viel Verkehr. Den Mercedes ließ sie wie immer beim Charlottenplatz stehen – keine Flecken am Fahrersitz – und steckte den Schlüssel in den Briefkasten. Dann erst zog sie die Latexhandschuhe ab und warf sie in den nächsten Mülleimer.

Ihr alter dunkelroter VW Polo stand um die Ecke in der Uhlandstraße. Mühsam hievte sie die Sporttasche auf den Beifahrersitz. Im Handschuhfach war ihr Handy. Es war schon nach drei, aber jetzt konnte sie nicht mehr. Der Siegfried konnte bis morgen warten.

Wenn es jemanden gab, den Marion nachts um drei aus dem Bett klingeln konnte, dann war es ihre Ex-Schwägerin und beste Freundin Elvira. Bei ihr waren Marion und Kevin damals bei der Scheidung zunächst untergekommen. Und als Marions Mann Horst nachts besoffen vor der Tür randaliert hatte, schmiss Elvira ihren eigenen Bruder eigenhändig raus. Elvira hatte Marion auch ihre jetzige Stelle und den Anwalt besorgt.

Die Scheidung an sich war im Nachhinein das kleinere Problem gewesen. Das Schlimmste war der Konkurs ihrer gemeinsamen Firma Leibßle Sicherheitstechnik GmbH. In den späten Achtzigern hatte alles so gut angefangen. Horst war der Sicherheitsspezialist, Marion machte das Kaufmännische, und ihr bester Kunde war Horsts Freund aus Kindertagen und Kevins Patenonkel, der Bauunternehmer Siegfried Krämer. Aber in den Neunzigern wechselte der in eine höhere Liga und baute nur noch für die öffentliche Hand. Diesen Großaufträgen waren Horst und Marion nicht mehr gewachsen. Zumindest sah Siegfried das so. Über Nacht waren ihre Auftragsbücher leer, und Horst fing an zu saufen. Nach jahrelangem Hin und Her erkannte Marion, dass sie die Scheidung wollte. Horst stürzte komplett ab und nahm hinter Marions Rücken einige Killerkredite auf, um die Firma zu retten. Und durch einen juristischen Kniff, der sich später nicht anfechten ließ, blieb nach der Scheidung Marion auf den Schulden sitzen.

Kevin war damals noch kleiner und sah nur, dass es dem Papa immer dreckiger ging. Insgeheim machte Kevin ihr Vorwürfe, das wusste Marion.

Vor ein paar Monaten verlor sie dann ihren Job als Bürokauffrau. 46 Jahre alt, verschuldet bis ans Lebensende, keine Rücklagen. Und dann kam Hartz IV.

Sie brachte es nicht fertig, Kevin zu sagen, dass sie arbeitslos war. In den Augen ihres Sohnes konnte sie einfach nichts mehr richtig machen. Und dann auch *das* noch. Zuerst hatte sie das Gespräch nur von einem Tag auf den anderen geschoben, aber inzwischen war das Monate her. Jeden Morgen ging Marion aus dem Haus, damit Kevin bloß nichts merkte, und wartete bei Elvira in der Wohnung, bis er in der Schule war. Aber ihr Sohn war nicht blöd. Er spürte, dass etwas nicht stimmte. Und jetzt diese Anrufe von seiner Klassenlehrerin. Sie musste endlich reinen Tisch mit ihm machen. Das sagte Elvira schon lange.

Elvira Leibßle arbeitete bei einer Versicherung und lebte allein. In ihrer Freizeit spielte sie Fußball im Verein. Aber in erster Linie war sie ehrenamtliche Rettungssanitäterin bei den Maltesern. Und wenn Not am Mann war, dann fackelte sie nicht lang.

Sie kam mit dem Taxi, nahm Marion die Autoschlüssel ab und fuhr den Polo zu sich in die Schubartstraße. In ihrer kleinen Küche machte sie eine helle Lampe an und holte Verbandszeug.

»Du musst zum Arzt«, warnte Elvira, als sie Marion vorsichtig aus Jacke, Pullover und Unterhemd schälte.

»Kein Arzt«, murmelte Marion. Ihr fielen die Augen zu.

»Du machst mir Sachen«, seufzte Elvira und fragte nicht weiter. Sie säuberte und verband die Wunde und versorgte Marion mit einem Schmerzmittel. »Ist nur ein Streifschuss, aber wenn du Fieber kriegst, musst du zum Arzt.«

»Ich will heim«, murmelte Marion.

An der Wilhelmsbrücke hielt Elvira einen Moment an, Marion stieg mit wackligen Beinen aus und warf die Pistole ins Wasser. Elvira schüttelte nur den Kopf. Wenig später lud sie Marion in der Daimlerstraße ab und nahm den Polo wieder mit.

Draußen wurden schon die ersten Vögel wach. Kevin lag in seinem Bett und schlief. Als Marion sein Fenster schloss, regte er sich.

Das Paracetamol half, und Marion spürte, sie würde schlafen können. Sieger würde toben, wenn er nichts von ihr hörte und ihr Handy abgeschaltet war. Solche unvorhergesehenen Komplikationen mochte er gar nicht. Aber er war auch nicht angeschossen worden. Sie war unvorbereitet und unbewaffnet in ein leeres Haus gegangen, wo einer mit einer Knarre auf sie gewartet hatte. *Da ist ein Fehler passiert, und für den kann ich nichts.*

Vor ein paar Monaten hatte Sieger sich gemeldet und ihr das Angebot gemacht. Mit dem Horst sei ja leider nicht mehr zu rechnen, hatte er gesagt. Und er wisse ja, wie es um Marions Finanzen stehe.

Normalerweise machten sie die Übergabe immer gleich anschließend oder früh am nächsten Morgen. Marion wusste nie, was es eigentlich war, das sie Sieger besorgte. Keine Waffen, keine Drogen, kein Bargeld. Das hatte sie ihm am Anfang gesagt, das war ihre Bedingung gewesen. Und Sieger hatte gelacht und gesagt, der Horst sei nicht so zimperlich gewesen, aber es sei schon gut, Papier reichte ihm.

Bei den Putzsachen unter der Spüle stand ein Hunderterkarton dünner Latexhandschuhe, die sie immer von Elvira bekam. Marion zog sich ein Paar über und nahm sich den Umschlag vor.

Und traute ihren Augen nicht.

Jemand rüttelte Marion an der wunden Schulter. Sie stöhnte auf.

»Mom?«

Sie blinzelte. Es war hell. Und ihr Sohn sah sie groß und erschrocken an. Er war schon fertig angezogen. *Verdammt, ich hab verpennt.*

»Mom, ich muss los. Du hast abgesperrt.«

Marion setzte sich auf. Sofort drehte sich alles. Sie erinnerte sich, in ihrer Panik gestern Nacht hatte sie alle drei Haustürschlösser verschlossen, auch das alte, das sie nie benutzten, weil es klemmte. Kevin hatte den Schlüssel nicht.

Sie konnte kaum die Augen offen halten. Ihr Gazeverband war verrutscht. In der Wunde pochte es wieder.

»Kevin, hör mir mal zu«, sagte sie mühsam und schluckte. Sie musste wirklich schlimm aussehen, denn ausnahmsweise hörte er ihr wirklich mal zu. »Bitte geh hinten raus.«

»Schon wieder?«

Sie nickte erschöpft. »Und, Kevin, wenn du auf die Straße rauskommst – guck, ob du vor dem Haus ein großes dunkles Auto siehst, ein schwarzer Audi, glaub ich. Wenn da einer steht, dann sims mir, und geh über den Daimlerplatz in die Schule. Der soll dich nicht sehen. Okay?«

»Ist es schon wieder so weit?« Ihr Dreizehnjähriger sah dicke dunkle Autos vor dem Haus öfter, als ihr lieb war, den Gerichtsvollzieher und die Herren von der Bank.

Vorsichtig betastete sie ihren Gazeverband und stöhnte wieder. »Bitte, Kevin. Mir geht's nicht gut, bitte mach's jetzt einfach so.«

Kevin nickte und stand auf.

»Und heut Abend muss ich dir was Wichtiges sagen.«

»Okay. Tschüs.« Er ging, und dann gab es kurz Durchzug, als er in seinem Zimmer das Fenster öffnete und sich auf den handtuchschmalen Rasenstreifen fallen ließ. Gott sei Dank für diese billige Erdgeschosswohnung. Kevin würde bei Merklingers hinten über den Hof gehen und über die Toreinfahrt des Nachbarhauses auf die Straße kommen. Wenn jetzt Mladen Stojanovic, Siegers Gorilla, schon auf dem Gehweg parkte und ihre Ausfahrt nicht aus den Augen ließ – weil er ihren Polo nicht sah und dachte, sie wäre noch gar nicht heimgekommen –, dann würde sie nachher auch hinten rausgehen. Sobald sie halbwegs klar im Kopf war, würde sie Sieger anrufen. Bevor sie den nicht erwischt hatte, übergab sie Mladen auch diesen Umschlag nicht.

Ein paar Minuten vergingen. Dann kam die SMS. *Schwarzer A6.*

Das war Mladen. Und der würde jetzt einfach warten müssen. Entschlossen schaltete Marion das Handy aus.

Um acht saß sie am Küchentisch, hörte Radio und trank Kaffee. Bevor sie Sieger anrief, wollte sie wissen, ob es schon in den Lokalnachrichten war. Ein paarmal nickte sie im Sitzen ein. Einmal warf sie aus Versehen die volle Kaffeetasse um. Als um zehn Uhr immer noch nichts kam, schaltete sie ihr Handy ein.

Mladen hatte noch gestern Nacht versucht, sie anzurufen, und dann ab sieben jede halbe Stunde. *Die können's ja gar nicht früh genug kriegen, ihr hochbrisantes Material.* Marion rief Siegers Büronummer an.

»Siegfried Krämer AG Hoch- und Tiefbau. Bäuerle am Apparat.« Die kultivierte Telefonstimme am anderen Ende kannte sie nicht. Die war definitiv neu.

Marion räusperte sich. »Ist die Frau Kehr krank? Leibßle hier.«

»Frau Kehr arbeitet nicht mehr bei uns.«

Da war Marion doch überrumpelt. »So was? Was ist denn passiert?«

»Das weiß ich leider auch nicht. Was kann ich für Sie tun?«

»Seit wann ist sie denn weg?«, fragte Marion.

»Seit gestern.«

Jetzt lachte Marion. Aber ihre Schulter tat weh, also hörte sie sofort wieder auf. »Sagen Sie bloß. Hat er sie *rausgeschmissen*? Die *Helga*?«

Seit Jahren lag Marion in Feindschaft mit Helga Kehr, Siegers Vorzimmerdame und Verantwortliche für die Wartungskoordination. Wie es angefangen hatte, wusste niemand mehr. Marion hatte immer vermutet, dass die Kehr eifersüchtig auf sie war. Aber ihre eigene Affäre mit Sieger war weiß Gott schon Jahre her. Horst hatte davon nichts mitbekommen, und gedauert hatte es auch nicht lang. Wie die meisten von Siegers Affären. Die Helga hatte sich von allen am längsten gehalten.

»Also, ich hätt gern den Herrn Krämer gesprochen. Ist er da?«

»Er ist leider nicht im Haus. Kann ich ihm was ausrichten?«

Wie sag ich's ihr? »Gestern hat man mich nach Degerloch geschickt, aber der Kunde war zu Hause. Es war etwas … unangenehm.«

»Ach! Jetzt weiß ich, wer Sie sind. Sie sind die Subunternehmerin für die Bodenversiegelung!«, rief die Frau Bäuerle erfreut.

Marion lächelte breit. »Genau die. Sagen Sie ihm bitte, es ist dringend.«

Schon wenige Minuten später rief Krämer zurück. »Was soll das, Marion?«

»Sieger, der war daheim. Ich bin verletzt. Ich hab's im Griff, aber das war ganz knapp.«

Sie hörte, wie er am anderen Ende der Leitung überrascht nach Luft schnappte. »Aber du hast es?«

»Ja, ich hab's.« Marion holte Luft. »Und jetzt sag mir doch mal ganz genau, wieso ich hier mein Leben riskiere für *so* was.«

Kurze Stille am anderen Ende. Und dann klang Sieger hart. »Du hast es doch nicht aufgemacht?«

»Doch. Ich hab's aufgemacht. Jetzt wollt ich schon mal wissen, wofür ich hier fast abgeknallt worden wäre.«

»Herrgottsack, Marion, doch nicht am Telefon«, zischte Sieger. »Und überhaupt, der war nicht daheim. Wir waren gestern den ganzen Abend zusammen auf einem Empfang beim OB und anschließend war er unterwegs. Der Mladen war extra an ihm dran bis in der Früh und hätte dir sofort Bescheid gegeben. Also erzähl mir nichts.«

»Ich hab einen Streifschuss an der Schulter.« Marion steckte sich jetzt doch eine Kippe an. »Willst du den mal sehen?«

»*Hat* er ihn?«

»Hat *wer was*?«

»Wo du schon reingeschaut hast, kannst du's mir auch gleich sagen. Hat er den Zuschlag bekommen, Marion?«

Der verarscht mich doch! »Was der definitiv hat, ist ein gestreifter Tchiboschlafanzug«, meinte Marion und atmete genüsslich den Rauch aus. »Beim Haus klotzen, aber an der Wäsche sparen.«

Einen Augenblick lang herrschte Stille in der Leitung. »Gut, Marion. Verstehe. Wenn du's so spielen willst, bitte. Aber das machen wir nicht am Telefon. Wo bist du?«

Sie legte auf. Plötzlich hatte sie Herzklopfen. Das war nicht gut.

Zuerst nahm sie noch mal zwei Paracetamol. Und dann musste sie nachdenken.

Der Herr in Tchiboflanell hatte den Zuschlag tatsächlich bekommen. Ausgebreitet auf Marions Küchentisch, verziert mit einigen Kaffeeflecken, lag ein mehrseitiges Vertragswerk mit dem Briefkopf der Baden-Württembergischen Landesvertretung in Berlin. Vertragspartner war ein gewisser Jürgen Holzapfel, Besitzer einer mittelständischen Großbäckerei mit Stuttgarter Stammhaus und Berliner Filiale. Es handelte sich um das Monopol für die Belieferung der »Schwäbischen Botschaft« mit Laugenbrezeln. Marion kapierte einfach nicht, was das mit Siegfried Krämer Hoch- und Tiefbau zu tun haben könnte.

In das Pochen von Marions Schulter sickerte ein Name. *Helga*

Kehr. Ihre gekündigte Erzfeindin. *Die* musste dahinterstecken. Schließlich gab sie ihr immer die Aufträge durch.

Die Privatnummer der Kehr fand sich im Örtlichen schnell. Marion sprach mit ihrem Anrufbeantworter und bat dringend um Rückruf auf ihr Handy. Dann suchte sie ihre Siebensachen zusammen und verließ das Haus auf dem gleichen Weg wie ihr Sohn. Sie hatte keine Lust, den ganzen Tag von Mladen belagert zu werden. Bei Merklingers im Hof roch es schon nach Sauerbraten.

Vorsichtig äugte sie um die Hausecke bei Merklingers Toreinfahrt, und tatsächlich, der gute Mladen parkte mit dem Rücken zu ihr und las die Bildzeitung. Ein gewissenhafter Gorilla. Früher war er beim Daimler in der Fertigung gewesen. Marion atmete tief durch und ging dann ganz ruhig und normal die Straße hinunter zum Daimlerplatz. Dort nahm sie die U2 bis Stöckach zu Elvira. Ihren Sohn bat sie per SMS, nach der Schule unbedingt direkt zu seiner Tante zu kommen. Dann hätte sie am liebsten ihr Handy abgeschaltet, aber das konnte sie nicht, falls die Kehr zurückrief.

Bei Elvira legte sie sich aufs Sofa und döste. Aber zum Schlafen kam sie nicht, weil ständig ihr Handy klingelte. Zwischen elf und halb zwei rief fünfmal Mladen an, Sieger dreimal. Sie ging nicht ran. Und wer nicht zurückrief, war Helga Kehr.

Ab drei viertel zwei wunderte Marion sich dann, wo Kevin so lange blieb. Um ein Uhr war die Schule aus, eigentlich müsste er längst da sein. Und er ging nicht ans Handy. Um viertel drei war es Marion wirklich mulmig. Und gegen halb drei rief er endlich an.

»Mom?« Die Verbindung war schlecht, es rauschte.

Marion war stinksauer. »Kevin, wo steckst du?«, rief sie. »Was denkst du, was ich mir hier schon für Sorgen mache? Ich hab dir doch gesagt …« Wieder rauschte es. Verkehrsgeräusche waren zu hören, es klang fast, als saß Kevin in einem Auto.

»Marion?« Es war Mladen. *Mladen?*

»Mach keinen Scheiß, du. So geht's nicht. Ich hab Kevin und bring ihn zu Krämer. Keine Spielchen, Marion. Bis heut Abend wollen wir das Material haben. Klar?«

Marions Kehle fühlte sich völlig ausgetrocknet an. »Aber –«

»Verstanden?«, fragte Mladen. »Wenn du deinen Job verbocken willst, ist es deine Sache, aber meinen Job verbock ich nie. Merk dir das.«

Er legte auf.

Marion atmete tief durch. Dann rief sie Elvira an.

Helga Kehr öffnete erst nach mehrmaligem Klingeln und Rufen, und nachdem schon etliche Nachbarn vor die Tür getreten waren. Sie wohnte oben am Pragsattel, in einer engen Sackgasse, die definitiv nicht für die heutigen Rettungswagen gebaut war. Die Ein- und Mehrfamilienhäuser aus der Nachkriegszeit hatten zum Teil schöne Gärten, aber alles wirkte irgendwie altersschwach und bröckelig. Wie die Wohnungen von alten Leuten, die nicht mehr gut sahen. Sie putzten noch selbst, aber sie sahen schlecht, und nie wurde es ganz sauber.

Die Kehr sah schlimm aus. Im Bademantel, verheult, verquollen, und eingehüllt in eine Wolke von etwas Hochprozentigem, wohl Cointreau. Die verlassene Geliebte hielt sich mühsam am Türrahmen fest und schien Marion kaum wahrzunehmen, vielmehr starrte sie mit offenem Mund die große, stattliche Rettungssanitäterin an.

»Grüßgott, Frau Kehr«, sagte Elvira fröhlich. »Wir wollten mal nach Ihnen gucken. Weil Sie nicht ans Telefon gehen. Wie geht's Ihnen denn?«

Da fing die Kehr an zu heulen. Und hörte und hörte nicht mehr auf.

»Na, na. Jetzt gehen wir erst mal rein.« Elvira nahm sie am Arm und führte sie in die Wohnung, Marion hinterher.

Im Wohnzimmer roch es ungelüftet, diverse leere und halbvolle Flaschen lagen herum. Und auf dem Wohnzimmertisch Tablettenschachteln. Marion tippte Elvira an, die hatte sie auch schon gesehen.

»So, Frau Kehr, jetzt setzen Sie sich erst mal hin. Haben Sie da schon was genommen?«

Die Kehr ließ sich in die Couch fallen und schüttelte den Kopf. Und während Elvira tat, was sie in solchen Fällen vermutlich immer tat – Blutdruck messen, begütigend auf die Kehr einreden –, sah Marion sich diskret in der Wohnung um. Im ganzen Wohnzimmer hingen gerahmte Fotos von Sieger und der Kehr. Beim Zelten, auf Feten, irgendwo am Meer, Gran Canaria wohl. Fünf Jahre waren die garantiert zusammen gewesen. Marion ging in die Küche und setzte Kaffee auf.

Als sie mit der dampfenden Tasse ins Wohnzimmer zurückkam, sah die Kehr schon etwas besser aus. Elvira steckte eben die Tabletten ein.

»Die brauchen Sie jetzt nimmer, gell, Frau Kehr?«, sagte sie. »Das ist doch kein Kerl wert.«

Die Kehr schniefte. »Zuerst hat er mich wegen einer Jüngeren abserviert. Und dann hat er mir fristlos gekündigt. Sagte, er muss jetzt alle seine *Kapazitäten freisetzen.*« Sie weinte laut.

»Aber das darf der doch gar nicht«, sagte Elvira. »Haben Sie denn eine Rechtsschutzversicherung?«

»Ich hab einfach keinen Ausweg mehr gesehen«, heulte die Kehr.

»Na, na«, brummte Elvira.

Marion hielt der Weinenden die dampfende Tasse hin. Und jetzt registrierte die Kehr zum ersten Mal die Anwesenheit ihrer Erzfeindin. »*Sie* waren das? *Sie* haben mir den Notarzt gerufen?«

Marion nickte nur. Sollte sie doch glauben, was sie wollte. Sie konnte einem ja schon auch leidtun.

Und da ging es wieder los. Die Kehr drehte den Springbrunnen auf. »Ausgerechnet *Sie*!«, heulte sie. »An meinem letzten Arbeitstag hab ich nämlich noch einen Blödsinn gemacht …«

Bingo. Marion hatte richtig gelegen. »Sie haben nicht zufällig etwas vertauscht?«

Die Kehr nickte.

»Sie haben mir eine falsche Adresse gegeben?«

Wieder nickte die Kehr.

»Sie haben sich halt einfach irgendwie Luft machen müssen, gell«, meinte Elvira verständnisvoll. Dem Himmel sei Dank für eine Sanitäterin in der Familie. Das hätte nicht mal eine Polizistin aus ihr rausgekriegt. Jetzt war Marion fast aus dem Schneider.

»Und wegen mir haben Sie jetzt Ärger bekommen«, heulte die Kehr.

Elvira steckte die Tabletten ein. »Das Wichtigste ist jetzt, dass Sie wieder zuweg sind und keinen Blödsinn mehr machen.«

»Und wenn Sie mir den Herrn Krämer auf dem Handy anrufen und ihm sagen, dass Ihnen gestern ein Irrtum unterlaufen ist, dann ist das schon okay«, sagte Marion.

Die Kehr nickte, nahm sich das Telefon und wählte.

Es klingelte. Und klingelte. Sieger ging und ging nicht ran.

Eben fragte sich Marion, ob er seine Verflossene jetzt immer wegdrückte, da sagte die auch schon: »Heut ist ja Freitag. Um die Zeit ist er immer daheim in der Sauna.« Und brach wieder in Tränen aus.

Im Feierabendverkehr fuhren sie nach Vaihingen und weiter nach Rohr. Marion drängte, aber Elvira weigerte sich, das Martinshorn anzumachen. »Und was hast du vor, wenn wir da sind?«

»Ich geh rein, zeig ihm den falschen Umschlag, sag ihm, er soll die Kehr anrufen, hol mir den Kevin und dann war's das«, knurrte Marion. »Für Sieger tu ich in Zukunft keinen Streich mehr. Schulden oder nicht.«

Elvira seufzte. »Du machst mir Sachen.«

Bis Ortsmitte Rohr schwiegen sie.

»Ich hab da kein gutes Gefühl«, meinte Elvira schließlich. »Wenn Sieger schon Kevin entführen lässt, ist der womöglich bewaffnet.«

Marion lachte nur. »Ach komm. Wir kennen uns seit zwanzig Jahren. Der hängt jetzt nur den Macker raus.«

»Hättest du mal bloß die Knarre nicht weggeschmissen«, meinte Elvira.

Sie fuhren die Steigstraße hoch, bogen links ab und dann noch mal, und dann waren sie da.

Auf der linken Seite, nach unten zum Ort, standen schicke neue Mehrfamilienhäuser. Auf der rechten Seite ging eine Treppe steil den Hang hoch, dort war nur ein einziges Haus, zwischen Gebüsch und Bäumen kaum zu ahnen. Unten an der Straße parkte Siegers silbergrauer Mercedes. Mladens Audi war nirgends zu sehen.

»Dann ist er allein«, meinte Marion.

»Der wohnt allein in diesem Ding?«

»Seine Alte ist 1993 mit den Kindern gegangen«, meinte Marion. Während sie sich vorsichtig die Handtasche über die Schulter hängte und dann an dem Metalltörchen klingelte, ging Elvira um den Rettungswagen herum, öffnete die hintere Tür und suchte etwas.

Marion klingelte wieder. Und noch mal. Nichts rührte sich. Als sie ihr Handy zückte, schlug Elvira eben die Autotür zu.

Marion ließ das Handy sinken. »Er geht nicht ran, ans Telefon auch nicht. Elvira, wir gehen rein.« Sie tippte auf den Ziffernblock und drückte gegen das Tor. Mit einem Summen ging es auf.

»Du kennst die Kombination?«, fragte Elvira.

»Was denkst du, wer hier damals die Alarmanlage eingerichtet hat?«, meinte Marion. »Horst hat mir verraten, dass er als Voreinstellung immer unsere alte Telefonnummer nimmt. Er hatte früher die Masterkombinationen von allen von Siegers Objekten, für den Fall, dass was passiert und er wo rein muss. Die Daten hat er Sieger damals natürlich zurückgegeben, und der hat sie ändern lassen. Nur seine eigene Kombi nicht, so dämlich ist der. Was hast du da?«

»Das ist der Defi«, meinte Elvira. »So ganz ohne irgendwas gehe ich da nicht rein. Ich hab keinen schwarzen Gürtel in Karate und du auch nicht.«

Marion zuckte die Achseln und ging durchs Tor, Elvira hinterher.

Auch das Haustor oben an der Treppe ließ sich problemlos öffnen. Im Vorraum führte gleich rechts eine Treppe in den Keller. Unten gingen mehrere Gänge ab. Marion ging nach links.

»Warst du denn schon mal da?«, fragte Elvira.

Marion schüttelte den Kopf.

»Woher weißt du dann, wo wir hinmüssen?«

Marion verdrehte die Augen und winkte Elvira, stehen zu bleiben. Der Gang bog nach rechts ab und mündete in einen kleinen, holzverkleideten Ruheraum, in dem zwei Liegen standen. Dahinter waren zwei Duschen und die Saunatür.

Den Geräuschen nach schwitzte Sieger tatsächlich in der Sauna.

Elvira blieb an der Ecke stehen. »Und jetzt?«

Marion fackelte nicht lange. Sie stürmte auf die Sauna los und riss die Tür auf. Eine aromatisierte Dampfwolke quoll heraus. *Lemongras.*

Drinnen saß Siegfried Krämer, rot wie ein Flusskrebs, und zog sich hektisch einen Handtuchzipfel vors Gemächt. »Marion? Spinnst du? Wie bist du reingekommen?!«

»Was hast du mit Kevin gemacht?«, brüllte Marion ihn an.

»Kannst du vielleicht mal warten, bis ich angezogen bin?« Sieger wickelte sein Handtuch um, steckte es fest und kam aus der Sauna. »Und? Hast du's dabei?«

»Zuerst Kevin.«

»Ich lass mich nicht von dir erpressen.« Sieger baute sich vor Marion auf. »Dazu hab ich viel zu viel in die Sache investiert. Wo ist es? Da drin? Gib's mir. Komm, gib's mir her.« Er packte den Riemen ihrer Handtasche und zog kurz und brutal daran. Der Riemen lag über ihrer rechten Schulter. Der verletzten. Marion schrie auf.

Aus dem Gang vor dem Ruheraum ertönte ein seltsames elektrisches Summen. Elvira kam auf die beiden zu, die Arme vorgestreckt wie eine Schlafwandlerin. Über ihre Hände gestülpt war etwas, das entfernt an weiße Hüttenschuhe erinnerte.

»Benimm dich, Siegfried.«

Er fuhr herum. »Du bist auch da? Was habt ihr vor, ihr dummen Weiber?«

Wieder riss er an Marions Handtaschenriemen, und Marion schrie auf, als sie spürte, wie der Schorf ihrer Wunde aufriss und sie wieder zu bluten anfing.

Elvira machte zwei schnelle Schritte – eins, zwei – und drückte Sieger die beiden weißen Dinger auf den Oberkörper. Es tat einen Schlag. Sieger bäumte sich auf und fiel um.

Von der Ruheliege im Vorraum seiner Heimsauna ragte Siegfried Krämers Bierbauch in die Höhe wie ein Berg, bewaldet von grauem Gekräusel.

»Also, eins steht fest, Geschmack hast du keinen.« Elvira stand neben ihm, eine weißverkleidete Linke auf seinem Brustbein, die andere etwas tiefer, etwa handbreit unter seiner linken Achsel. Sieger grunzte.

»Hörst du mich, Siegfried?«, fragte Elvira. »Keine unvorsichtige Bewegung jetzt. Das ist ein mobiles, halbautomatisches Defibrillationsgerät, eingestellt auf 200 Joule. Eine Bewegung, und ich drück aufs Knöpfchen. Willst du Kammerflimmern, Siegfried?«

Er blinzelte hektisch. Zu den Schweißperlen auf seiner Stirn gesellten sich neue.

»Sieger, jetzt hör mir mal gut zu«, sagte Marion. »Die Helga Kehr hat gestern zwei Adressen vertauscht. Ich war in der Roßhaustraße. Der Typ heißt Holzapfel und hat eine Großbäckerei. Und er war *daheim*. Also, wo ist Kevin?«

»Nehmt … nehmt mir d-d-das Ding weg.«

Elvira verstärkte den Druck auf seinen Brustkorb. »Soll ich aufs Knöpfchen drücken?«

»Herrgottsack, Weiber! Dem Kevin geht's gut, der ist hinten im Hobbykeller und guckt DVDs. Schlüssel steckt.«

Elvira nickte Marion zu. »Geh nur. Alles im Griff.«

Marion konnte nicht anders, sie drückte ihren Sohn fest an sich, und ausnahmsweise schien es ihm gar nichts auszumachen. »Alles in Ordnung?«

»Alles okay«, murmelte er an ihrem Hals. »Er hat mich eingesperrt, aber es war nicht schlimm.« In der Ecke lief der Fernseher, rund um die Couch lagen DVDs und McDonald's-Tüten in wildem Durcheinander verstreut.

Marion las einen der Filmtitel und verzog das Gesicht. »Jetzt gehst du erst mal hoch und wartest draußen beim Sanka«, wies sie ihren Sohn an. »Elvira und ich kommen gleich nach.«

Sie gingen los in Richtung Treppe. Plötzlich hallten wüste Beschimpfungen durch den Gang.

»Was ist da los?« Kevin ging auf das Geräusch zu.

»Du wartest draußen beim Sanka!« Marion scheuchte ihren Sohn die Kellertreppe hoch und rannte zurück zur Sauna, wo Sieger mit feuerrotem Gesicht auf der Liege saß und Elvira aus Leibeskräften beschimpfte. Die beiden hatten einander noch nie leiden können, schon damals bei Kevins Taufe nicht. Sieger ließ sich gerade darüber aus, warum Elvira keinen Mann hatte und nie einen kriegen würde.

»Und du, Marion«, knurrte er, »dich krieg ich schon.« Dann grinste er. »Du bist ja so blöd, mit dir kann man alles machen. Weißt du wie das ging, damals bei eurem Konkurs? So gebettelt hat er, der Horst – Sieger, du musst mir Geld leihen, ich muss Kredite abzahlen ... und du bist einfach abgehauen mit dem Bub und hast ihn sitzen lassen. Da wollte er das halt nicht mehr abzahlen, oder? Und mein Anwalt, der weiß, wie so was geht.«

Er machte eine heftige Bewegung und Elvira drückte aufs Knöpfchen. Es tat einen Schlag. Krämer bäumte sich auf und war wieder ohnmächtig. »So eine Sau«, meinte Elvira nur.

Auf der Schwelle zum Ruheraum stand ein blasser Kevin.

»Hab ich dir nicht gesagt, du sollst oben warten!«, fuhr Marion ihn an.

Kevin drehte sich um und rannte die Treppe hoch. Dann ging oben die Haustür.

Elvira ließ sich neben Siegfried auf die Liege sinken. »Du, noch mal kann ich das nicht machen, sonst geht er uns hops. Und wenn der wieder wach ist, dann Gutnacht. Der zeigt uns an.«

Marion überlegte. »Glaub ich nicht. Warte. Dauert fünf Minuten.«

Sie lief die Treppe hoch ins Erdgeschoss, ins Wohnzimmer. An der Stirnseite hing ein ungerahmtes Ölgemälde in wilden Gelbtönen über fast unsichtbaren Drähten an einer Deckenschiene. Man konnte es zur Seite schieben wie einen Vorhang, die Mechanik lief tadellos, nichts knarzte oder quietschte. Marion tippte die Kombination ein. 03-06-94.

»Was machst du da?«

Sie zuckte zusammen. Aber wer da mit großen Augen im Türrahmen stand, war ihr Sohn. Marion ließ die Hand sinken. »Kevin, tust du eigentlich nie, was ich dir sage? Bist du immer noch da?« Als er sie weiterhin groß ansah, meinte sie: »Herrgott noch mal, wonach sieht's denn aus, was ich mache? Den Safe knack ich. Du hast ja gehört, was dein lieber Patenonkel für einer ist. Und er entführt sogar Kinder, damit er kriegt, was er will. Das soll er doch in Zukunft lieber bleiben lassen.«

»Du kannst den Safe knacken, Mama?«, fragte Kevin mit schlecht verhohlener Bewunderung.

»Kunststück, wenn der Papa immer dein Geburtsdatum einstellt.« Sie öffnete den Safe. Vorne lagen einige Leitzordner. Sie blätterte sie kurz durch, dann legte sie einen zurück, winkte ihren Sohn heran und drückte ihm die übrigen Ordner in die Hand. »Bring die runter zum Sanka. Aber diesmal wirklich.« Sobald Kevin verschwunden war, steckte sie das Bündel Bargeld ein, das ganz hinten im Safe lag. Es reichte vielleicht nicht für die Schulden, aber für einen guten Anwalt allemal.

»Entführungen, Einbruchdiebstähle, Körperverletzung. Wir drei machen ja Sachen«, seufzte Elvira, als sie zu dritt in Richtung Vaihingen donnerten.

Kevin grinste stolz. »Und jetzt?«

»Jetzt müssen wir noch nach Degerloch«, meinte Marion. »Ich muss da was abgeben.«

Der dunkle Mittvierziger, der die Tür öffnete, starrte die Sanitäterin verwirrt an. »Schon wieder?«, fragte er. »Wer ruft denn ständig für mich den Notarzt an?«

»Leibßle, Marion«, stellte sich Marion vor. Sie hielt ihm den wattierten Umschlag hin. Mit Kaffeeflecken drauf.

Wenig später saßen sie zu zweit im Wohnzimmer am Couchtisch, Marion und Jürgen Holzapfel, Besitzer der mittelständischen Großbäckerei, die ab dem nächsten Ersten die baden-württembergische Landesvertretung in Berlin exklusiv mit Laugenbrezeln beliefern würde. Wieder und wieder blätterte er durch seinen Vertrag und wirkte immer noch erschüttert. »Gut, ist alles da.«

»Haben Sie die Kombination für Ihren Safe schon geändert?«, fragte Marion.

Holzapfel nickte. »Sobald ich wieder halbwegs bei Sinnen war.«

»Tut mir wirklich leid«, meinte Marion. »Glauben Sie mir, so was hab ich noch nie gemacht.«

»Na ja. Ich hab auch noch nie auf jemanden geschossen.« Holzapfel sah zur Terrassentür hinüber. Dort waren auf dem weißen Wohnzimmerteppich deutlich bräunliche Flecken zu sehen.

»Den Teppich müssen Sie bald reinigen lassen, sonst ist er futsch«, meinte Marion.

Einen Moment lang herrschte unbehagliches Schweigen.

»Also«, sagte Holzapfel dann, »Frau Leibßle. Sie haben mir dieses schöne Ei verpasst und dann gleich den Notarzt angerufen und ihm den Sicherheitscode meiner Alarmanlage durchgegeben?«

»Sagen Sie bloß, den haben Sie noch nicht geändert. Den hat jetzt wohl schon die halbe Stadt!«

»Schon passiert.«

»Ich konnte Sie doch nicht so liegen lassen.« Marion hob die Hände. »Also noch mal, Herr Holzapfel, es tut mir leid, und ich wollte jetzt einfach, dass alles seine Ordnung hat. Mich vergewissern, dass es Ihnen gut geht, Ihnen Ihre Sachen wiederbringen und Sie drauf hinweisen, dass Sie ein Sicherheitsproblem namens Siegfried Krämer haben.«

Holzapfel runzelte die Stirn. »Müsst ich den kennen?«

»Ihr Wartungsdienst. Die Krämer AG Hoch- und Tiefbau hat eine ganze Reihe identischer, schlüsselfertiger, komplett eingerichteter Privatresidenzen für wohlhabende Geschäftsleute gebaut und den Zugangscode zu allen Sicherheitssystemen behalten. Damit macht der Siegfried Krämer, was er will.«

»Na, da rufe ich gleich mal meinen Anwalt an«, knurrte Holzapfel und stand auf. Dann hielt er sich den Hinterkopf, weil er zu schnell aufgestanden war.

»Und ich kann Ihnen Beweise liefern.« Marion sah zu ihm auf. »Draußen im Auto hab ich eine Liste aller betroffenen Objekte mit den aktuellen Zugangscodes liegen, sowie ein Verzeichnis über die bisher getätigten Einbrüche seit 1997, komplett mit Adressen, Auflistung der Ausbeute, alles.«

»Und was wollen Sie dafür?«

Marion schob das Kinn vor. »Sie werden mit einer Anzeige mehr Erfolg haben als ich. Und solange nur mein Name aus dem Spiel bleibt, helfe ich Ihnen gern.«

Holzapfel rieb sich den Kopf. »Sagen Sie, Frau Leibßle, möchten Sie vielleicht was trinken?«

Marion ging die Ordner holen und vertröstete die anderen

noch ein paar Minuten. Holzapfel brachte eine Flasche Weißwein und zwei Gläser aus der Küche.

Er schenkte ein. »Sagen Sie mal, wo sollten Sie gestern eigentlich einbrechen, wissen Sie das?«

»Auch in Degerloch, hier ganz in der Nähe.« Marion nannte ihm die Hausnummer in der Melittastraße.

Holzapfel pfiff durch die Zähne. »Jetzt wird's wirklich interessant.«

»Kennen Sie den etwa?«, fragte Marion.

»Wir spielen Golf zusammen.« Holzapfel stand auf und nahm das Schnurlose vom Tisch. »Karle, Jürgen hier. Was hast du denn grad in deinem Safe so liegen?«

Nach einem kurzen Telefonat legte er auf und schenkte nachdenklich den gekühlten Weißwein ein.

»Hat er den Zuschlag bekommen?«, fragte Marion.

Holzapfel schüttelte langsam den Kopf. »Hat er nicht.«

»Und was war es für ein Zuschlag?«, fragte Marion.

»Das wissen Sie nicht?«

»Keine Ahnung.«

»Mein Freund ist Bauunternehmer«, meinte Holzapfel. »Und ich sag nur Bahnhof.«

Marion sah auf. »Doch nicht Stuttgart 21?«

Holzapfel nickte. »Bestimmte Abschnitte davon. Dafür waren jetzt nur noch zwei Großfirmen im Rennen. Das Ergebnis wird erst am Montag bekannt gegeben, aber der Karl, der kennt da jemanden und hat es gestern Abend schon bekommen. Da muss wohl jemand vorzeitig geredet haben. Und jetzt raten Sie doch mal, wer sein Konkurrent war.«

»Der Sieger«, flüsterte Marion. »Aber dann hat ja der Sieger den Zuschlag bekommen.«

Rette deine Feinde. Du weißt nie, wann du sie noch mal brauchen kannst. Marion schnappte sich das Schnurlose vom Holzapfel. Sie wählte, und dieses Mal nahm Helga Kehr schon nach dem zweiten Läuten ab.

»Leibßle hier, Frau Kehr«, sagte Marion. »Dem Sieger machen wir jetzt Feuer unterm Hintern. Machen Sie mit?«

Wenig später hob sie ihr Glas. »Der Sieger musste unbedingt

wissen, ob er den Stuttgarter Zuschlag bekommt, weil er sonst spätestens morgen bei einer anderen Ausschreibung hätte absagen müssen. Ich sag nur Bahnhof. München. Transrapid.«

»Na, der wird sich wundern«, meinte Jürgen Holzapfel grimmig. »Prost, Frau Leibßle.«

»Er hat *was*?!«

Marion und Elvira saßen in Elviras Küche vor dampfenden Teetassen und einem Berg Butterbrezeln. In einer Vase prangte, noch im Papier, ein prächtiger Blumenstrauß.

»Die kriegt man sonst nirgends, das sind diese exklusiven für die Landesvertretung«, meinte Marion, »also iss sie mit Verstand.«

»Er hat *was*?«, wiederholte Elvira.

»Mir einen Job in seiner Berliner Filiale angeboten«, sagte Marion. »Also, ich hab schon bessere gegessen.«

»Und was hast du gesagt?«

»Dass ich mir's noch überleg.«

»Und was wirst du machen?« Elvira brach von ihrer Brezel die knusprigen Ärmchen ab.

Marion sah sie an. »Was soll ich schon machen?«

Elvira tupfte Salzkörnchen mit dem Zeigefinger auf. Die Thermoskanne machte leise, blubbernde Geräusche.

»Elvira«, sagte Marion. »Was soll ich denn in Berlin?«

Elvira sah auf und zuckte leicht mit den Schultern.

»Wenn der Holzapfel in seinem Stuttgarter Stammhaus was für mich hat, dann kann er auf mich zählen. Und sonst halt nicht. Und seine Blumen kann er auch behalten. Kevin hat hier seine Freunde. Und du bist hier. Denkst du, ich lass hier einfach mein ganzes Leben stehen und liegen für einen, der schlüsselfertig wohnt?«

Jutta Weber-Bock

Das Brunnenhaus

Ein Möbelwagen der *Blauen Radler* fuhr langsam aus Richtung Immenhofer Straße an den alten Häusern in der mittleren Mozartstraße vorbei. Gleichzeitig bog aus der oberen Weißenburgstraße ein Leichenwagen um die Ecke. Beide Fahrzeuge rollten aufeinander zu, kamen sich immer näher, hielten vor der Hausnummer dreißig, keinen halben Meter voneinander entfernt. Dort standen sie wohl eine Minute lang, bis am Möbelwagen die Scheinwerfer erloschen. Drei Männer stiegen aus, und fast gleichzeitig huschte aus der Fahrertür des Leichenwagens ein hageres Männlein und öffnete die Heckklappe. Ein zweiter, nur wenig größerer, jedoch wesentlich korpulenterer Mann wuchtete sich aus der Beifahrertür. *Bestattungsunternehmen Morgenroth* stand in schwungvollen Lettern auf dem blankpolierten Lack des schwarzen Daimlers.

Judith Lenz lehnte im schmalen Durchgang zwischen den Häusern am hellen Sandsteinsockel und beobachtete die Männer. Sie strich mit den Fingern über die bröseligen Konturen, in denen noch die Hitze des vergangenen Tages steckte, und zog die Fugen zwischen den Quadern nach. Als ob diese alten Mauern lebendig wären und zu ihr sprechen würden. Langsam kroch die Sonne über die Hausdächer, bald würde es keinen Schatten mehr geben. Auf der anderen Straßenseite parkte ein Polizeiwagen mit stummgeschaltetem Blaulicht in der zweiten Reihe. Judith stützte sich an der Mauer ab und wippte auf den Zehenspitzen vor und zurück. Wie leicht sie sich aus dem Gleichgewicht bringen ließ, kaum wollte sie sich wieder in ihrer Heimatstadt niederlassen.

Entschlossen trat sie auf den Gehsteig hinaus, auf dem Kaugummipapier und Werbeprospekte lagen. Kurz betrachtete sie ihr Spiegelbild in der Scheibe eines parkenden Autos. Immer noch war sie schlank und drahtig, die fast fünfzig sah man ihr nicht an. Sie fuhr sich mit der linken Hand durch die kurzen, dunklen Haare. Für den Tod war sie hier nicht zuständig, dieser Leichenwagen ging sie nichts an. Tante Hermine, die ihr die Wohnung im Stuttgarter Heusteigviertel vererbt hatte, ruhte längst in Frieden auf dem Fangelsbachfriedhof. Doch Judith witterte einen Fall und schalt sich dafür. Sie blendete den Tod aus ihrem Blickfeld aus und steuerte den Möbelwagen an, in dem ihr Hab und Gut verstaut war. Nur das Blaulicht hakte sich in ihren Augenwinkeln fest.

»Erster Stock?«, fragte einer der Möbelpacker, der schon eine Kiste auf der Schulter balancierte.

Sie nickte und sah kurz auf die Ladefläche. Die Kisten standen anders als gestern Nachmittag bei der Abfahrt in Hamburg. Merkwürdig.

Judith meditierte ein paar Sekunden wie vor einem Judo-Wettkampf, während die Möbelpacker sich kurz in der Wohnung in der Mozartstraße umsahen. An den Zimmertüren klebten gelbe Zettel mit selbstgemalten Piktogrammen, die sich auf den Kisten wiederfinden ließen. Die Männer zuckten mit den Achseln und quetschten sich auf dem Weg nach unten im engen Treppenhaus an dem leeren Sarg vorbei, der gerade über das Treppengeländer nach oben gehievt wurde. Wer war über ihrem Kopf gestorben? Judith konnte die Fragerei einfach nicht lassen.

Ungeduldig wartete sie auf die Möbelpacker. Das Haus lag in einer angespannten Stille und knisterte und knackte. Sie lief hinunter zum Möbelwagen. Als Erstes brauchte sie unbedingt den Staubsauger.

Die drei Möbelpacker saßen im Führerhaus und lehnten sich zurück. Ab und zu brach einer ein Stück von einer Brezel ab. Der

Fahrer kurbelte das Fenster herunter. »Vesperpause.« Von der Markuskirche schlug es neun. Widerspruch zwecklos.

Judith ging in die Wohnung, in der ihre Schritte hallten und sich zu einer alten Geschichte zusammenzusetzen schienen. Die Stuttgarter Wohnung zu verkaufen oder zu vermieten war nicht in Frage gekommen, denn sie liebte dieses Haus seit ihren Kindertagen, als sie so manches Wochenende bei Tante Hermine verbracht hatte. Und ihren Eltern war es sehr recht gewesen, die Tochter mit der Erbschaft zurück ins Ländle holen zu können.

Sie trat ins Treppenhaus und lauschte. War von oben nicht auch das Knacken von Brezeln zu hören? Bestimmt saßen die Leichenbestatter auf dem Sargdeckel und kauten bedächtig. Das kannte sie. Nein, sie wollte nicht darüber nachdenken. Wieder lief sie nach unten. Die Hitze des langen Sommers quoll bereits zwischen den Häusern empor.

Ein Wagen hielt hinter dem Polizeiauto. Zwei Zivilbeamte stiegen aus, das sah sie mit geschultem Blick. Einer verschwand gleich im Haus. Der andere kam auf sie zu.

»Steinle«, sagte er. »Kriminalkommissar Walther Steinle.« Er zeigte ihr seine Hundemarke. »Sie wohnen hier? Wer ist denn Ihr Vermieter? Oder haben Sie die leerstehende Wohnung besichtigt?«

Er versuchte, präzise und sachlich zu klingen, was ihm aber nicht gelang. Trotz Anzug und Krawatte machte er einen zerknitterten Eindruck, und seine grauen Augen sahen durch Judith hindurch. Sein Dreitagebart war mindestens eine Woche alt.

»Judith Lenz. Mir gehört die Wohnung im ersten Stock. Übers Internet günstig erworben. Wer ist denn da gestorben?«

»Ob da im Alter von sechsundzwanzig so einfach gestorben wurde, müssen wir erst mal klären.« Er nickte ihr knapp zu und ging ins Haus.

Judith stand den Möbelpackern im Weg. »Wo bleibt denn mein Staubsauger?«

»Wir mussten umladen. Steinschlag, Frontscheibe. Höhere Gewalt. Steht im Vertrag.«

»Dann kommt jetzt alles in der falschen Reihenfolge? Ich brauche aber den Staubsauger, bevor Sie die Möbel aufbauen. Wo sind überhaupt meine Möbel? Und meine Pflanzen? Die müssen ans Licht. Das geht doch nicht. So lange ohne Licht.«

Judith hielt den einen Möbelpacker am Arm fest, aber der Mann stieg schon mit Kiste Nummer achtundfünfzig, klassische Literatur, die Treppenstufen hoch. Ungeduldig folgte sie ihm, konnte sich jedoch nicht vorbeidrängeln. Jetzt kriegte sie wieder Pickel am Hals, wie immer, wenn ihre Planung sich in nichts auflöste.

Von oben schwankte der Sarg herunter. Der Korpulente hielt die Kiste auf seinen Schultern. Der kleine Schmächtige stolperte hinterher und rief: »Lauf nicht so schnell! Er rutscht mir aus den Händen. Vorsicht! Der Herr Graf! Bleib stehen!«

Beherzt griff der Möbelpacker zu und ließ dabei den Karton achtlos von der Schulter rutschen. Der Boden platzte auf, und der gesammelte Goethe ergoss sich auf die Treppenstufen. *Faust II* schlug auf dem Sargdeckel auf.

»Nun gehen Sie mal alle schön weiter, und räumen Sie bloß diese Bücher aus dem Weg!«

Das war die Stimme von Steinle, der von oben übers Treppengeländer schaute. Judith massierte ihre Nasenwurzel.

Der korpulente Bestatter schob sie sanft beiseite. »Gehen Sie lieber, sieht nicht gut aus so ein Mann nach schätzungsweise vier Wochen, eine lange Zeit für den Tod.«

Judith wusste genug, vier Wochen bei dieser Hitze, ihre Nase hatte ihr im Treppenhaus bereits den richtigen Tipp gegeben. Wenn der Tod nur auch so süßlich wäre, wie er roch. Wie gerne hätte sie ihre Wohnungstür geschlossen, aber das ging nicht, solange die Möbelpacker ausluden. Sie stapelte die Bücher auf zwei Fensterbänken. *Faust II* legte sie obendrauf.

Schade, dass Steinle keine Bücher mochte. Er sah sympathisch aus mit seinen grauen Augen und dem übermüdeten Blick. Sie schüttelte den Kopf. Sie wollte sich doch nicht so schnell wieder mit einem Mann einlassen. Aber Steinle hätte das richtige Alter.

Sie zuckte zusammen, als sie seine Stimme hinter sich hörte. »Kein guter Anfang für Sie, aber das kann man wohl nicht mehr ändern. Nun, tot ist tot. Wir kümmern uns.«

Steinle stand mitten in ihrem Wohnzimmer. Er schaute ihr direkt in die Augen, aber sie wich nicht zurück. »War das mein Nachbar? Woran ist er gestorben?«, fragte sie.

»Wieso interessiert Sie das?«, sagte er schroff. Er ging zum Fenster und massierte sein Kinn.

»Meine Umzugskiste ist gerade mit einem Sarg kollidiert. Liegt mein Nachbar darin?«

»Schauen Sie morgen in die Zeitung. Ich muss los, die Gerichtsmedizin wird warten. Die Wohnung im zweiten Stock ist vorläufig versiegelt. Das Fenster zum Hof ist weit offen. Aber da steigt freiwillig keiner ein.« Mit einem festen Händedruck verabschiedete er sich.

Judith versank im Kistenchaos. Die Möbelpacker weigerten sich, die Regale und den Kleiderschrank aufzubauen, sie hätten schon genug Zeit beim Umladen verloren. Das Trinkgeld ließ Judith stecken und schloss die Wohnungstür hinter sich. Endlich.

In der Luft hingen Fragezeichen. Wer war gestorben? Warum? Und wie vor allem? Sie riss das einzige frei zugängliche Fenster im Schlafzimmer auf. Der Ahornbaum im Hof hüllte sich in die letzten Sonnenstrahlen ein. Sie lehnte sich aus dem Fenster und bereute es sogleich. Im zweiten Stock kroch die bittersüße Luft nicht nur aus dem Fenster, sondern glitt aus allen Ritzen zähflüssig die Hauswand hinunter zum ersten Stock. Blitzschnell breitete sich die Beklemmung über ihren Körper aus und drückte sie nieder. Sie schloss das Fenster und kratzte an den Pickeln im Nacken. Sie musste wissen, wer dort oben gestorben und wie der Tod ins Haus gekommen war. Tante Hermine hatte immer notiert, wer in das Haus eingezogen war. Oft hatte sie ihr aus den Aufzeichnungen vorgelesen, und sie hatten sich gemeinsam Lebensgeschichten dazu ausgedacht.

Mit dem Wohnungsschlüssel in der Hand ging Judith in den Keller, in dem sie bei ihrer Entrümpelungsaktion einige Kisten von Tante Hermine deponiert hatte. Sie öffnete den Karton, auf dem *Das Brunnenhaus* stand, zog eine Kladde heraus und entzifferte mühsam die Schrift. Tante Hermine hatte in den letzten Jahren an Parkinson gelitten. Der letzte Eintrag lautete: *Im zweiten Stock haben wir einen neuen Bewohner. Das Haus ist stolz auf sich. Rainer Graf, Betriebswirt. Vielversprechend, meint das Haus.*

Was sollte das bedeuten? Im Gewölbekeller rumpelte es. Ratten? Eher neugierig als ängstlich öffnete sie die Zwischentür zum zweiten Untergeschoss, das sie aus ihrer Kindheit gut kannte. Vorsichtig tastete sie sich die steile hölzerne Stiege hinab. Eine einsame nackte Glühbirne warf mehr Schatten als Licht in den Raum. In der feuchten Luft hing dieser Hauch, den sie so liebte, feuchte Vanille, modrig und schwarzsüß. In ihrem Kellerabteil in der rechten Ecke lehnte sie sich an die Ziegelsteine. Ein Räuspern hing in der Luft.

»Fürchte dich nicht und sei mir willkommen, liebe Judith.«

Sie zuckte zusammen. Woher kam die Stimme? Nur ihren eigenen Schatten sah sie, als sie sich langsam an der Wand entlangtastete. Von der Wasserleitung hingen dicke weiße Fäden herunter. Ihr geheimer Kindheitsort war zur Tropfsteinhöhle geworden.

»Hab keine Angst. Hermine hat mit dir die richtige Wahl getroffen, ich habe das gleich gespürt heute Morgen, als du meinen Sandstein gestreichelt hast. Und früher, als Kind, erinnerst du dich noch? Wie du hier in diesem Keller geübt hast für deinen Eurythmie-Unterricht. Niemand durfte dir zusehen, aber ich, ich habe dich beobachtet.«

Der Schlüssel fiel Judith aus der Hand, und die Worte kreisten unter der Decke wie ein Wespenschwarm. Woher kam die Stimme? Judith rief sich zur Ordnung. Ihren eigenen Atem hörte sie ungewöhnlich deutlich. Oder war es nicht ihr Atem? Es musste jemand im Keller sein. Sie nahm Verteidigungshaltung an und tastete mit einem Fuß nach dem Schlüssel.

»Fürchte dich nicht. Du musst nicht suchen. Ich spreche, das Haus. Warte. Hab keine Angst. Du willst sicher wissen, wie ein Haus mehr als nur Stein wird. Es muss sich einer niederlassen.«

Judith wusste nicht mehr, ob sie tot oder noch lebendig war. Die Wasserleitung neben ihr glänzte feucht und verschwand im gewachsenen Erdboden. Irgendwo hier in der Ecke musste der Brunnen des Hauses liegen. Die Stimme räusperte sich, oder war es das Haus? Sie sah sich im Keller in einem weißen Gewand ihre Eurythmie-Schritte üben. Zehn Jahre war sie alt gewesen, und hier unten war es ganz leicht, wie eine Elfe dahinzuschweben. Sie entspannte sich etwas.

»Im Haus, da beginnen die Geschichten. Bei mir haben sie bereits mit dem Hausbau im Jahre 1870 angefangen. Ein Haus im Dunkeln ist wie ein Gespenst, das durch die Luft schreitet. Nichts lässt sich ungeschehen machen, du kannst deinem Leben nicht entkommen. Wir sprechenden Häuser wissen das, weil unsere Seelen auf Wanderschaft gehen können. Erzähl mir von Hamburg. Hermine hat nicht geglaubt, dass du zurück nach Stuttgart kommen wirst. Bleibst du?«

»Ich … ich weiß nicht. Hab alle Brücken abgebrochen. Bin frisch geschieden, zum zweiten Mal. Das vor allem. Aber ich …« Eine Spinne kroch langsam über ihren Arm. Ganz leicht kitzelten die Beine auf ihrer Haut, bevor die Spinne in die Dunkelheit davonsprang. Etwas Vertrautes. Judith lief hin und her und spähte in die dunklen Ecken, konnte aber nichts erkennen. Sie atmete und hörte sich dabei zu. Mit dem Fuß stieß sie gegen den Schlüssel. Als sie sich bückte, räusperte sich die Stimme wieder. Wie ein alter Raucher. Wie Tante Hermine.

»Nein, nein, Hermine bin ich nicht. Ich habe sie sehr gemocht, fast ist sie ein Teil von mir gewesen. Über vierzig Jahre hat sie meine Mauern gestreichelt. Das Einzige, was sie und ich an Zärtlichkeiten in dieser Welt hatten, das haben wir schwesterlich miteinander geteilt. Zum Glück hat sie dich als Erbin eingesetzt. Und du bist tatsächlich gekommen. Du gefällst mir. Als Kind. Und jetzt. Und da sie alles über dich in ihren Tagebüchern notiert hat, weiß ich Bescheid über dein Leben und heiße dich willkommen, Schwester. Halt, bleib! Es wäre wirklich sehr schön, wenn auch du mich ein wenig streicheln könntest, so ganz sanft, wie Hermine es immer getan hat.«

Nein, das nicht! Judith floh die Stiege nach oben. Es knarrte und knackte unter ihren Füßen. Wenn nur die Stiege nicht hinter ihr zusammenbrach.

»Es ist ja nur mein altes Gemäuer! Was du hättest streicheln sollen. Frag Rosa nach Herrn Graf. Sie weiß alles. Beim Italiener. Nebenan. Und komm wieder!«

Die Stimme hallte hinter ihr her, und schnell schloss Judith die Zwischentür. Sie atmete schwer, was sie gar nicht von sich kannte. Häuser reden nicht, rief sie sich zur Ordnung. Doch dieses Haus sprach in wohlgesetzten Worten, wie Tante Hermine.

Judith hatte keinen Hunger, schnappte sich aber ihren Geldbeutel und ging nach nebenan ins italienische Restaurant. Beim Hinausgehen warf sie dem Haus einen Blick zu. Die Beletage, die gehörte jetzt ihr. Ihre Augen strichen zärtlich über die Stucksimse mit den Löwenköpfen. Ihre Neugier würde siegen, und sie seufzte. Wenn sie einmal einen Fall entdeckt hatte, konnte sie ihn nicht ungelöst im Raum stehen lassen. Sie kam niemals los von ihrem Beruf, aber gerade das hatte ihr immer gefallen.

»Der Herr Graf? Der hat ja immr am Wochaend bei ons sei Pizza gholt. Under der Woch hat der beim Porsche in der Kantine gessa. Zuerst hab i ja dacht, der isch verreist. Aber sei Schlafzemmerfenschder isch offa gschtanda. Vier Wocha isch der nemme bei ons gwesa, da hann i d' Polizei grufa. Die henn nemme viel macha könna. 's hat ja scho so komisch em Garta grocha. Wie letschdes Jahr, wo sie beim Schperrmüll da Gfrierschrank net mitgnomma henn. Bis die dick rot Brüh unda rausglaufa isch. Einer hat en ja aufmacha müssa. I kann Ihne saga. Alle paar Tag hann i des in der Nas ghabt. Jetzt hat des au wieder so grocha. Sie henn ihn gsäha, den Graf? Ach, schad, des hätt me intressiert. Die Lasagne? Vegetarisch? Wird Ihne schmecka, wie immr mit frischem Gmüs vom Garta, Broccoli ond ganz guate Pilz. En Bardolino? Wie der Herr Graf. Des war ja net der Grund, i moin, wege dem isch der Herr Graf ja net gschtorba. Obwohl, der hat ja immr a bissle zviel gsoffa.«

Judith machte sich ihre üblichen Kopfnotizen. Eine schwäbelnde italienische Kellnerin, damit konnte sie leben. Aber mit diesem Haus? In diesem Haus? Sie hatte als Kind oft mit dem Haus gesprochen, aber nie hatte es ihr geantwortet. Sie wollte ihrer Angst nicht nachgeben, nur weil der klebrige Geruch des Todes ihre Wahrnehmung derartig überreizt hatte, dass sie Stimmen hörte. Ein sprechendes Haus? Unsinn! Viel interessanter war, was Rosa sonst noch über Rainer Graf wusste.

Zwei Stunden und zwei Bardolino später hatte sie die beste Lasagne ihres Lebens gegessen, den Vorfall im Keller verdrängt und von Rosa erfahren, dass Rainer Graf eine Freundin in Frankfurt hatte. Vor sechs Wochen war diese nach einem Streit vorzeitig abgereist.

Judith begann mit einem Strukturdiagramm, schrieb in die Mitte *Das Brunnenhaus* und malte einen Kringel um das Wort. Dann notierte sie in schneller Folge alles, was ihr einfiel. Es entstanden verschiedene Assoziationszweige, die sie mit Strichen verband und so neue Beziehungen herstellte. Ihr Kopf wurde wieder vollständig klar. Sorgfältig verbarg sie das Blatt in ihrer Hosentasche, als sie in die Wohnung zurückkehrte. Sie lauschte, aber es war alles still, und sie schüttelte den Kopf.

Am nächsten Morgen war Judith pünktlich um neun im Stadtarchiv in der Silberburgstraße. Sie bestellte die beiden alten Stuttgarter Zeitungen, *Der Beobachter* und *Der Schwäbische Merkur*, Jahrgang 1870. Während sie auf die Bände wartete, studierte sie das Adressbuch der Stadt Stuttgart aus demselben Jahr.

Als die Mikrofilme kamen, fing sie von hinten an zu lesen. Mit ihrem fotografischen Blick konnte sie sofort den Inhalt einer ganzen Seite erfassen. In den Ausgaben von Mitte November fielen ihr zwei kurze Artikel auf, die sie abschrieb, obwohl ihr die mögliche Verbindungslinie zu Rainer Graf noch nicht klar war.

Auf dem Heimweg erwarb sie eine *Stuttgarter Zeitung* in *Fred's Lädle*, wo der Zigarettenrauch in allen Ritzen hing. Schon als Kind war sie gerne zu Fred gegangen. Schräg gegenüber beim *Bäcker Weible* aß sie ein Schinkenhörnchen und kaufte Hochlandkaffee. Vielleicht half ihr der im Umzugschaos weiter.

Vor ihrer Haustür stand Steinle und trat von einem Bein aufs andere. »Wo sind Sie denn bloß so lange gewesen? Könnt ich bei Ihnen mal kurz aufs Klo?«

»Wie wär es mit dem *Herbertz*?«

»Die Espressobar? Völlig ausgeschlossen, da lauert eine alte Liebschaft.«

»Und der Italiener?«

»Öffnet erst in einer halben Stunde. Bitte, es ist wirklich dringend.«

Judith nahm ihn mit nach oben. Nachdem er sich erleichtert hatte, setzte er sich auf eine Kiste, als ob dies die natürlichste Sache der Welt sei. Sein Bart war verschwunden und die Gesichtshaut straff. Vermutlich kam er direkt aus dem Fitness-Studio. Er drehte den Kopf und sah ihr von schräg unten in die Augen. Dann räusperte er sich, stand auf und begann, hin und her zu laufen.

»Warum haben Sie behauptet, Sie hätten die Wohnung übers Internet gekauft, und Ihre Erbschaft verschwiegen?«

»Das war mir gestern alles zu kompliziert. Meine Tante, Hermine Lenz, habe ich ja kaum gekannt. Ich war sehr überrascht von der Erbschaft. Doch es kam mir nicht ungelegen.«

»Vor ungefähr sechs Wochen haben Sie die Wohnung Ihrer Tante entrümpelt. Jemand von gegenüber hat Sie wiedererkannt. Der Nachbar aus dem zweiten Stock hat da noch gelebt.«

»Sie zählen mich zum Kreis der Verdächtigen? Das ist absurd. Ich habe damals niemanden im Haus gesehen und dachte, Rainer Graf sei nicht da. Den meinen Sie doch?«

Steinle zog die Augenbrauen hoch. Judith hielt ihm die *Stuttgarter Zeitung* hin.

»Da steht aber kein Name drin.«

»Rosa vom Italiener hat mir alles aufgedrängt, was sie über den Toten wusste. Sie dachte wohl, ich könne ihr noch mehr erzählen über den Grafen.«

Steinle reichte Judith ihre Ausgabe *Faust II*. Als sie ihn überrascht ansah, sagte er: »Den habe ich mir gestern von Ihrer Fensterbank ausgeliehen. Vielen Dank. Wir haben von Ihnen im zweiten Stock keine Fingerabdrücke oder DNA-Spuren gefunden.«

Sie massierte ihre Nasenwurzel. Dann öffnete sie eine Umzugskiste. Rosa hatte ihr erzählt, dass die Nachbarn aus dem Erdgeschoss und die Dame, die unter dem Dach wohnte, auf Reisen waren, sie also in den nächsten Wochen völlig alleine im Haus sein würde. Aber das sagte sie Steinle nicht. Sie wollte keine Angst haben.

Steinle pfiff leise. »Ich sollte mich wohl besser in Acht nehmen.« Er hielt ihre Judo-Urkunden hoch und betrachtete sie.

»Unsinn! Das wissen Sie genau.« Sie nahm ihm die Urkunde für den schwarzen Meistergürtel aus der Hand. »Eine Dan-Prüfung ist eine rein sportliche Angelegenheit. Woran ist der Graf denn nun gestorben?«

»Unser Labor hat sich die Nacht um die Ohren geschlagen, ist aber bislang zu keinem Ergebnis gekommen. Was hat Rosa Ihnen erzählt?«

Judith gab einen knappen Bericht, erwähnte Grafs Freundin in Frankfurt und drückte Steinle ein Seitenteil vom Kleiderschrank in die Hand. Gemeinsam bauten sie den Schrank auf.

»Sieht aus, als ob es nur eine Schrankhälfte ist«, sagte er. »Die Innenwand kommt jetzt nach außen.«

»Frisch geschieden, deshalb wollte ich auch weg aus Hamburg. Reicht das?«

»Tut mir leid.« Steinle sah auf die Uhr. »Kommen Sie alleine zurecht?«

»Kein Problem. Der Schrank steht ja jetzt. Danke fürs Helfen. Holen Sie sich bei Gelegenheit mal einen Kaffee ab.«

Der Kommissar gab ihr die Hand. »Vergessen Sie den Grafen. Wir regeln das schon. Ist doch eigentlich ein freundliches Haus hier.«

Aus dem Gewölbekeller schlug Judith die würzige Süße ausgekratzter Vanilleschoten entgegen. Als ob jemand einen Brei aus den schwarzen Vanilleschlangen auf die Ziegelsteine gestrichen hätte.

»Sei mir willkommen, Schwester, ich wusste, du kommst wieder.«

Dieses Mal blieb Judith ganz ruhig. Sie hatte sich schneller, als sie es für möglich gehalten hätte, daran gewöhnt, dass das Haus sprach, aber vielleicht verbarg sich ja auch ein attraktiver Mann hinter der sonoren Stimme, so einer wie Steinle.

»Ich möchte dir etwas vorlesen«, sagte sie und räusperte sich. »Aus dem *Schwäbischen Merkur*: ›Unfall mit glimpflichen Folgen: Beim Bau neuer Häuser im Stuttgarter Süden stürzte gestern der achtzehnjährige Sohn des Hausbesitzers von der Leiter. Nach Auskunft der Eltern ist der junge Bosch wundersamerweise mit dem Schrecken davongekommen. Selbst war er nicht zu sprechen.

Seine Eltern danken Gott und beten für ihn. Wir aber sehen uns genötigt, zum wiederholten Male darauf hinzuweisen, dass für den Hausbau dringend allgemeine Sicherheitsbestimmungen erlassen werden müssen.‹«

»Für alles wollen sie ihre Vorschriften, die Schwaben!«

»›Neues Heusteigviertel unter schlechtem Stern‹«, las Judith weiter, »so die Schlagzeile des *Beobachters*, ich zitiere: ›Gestern Nachmittag war in den Gärten oberhalb der Heusteigstraße ein markerschütternder Schrei zu hören.‹«

Das Haus räusperte sich. *»In meinen Mauern sind von Anfang an die merkwürdigsten Dinge passiert, sonst könnte ich nicht sprechen. So hat ein gewisser Dr. Dulk, der sich Populärphilosoph nannte, im neunzehnten Jahrhundert mit drei Frauen, ganz richtig, mit drei Frauen gleichzeitig, hier gelebt. Die drei Frauen haben sich schwesterlich vertragen und traten nur völlig gleich gekleidet auf. Ich habe ihnen einen Raum geboten.«*

»Du willst nur ablenken«, sagte Judith, »erzähl mir lieber, was damals beim Hausbau passiert ist und was das alles mit Rainer Graf zu tun hat. Und im Übrigen will ich jetzt auch endlich wissen, wo deine Stimme herkommt.« Sie lief im Keller umher und leuchtete mit einer Taschenlampe die dunklen Ecken aus. Plötzlich gab der Boden unter ihr nach. Die Taschenlampe fiel ihr aus der Hand. Als sie sich aufrappelte, stolperte sie über einen Zementsack. Was machte der da? Staub wirbelte auf. Sie schnappte nach Luft.

»Du sollst nicht begehren deines Nächsten Geheimnisse. Das habe ich dir als Kind schon gesagt. Fürchte dich –«

»Hör endlich auf! Komm heraus! Zeig dich!«, schrie Judith und fiel über einen Stapel alter Autoreifen. Als sie sich den Dreck von der Hose klopfte, knirschte es neben ihr. Die Taschenlampe rollte unter den Bretterverschlag eines Kellerabteils. Die Tür war nicht verschlossen. Sie ging hinein, musste sich aber mit einem Sprung vor einem alten Weinregal in Sicherheit bringen, das durch ihre schnellen Bewegungen wohl aus dem Gleichgewicht geraten war. Die Flaschen barsten. Judith duckte sich vor dem Scherbenregen und hielt die Luft an, als sich ein eiskalter Schwall Wein über ihren Rücken ergoss. Sie war klatschnass, kauerte inmitten einer säuerlichen Wolke und atmete so flach wie möglich. Ihre Sinne waren angespannt, und sie nahm Verteidigungshaltung ein. Eine Latte schlug neben ihr auf dem Boden auf.

»Was soll das! Hör endlich auf!«, schrie sie. »Hab jetzt doch du keine Angst, mein liebes altes Brunnenhaus, fürchte dich nicht. Ich mag dich doch.« Sie hechtete nach vorne und erreichte die hölzerne Stiege. Als sie hinaufsprintete, brachen unter ihr die Stufen weg. Sie ließ sich schräg zur Seite fallen und schlug sich wie beim Judo auf dem Boden ab. Sofort war sie wieder auf den Beinen. Ihr Arm schmerzte, aber sie war vollkommen ruhig, wie immer in einer Gefahrensituation. Unter ihren Schuhen wurde es feucht. Das Licht flackerte und erlosch.

»Nun ist es aber genug! Mach sofort das Licht an. Ich bin kein Kind mehr, das man in Angst und Schrecken versetzen kann!« Sie lauschte, aber das Haus schwieg, räusperte sich nicht und knisterte oder knackte nicht. Wasser blubberte hervor, und im Nu waren Judiths Füße nass. Von der Wasserleitung tropfte es, aber es musste ein größeres Leck sein, denn Sekunden später stand sie bis zu den Knöcheln im Wasser. Sie tastete nach der Holzkiste, die sie vorhin neben der Treppe gesehen hatte, und kletterte hinauf. Sie musste das Haus zum Reden bringen, ihm ein paar Worte entlocken. Und auf keinen Fall durfte sie Angst haben.

»Denk an Tante Hermine, die war doch immer gut zu dir. Und ich, ich mag dich wirklich sehr. Sonst hätte ich als Kind nicht so gerne hier im Gewölbekeller gespielt. Ich habe immer gewusst, dass du ein ganz besonderes Haus bist. Bitte, hör auf. Ich glaub ja, dass du sprechen kannst. Ich werde auch nicht mehr nach einer Stimme suchen.«

Blubberte es noch? Sie tastete nach den restlichen Stufen der Stiege und sprach dabei weiter. »Sag doch, kann ich dir irgendwie helfen?« Das Wasser erreichte ihre Knöchel, obwohl sie auf der Kiste stand, und stieg langsam bis zu den Waden. Faulgas stach in ihre Nase.

Jemand machte sich oben an der Haustür zu schaffen.

»Hilfe!«, rief sie. »Kommissar Steinle? Hilfe! Herr Steinle? Walther! Hilfe! Ich bin hier unten!« Licht blendete sie. »Vorsicht! Stopp! Die Treppe! Gehen Sie in die Waschküche, da liegt eine Wäscheleine im Regal.«

Das Wasser stieg. Eine Flasche stieß in ihre Kniekehlen. Wieder fiel Licht von oben herab.

»Bleiben Sie ganz ruhig. Die Wäscheleine. Ganz ruhig.«

Judith schaute zu Steinle empor. Die Anspannung verjüngte ihn, aber er war weit weg. Sie angelte nach dem Seil und wand es sich um die Hüften.

»Fertig?«, fragte Steinle.

»Los! Schnell«, rief sie.

Er zog und sie griff nach der nächsten Stufe, die bedrohlich knackte. Während Steinle langsam das Seil einholte, kroch sie auf allen vieren nach oben. Da gellte ein markerschütternder Schrei durch das Mauergewölbe, und Judith schrie ebenfalls, so laut sie konnte. Steinle hielt inne.

»Nur eine Spinne, eine große Spinne. Ist schon gut. Entschuldigung. Weiter. Bitte. Walther! Ziehen. Schneller.«

Ein Ruck. Ein Schluchzen. Judith warf sich in Steinles Arme. Sie tat so, als ob sie schluchzen würde, und war sich nicht sicher, ob Steinle hörte, wie das Haus schluchzte. Er hielt sie fest. Als seine Muskeln sich entspannten, löste sie sich von ihm. »So viel Kraft hätte ich Ihnen gar nicht zugetraut!«

»Nur ein bisschen Hanteltraining«, sagte er. »Eigentlich wollte ich einen Rat. Vielleicht jetzt zusammen mit einem Kaffee? Ich habe zwei Vanillehörnchen vom *Weible* mitgebracht. Was haben Sie überhaupt da unten gemacht? Kleine Hausbegehung? Sie riechen, als ob Sie in einem Weinfass gebadet hätten.«

Sie blieb ihm die Antwort schuldig. Im Treppenhaus stützte sie sich kurz an der Mauer ab, zuckte aber zurück. Die Wand war glühend heiß. Sie fröstelte.

Während der Kaffee durchlief, duschte Judith und zog sich um. Steinle lehnte in der Küche am Kühlschrank. Trotz der Aktion im Keller wirkte er in seiner schwarzen Jeans und dem schwarzen T-Shirt immer noch so frisch wie vor drei Stunden.

»Wir haben die Todesursache herausgefunden«, sagte er. »Arsenikvergiftung. Aber es gibt ein Problem. Die chemische Zusammensetzung entspricht nicht dem üblichen Standard. Wir stehen vor einem Rätsel.«

Judith schenkte Kaffee ein, holte das Pulver noch mal aus dem Schrank und schüttete etwas auf den Tisch. Steinle schaute sie verständnislos an. »Wenn ich den Kaffee von Hand mahle, sieht das Pulver ganz anders aus, und es werden andere Aromastoffe aufgeschlossen. Ich war mal in einem Kaffeemuseum«, sagte sie und verbrannte sich die Zunge, als sie einen großen Schluck nahm. Sie biss von einem Vanillehörnchen ab. »Ich meine, vielleicht lässt sich Arsenik verschieden herstellen und man hat früher auch andere Zusätze hineingegeben. Giftmehl, so haben sie es im neunzehnten Jahrhundert genannt.«

Steinle schaute sie überrascht an.

»Ist nur so eine Idee«, sagte Judith. »Als Kind war ich auch mal in einem Kriminalmuseum. Meine Eltern, wissen Sie.« Judith seufzte. »Danke auch für die Hilfe.« Vorsichtig lächelte sie Steinle an. »Die Treppe ist wohl ziemlich morsch gewesen. Einem geerbten Gaul sollte man eben nicht in den Keller schauen.«

Als Steinle weg war, suchte sie die Saunasachen aus einer Kiste heraus. Sie stopfte alles in ihre Sporttasche, doch bevor sie gehen konnte, hörte sie im kleinen Zimmer, das über der Einfahrt hing und ihr Arbeitszimmer werden sollte, ein Räuspern und die Stimme aus dem Gewölbekeller.

»Warte! Warum hast du mich vorhin geschützt und zusammen mit mir so laut geschrien?«

»Du vergisst meine Waldorferziehung«, antwortete Judith. »Intuition.« Sie warf die Sporttasche über die Schulter. Sollte sie Angst haben? Es war so unwirklich, was vorhin passiert war. Ein Haus, das versuchte, sie umzubringen? »Aber vielleicht hättest du die Güte, mir zu verraten, wie das Arsenik in den Körper von Graf gekommen ist?«

»Arsenik im Trinkwasser kommt periodisch vor. 1945 das letzte Mal, davor 1918. Es lässt sich nie so genau sagen. Nimm lieber kein Wasser …«

»… aus der Leitung«, ergänzte Judith. »Ich dachte es mir schon, weil Tante Hermine so viele Flaschen im Kühlschrank hatte.« Sie wandte sich zum Gehen.

»Warte! Es tut mir leid wegen vorhin, ich war so verzweifelt,

kannst du nicht zum Trost ein wenig über die Wand streicheln? So wie Hermine?«

»Du versuchst mich umzubringen, und ich soll dich belohnen?« Judith füllte eine Wasserprobe ab. War da nicht wieder ein Schluchzen? Vergeblich suchte sie ihren Schlüssel. Gerade hatte er doch noch auf dem Tischchen in der Diele gelegen. »Wenn du so weitermachst, übernachte ich im Hotel. Gib mir sofort den Schlüssel.«

»Ich muss mit dir reden.«

»Ich will jetzt erst mal in die Sauna. Später vielleicht«, sagte sie und sah den Schlüssel auf dem Boden liegen.

Beim Hinausgehen streifte sie draußen wie zufällig mit ihren Fingern am Sandsteinsockel entlang, schaute aber nicht zurück.

Rosa bediente nebenan beim Italiener in der Straßenwirtschaft und grüßte sie freundlich. Sie hätten wieder eine leckere Gemüselasagne, ob sie ihr für abends etwas aufheben solle. Judith nickte und wusste nicht, ob sie zurückkommen würde. Erst zwei Straßen weiter atmete sie erleichtert auf. Sie brachte Steinle die Wasserprobe und erzählte ihm von ihrem Verdacht. Sie hätte eine Notiz in den Unterlagen ihrer Tante gefunden. Steinle griff zum Telefon.

»Das Haus hat eine eigene Wasserversorgung, wir sind nicht ans städtische Wassernetz angeschlossen«, beruhigte sie ihn. »Tante Hermine war ganz stolz darauf, ihr eigenes Wasser zu haben.«

»Wir werden das überprüfen«, sagte Steinle mit einem scharfen Unterton in der Stimme.

Bevor Judith in die *Schwabenquellen* fuhr, suchte sie noch das Stadtarchiv auf und studierte die Todesanzeigen von 1918 und 1945. Mit der Straßenbahn fuhr sie anschließend nach Möhringen und sah während der Fahrt ihre Notizen durch. Sie zeichnete ein neues Strukturdiagramm. In der besagten Zeit waren tatsächlich zwei Männer im Haus gestorben, aber sie stand vor einem Rätsel, wie das alles miteinander zusammenhing.

In den *Schwabenquellen* löste sie eine Eintrittskarte für den »Ladies Day« und ging zuerst in die Tibetische Meditationssauna. Dort spielte sie im Kopf verschiedene Varianten des Strukturdiagramms durch. Danach schwitzte sie sich bei den Aufgüssen in der Kanadischen Blockhaussauna und in der Balinesischen Kräutersauna zwei Stunden lang die Angst aus dem Leib. Sandelholz und Orange halfen gegen böse Geister. Eukalyptus mit Menthol befreite die Atemwege und klärte den Geist. Nur das Haus wusste die ganze Wahrheit, und sie würde es dazu kriegen, sie preiszugeben.

Beim Spanier an der Ecke kaufte sie Oliven mit Knoblauch und Serranoschinken ein. Vom Italiener nahm sie die Lasagne mit, die Rosa schon bereitgestellt hatte, und hockte sich mit einem Vino Tinto vom Spanier an den Küchentisch. Sie kaute und trank. Ihre Geschmacksnerven zogen sich unter der herben Säure zusammen. Angespannt lauschte sie und strich von Zeit zu Zeit über die Wand, doch das Haus schwieg.

Sie räumte Geschirr in die Schränke, fand aber keinen Sinn darin und hörte nach kurzer Zeit wieder auf, wartete auf ein Räuspern, aber nichts geschah. Das Haus hatte gesagt, es wolle mit ihr reden. Oder hatte sie sich das alles doch eingebildet? Sie nahm ihr neues Strukturdiagramm zur Hand, kritzelte darin herum und las laut vor, welche Überlegungen sie angestellt hatte. Die beiden Männer, die 1918 und 1945 gestorben waren, hatten auch wochenlang in der Wohnung im zweiten Stock gelegen und waren auf die gleiche Weise umgekommen wie Rainer Graf.

»Auch damals war Arsenik im Trinkwasser, das kommt periodisch vor, ich sagte das heute Mittag schon.«

»Und wie kommt das Gift ins Wasser? Und warum waren es genau diese beiden Männer, die sterben mussten?«

Das Haus schwieg. Judith rief Steinle an, der tatsächlich noch im Büro war, und gab ihm den Tipp mit den beiden Toten, er solle mal die Todesursache recherchieren, sie vermute, dass es auch Arsenik gewesen sei.

»Hören Sie endlich auf, sich in meine Arbeit einzumischen«, raunzte er ins Telefon und legte unvermittelt auf.

Sie konnte seine Reaktion nachvollziehen. Sie mischte sich wirklich ein, aber sie wollte schließlich in und mit diesem Haus leben. Sie musste mit dem Haus reden. Ungeduldig zeichnete sie weiter am Strukturdiagramm herum, aber das Haus sagte nichts mehr.

Kurz vor Mitternacht suchte sie Telefonnummern von Immobilienmaklern heraus und packte die klassische Literatur von der Fensterbank in eine unversehrte Kiste, die sie in den Wohnungsflur stellte. Das Haus schwieg.

»Ich habe eine Wohnung im Heusteigviertel anzubieten«, sagte Judith, »ist sofort beziehbar.« Sie sei zwar gerade erst eingezogen, hätte aber überraschend einen Job in Norddeutschland angeboten bekommen, erklärte sie. Die Verhandlungsbasis setzte sie ziemlich hoch an, aber ihr Gesprächspartner schien nicht mal zusammenzuzucken. Kernsanierung? Kein Problem. Der Keller? Sie beschrieb die Ziegelsteine im unteren Keller und das Gewölbe.

»Wenn Sie das verputzen lassen, ist das ein guter Partyraum.«

»Ich komme sofort vorbei. Wie war noch der Name? Straße und Hausnummer? Das ist ja völlig abgefahren, Party im Gewölbekeller. Ich hab da mindestens drei Interessenten«, sagte der Makler.

Das Haus räusperte sich.

»Ich melde mich in der nächsten Woche noch mal.« Judith legte den Telefonhörer aus der Hand. Das Räuspern steigerte sich zu einem asthmatischen Husten, aber sie zog einen Strich unter ihre Notizen und griff wieder zum Hörer.

»Warte! Du willst mich doch nicht etwa verputzen lassen?«

Judith schwieg und wählte. Wieder erzählte sie die Geschichte. In der Wand neben ihr atmete jemand schwer. Bei jedem Luftholen rasselte es, gefolgt von einem leisen Pfeifen. Ja, sie habe Asthma, aber es sei nicht so schlimm, wie es sich anhöre, sagte sie. Nein, am Haus würde es nicht liegen. Ein Wispern und Flüstern kreiste um sie, dann wurde die Telefonleitung unterbrochen.

»Was soll das?«, fragte sie streng.

»Willst du ausziehen?«

»Ich sehe keine andere Möglichkeit.«

»Aber Hermine hat eine Weitervermietung untersagt!«

»Ich will die Wohnung verkaufen, nicht vermieten. Niemand kann dagegen etwas einwenden, außer meinen Eltern, und die haben Tante Hermine schon immer für verrückt gehalten. Eine Andeutung reicht, dann geben sie ihre Zustimmung. Was sie mit dir machen werden, stelle ich mir lieber nicht vor.«

»Aber, aber ich, ich brauche dich. Das kannst du nicht tun! Du darfst auf keinen Fall etwas sagen!«

»Und wozu brauchst du mich? Gestern hast du versucht, mich umzubringen.«

»Das war nicht so gemeint.«

»So heißt das also heutzutage.«

»Also gut, ich erzähle alles, aber nicht ausziehen, versprochen? Und mich nicht verputzen lassen! Auf keinen Fall. Dann kann ich nicht mehr atmen. Und mit niemandem mehr sprechen.«

»Zuerst will ich alles wissen. Und keine Attacken mehr! Ich will zu Hause nicht immer auf der Hut sein müssen. Außerdem gehe ich davon aus, dass du den Keller wieder trockenlegst. Und kein Gift mehr in die Wasserleitung! Wie stellst du das überhaupt an?«

»Mein Brunnen im Keller hat zwei Röhren, das weiß aber niemand mehr. Wenn ich tief einatme, sinkt der Wasserspiegel in der Versorgungsröhre, und über einen Trockenschieber, der für heiße Sommer gedacht war, fließt Wasser aus der Reserveröhre hinüber. Diese zweite Röhre ist beim Hausbau vergiftet worden. Streit zwischen den Nachbarn. Hermine hat alles gewusst und versprochen, meinen Doppelröhrenbrunnen zu sanieren und ans Wassernetz anschließen zu lassen. Dafür hat sie die Lebensversicherung abgeschlossen und dich als bezugsberechtigt eingetragen.«

»Du brauchst also mein Geld?«

»Nein, das heißt, doch, nein, wollte ich sagen … so meine ich das nicht.«

»Schon gut, darüber reden wir später«, sagte Judith. »Warum musste Rainer Graf sterben?«

»Ich habe nach einem Nachfolger für Hermine gesucht. Nach jemandem zum Reden, nach einem, der mich von Zeit zu Zeit streichelt. Ich wusste ja nicht, ob du kommst. Und mit einem jungen Mann hätte ich es nach all den Jahren mit Hermine gerne mal probiert. Es war ein Versuch, dieses Gespräch mit Rainer Graf, ich hätte es nicht tun sollen. Er hat mich ausgelacht und gedroht, mich

zu verraten und den Gewölbekeller zu verputzen. Daher auch der Zementsack, über den du gestolpert bist. Ein Partyraum sollte das werden! Woher hast du das gewusst? Und allen wollte der Graf von mir erzählen. Ich habe das alte System des Doppelröhrenbrunnens wieder aktiviert, aber nur, um mich selbst zu schützen.«

»Mit einem Mord? Findest du dafür dein Motiv nicht etwas schwach? Die Zeiten ändern sich. Was hast du gegen einen Partykeller? Eine Schenke und eine Schusterwerkstatt hattest du in deinen Räumen auch schon. Worum geht es wirklich?«

»*Mein Geheimnis, dass ich sprechen kann, das muss gewahrt bleiben. Nur jeweils einen Bewohner dürfen wir alten Häuser einweihen, sonst müssen wir sterben, das ist die Regel.*«

»Und die beinhaltet, dass man morden darf? Und 1918 und 1945 auch noch zwei Männer umzubringen, auf die gleiche Weise?«

»*Nein, das siehst du ganz falsch. Damals war es anders. Kurz vor Kriegsende 1945 hat ein alter Nazi geplant, im Keller seinen jüdischen Nachbarn zu erhängen, damit der noch seine gerechte Strafe erhält. Und 1918 wollte ein Kommunist in meinem Keller Standgericht halten über ein paar Königstreue. Zum Hinrichtungsort lasse ich mich nun wirklich nicht machen! Und an der Gerechtigkeit kann ich nicht vorbeigehen. Seit damals, du weißt schon.*«

»Seit 1870?«, fragte Judith. »Das ist doch kein Unfall gewesen? Was ist mit dem jungen Bosch wirklich passiert?«

»*Er hat den Erbauer vom Nachbarhaus, Carl Weigel, bei der Brunnenvergiftung beobachtet. Der hat ihm die Leiter weggezogen. Der Schrei vom jungen Bosch war es, der mich zum Reden gebracht hat. Du hast ihn gehört. Ein Haus braucht immer eine Erschütterung, um sprechen zu können. Weigel hat den jungen Bosch in die vergiftete Brunnenröhre geworfen. Und der Brunnenbauer musste die Röhre fest verschließen. Den Eltern hat der Weigel erzählt, der Sohn hätte sich plötzlich entschlossen, nach Amerika auszuwandern. Sie haben den jungen Bosch überall suchen lassen, sogar in Hamburg im Hafen nach ihm gefragt, aber er blieb verschwunden. Ich habe ihn sehr gemocht. Er roch so herrlich nach Vanille. Leider habe ich damals den Weigel nicht erwischt.*«

Es klingelte, und Judith legte den Finger auf die Lippen. »Später«, flüsterte sie. Das Haus atmete tief ein. Schnell streichelte sie über die Wand, ganz vorsichtig. Erleichtert seufzte das Haus, und es klang ziemlich erschöpft.

Steinle stand schon vor ihrer Wohnungstür und lächelte. Sein Bart war über Nacht kräftig gewachsen. »Ich dachte, ich schau mal, ob ich noch was beitragen kann zu Ihrer Wiederintegration ins Ländle. Was macht die Einrichtung der Wohnung? Sie sind übrigens zum Mittagessen eingeladen, Frau Kollegin. War gar nicht so einfach, Ihre Identität herauszufinden, Frau Lenz, geschiedene Meier-Lenz. Entschuldigung, dass ich so sauer auf Sie war.«

»Kann ich verstehen. Ehemalige Kollegin übrigens. Ich habe mit allem abgeschlossen.«

»So ganz wohl noch nicht. Gute Arbeit übrigens. Mir war nicht klar, warum Sie sich in meine Arbeit einmischen. Die Ermittlungen sind eingestellt. Die Wasserprobe ist in der Tat mit Arsenik verseucht. Merkwürdig sind nur die Spuren von Soda und die Schwefelverbindungen, die der Labortechniker nicht einordnen kann. Ein bedauerlicher Unfall. Das Haus hat wirklich eine eigene Wasserversorgung, aber das wird umgehend geändert. Morgen früh wird eine Notwasserleitung gelegt und die Brunnensanierung von Amts wegen eingeleitet. Gehen wir zu Rosa?«

Er legte den Arm um sie, das passte gut, aber sie löste sich sofort wieder von ihm. Sicher war vorerst sicherer.

Am späten Nachmittag kehrte Judith alleine in die Wohnung zurück. Sie war mit Steinle am Bärensee spazieren gegangen. Kaum war sie in ihrem Arbeitszimmer, hörte sie wieder die Stimme.

»Was wirst du jetzt tun? Ich bin eine Mörderin.«

»Sagen wir mal, es war Totschlag. Eher sogar Notwehr. Soll ich ein Haus vor Gericht bringen und mich in die Psychiatrie? Keine Sorge, Steinle weiß nichts. Er glaubt, es wäre ein bedauerlicher Unfall gewesen, auf keinen Fall Mord. Ich verrate nichts.«

»Fürchte dich nicht, ich bin mit allem einverstanden. Und wenn mal du meine Hilfe brauchst, komm am besten in den Gewölbekeller.«

Judith packte die Kiste mit der klassischen Literatur wieder aus. Sicher übertrieb das Brunnenhaus alles ein wenig, um seine eigene Vergangenheit interessanter zu machen. Morgen würde sie erfahren, ob es das Skelett wirklich gab und sie keine Gespenster gehört hatte.

Als die Bauarbeiter am nächsten Tag den Brunnendeckel beiseiteschoben, quoll ein bestialischer Gestank heraus. Judith stand im Gewölbekeller und lehnte sich an. Sie atmete so flach wie möglich. Verstohlen strich sie mit der Hand über die Wand.

Die Männer begannen, das verseuchte Wasser abzupumpen, aber der Schlauch war nach kurzer Zeit verstopft. Knochen. Schwer vom Wasser. Beruhigend legte Judith beide Hände auf die Ziegelsteine in ihrem Rücken. Im Taucheranzug seilte sich ein Arbeiter ab.

»Da ist was. Ich lege es in den Korb. Zieht!«, rief er.

Judith hielt die Luft an, und es war, als ob auch das Haus für einen Moment aufhörte zu atmen. Im Korb lag ein menschlicher Schädel, und in der Luft hing die dunkle Süße eines alten Vanilledufts. Judith streichelte das Haus, das langsam ausatmete.

Martina Arnold

Moschtkopf

Kommissar Beitlinger schraubte seine Ansprüche herunter, bis es quietschte. Das war nicht einfach, denn in den Jahren in der Fremde hatte er sich daran gewöhnt, nicht mit so wenig zufrieden zu sein. Aber dieser Mann war offenbar schwer von Begriff. Oder spürte er nur seine, Beitlingers, Unsicherheit?

»Mir miessat do noml nei.« Beitlinger sprach bewusst langsam und bemüht um die korrekte Aussprache. Er fixierte den Mann. Hatte er gemerkt, dass Beitlinger um jede Silbe kämpfen musste? Immerhin lag sein letzter schwäbischer Fall acht Jahre zurück. Und die Zwischenzeit, die er versetzungshalber in Dresden verbracht hatte, war nicht hilfreich gewesen. Jedenfalls nicht für seinen Dialekt. Scheiß-Aufbau Ost. Warum nur war Baden-Württemberg Partnerland von Sachsen? Das hatte er jetzt davon. Beitlinger begann zu schwitzen. »Machet Se mol uff!«

»Bitte?«

»Herrgott, Sie sollet die Kellertür aufmacha!« Beitlinger schüttelte vor lauter Erregung heftig den Kopf, und das machte ihn wütend, denn er wusste, gleich würde ihm das Cordsamthütle in den Nacken rutschen, und das wäre ein lächerlicher Anblick. Also packte er es mit beiden Händen und drückte es sich ganz fest mitten auf den Schädel. »Bleibscht du do, Heilandsack!«

Gottlieb Müller zuckte zusammen. Hilfesuchend sah er sich nach der amerikanischen Polizistin um. Aber FBI-Agentin Brenda Jackson hielt sich abseits und kaute mit grimmigem Blick auf einem Streichholz. Sie schien nicht besonders interessiert an der Durchsuchung. Der Bauernhof passte nicht in ihren Fall, das hatte sie Beitlinger auf der Fahrt hierher im Auto deutlich gesagt. Sie ermittelten seit Monaten, aber bisher hatten sie nichts außer einer Menge Gerüchten und ein paar Beinahe-Verhaftungen. Und der Tote hier würde sie ihrer Meinung nach kein Stück weiterbringen. Jackson warf Müller einen, wie Beitlinger fand, verächtlichen Blick zu und zerfaserte mit ihren Hollywood-weißen Zähnen das Streichholz. Müller brach langsam der Schweiß aus. Mit zitternden Fingern steckte er den alten, rostigen Kellerschlüssel in das Schloss und dreht ihn um. Die Tür schwang nach außen auf.

»Bitte.«

Beitlinger schnaufte. »Worum net glei.«

Dann machten sie sich daran, die steilen Kellertreppen nach unten zu stapfen. Der Gang war eng, und Beitlinger verfluchte nicht zum ersten Mal seine Vorliebe für hausgemachte Maultaschen und Spätzle. Er hätte nicht nach Stuttgart zurückkommen sollen, das wurde ihm bewusst, während er sich mühsam seinen Weg in das Dunkel des alten Apfelkellers bahnte. Das Ländle war noch sein Untergang, dessen war er sich inzwischen sicher.

Unten roch es streng. Ein seltsamer süßlicher Geruch. Die Leiche? Aber man hatte sie schon vor Stunden abtransportiert. Äpfel? Beitlinger hob schnuppernd die Nase. »Boskop – oder Moscht?«

Müller zuckte mit den Schultern. »Keine Ahnung. Wirklich. Ich war nur ein einziges Mal hier unten, um ehrlich zu sein. Ich hab es Ihnen doch schon gesagt. Meine Frau und ich, wir haben den Hof erst vor zwei Wochen gekauft.«

»So? Hend Sie? Ond? Kaufet Sie immr die Katz em Sack?«

»Katze?«

»Herrgott, ob Sie in den Kellr net neigschaut hend, bevor Sie des Haus kauft hend?«, donnerte Beitlinger.

Der Mann hob die Schultern. »Doch, schon. Aber ...«

»Was aber?« Beitlinger verlor langsam die Geduld.

»Natürlich haben wir uns vorher alles angesehen, aber hier unten ... Wie gesagt, ich war hier nur einmal. Ganz kurz.«

Beitlinger seufzte. Ein schwerer Fall. Dieser Mann wollte ihm doch tatsächlich weismachen, dass er nicht gewusst hatte, was sich in seinem Keller befand. Sehr verdächtig. »Ond? Isch Ihna nix aufgfalla, als Sie hier onta waret?«

»N-nein.«

»Dui Laich – hend Sie die net gsäh?«

»Bitte?«

»Die Laiche habän Sie nicht gesähen?« Beitlinger bekam allmählich Kopfschmerzen.

Der Verdächtige schüttelte den Kopf. »Sie lag doch unter all dem Gerümpel. Ich hab das erst gemerkt, als Sie … die Polizei … mit den Hunden … also, als Sie sie abgeholt haben«.

»I han gar nix abgholt«, knurrte Beitlinger. Unwillig stieß er mit dem Fuß gegen einen Haufen alter Lumpen, der auf dem Boden lag. Ein kleiner, rotbackiger Apfel rollte heraus. »Abr des miasset Sie doch gmerkt henn. Des muss doch stinka wiead Sau, wenn do wochalang oiner romliagt! Des riacht mr doch immr no a bissle, wenn mr do nonderkommt. Trotz dem Moscht.«

Er hob den Apfel auf und ließ die Silben genüsslich auf der Zunge hin und her rollen. Die Vokale stimmten schon fast und die Konsonanten ebenfalls. So langsam hatte er es wieder, sein Schwäbisch. Beitlinger musste grinsen. Die Sache fing plötzlich an, ihm Spaß zu machen. Deutlich besser gelaunt ließ er seine schwere Pranke auf die Schulter des in seinen Augen nunmehr nicht mehr ganz so Verdächtigen fallen. Der zuckte zusammen. »Jetzetle, net so vrzagt! Mir werdet den Mördr scho finda«, zwinkerte er Müller freundlich zu, und es war ihm egal, ob dieser das für das Anzeichen eines unmittelbar bevorstehenden epileptischen Anfalls hielt.

Müller zog den Kopf noch mehr zwischen die Schulterblätter zurück, soweit das überhaupt möglich war, und drückte sich an die Kellerwand.

»Des kennet Sie mir glauba«, setzte Beitlinger hinzu.

Müller nickte heftig, und Beitlinger sah ihm an, dass er bereit war, an alles zu glauben. Sogar an die magischen Heilkräfte von Kehrwochen-Schildern in Hausfluren. Hauptsache raus aus dem Keller. Aber der Kommissar machte keine Anstalten zu gehen, im

Gegenteil. Vergnügt pfeifend begann er auf und ab zu marschieren, die Hände hinter dem Rücken verschränkt, als wäre er auf einem Bummel über den Jahrmarkt. Dabei musterte er interessiert die windschief und altersschwach in den Angeln hängenden Holztüren der einzelnen Kellerabteile. Müller zuckte zusammen, als Beitlinger auf eine Tür deutete, die besonders verrottet schien.

»Was isch au des?«, fragte er. »Machet Se do mol auff.«

Wenige Augenblicke später standen die drei in einem neonhell erleuchteten, hochmodernen Laboratorium.

Jackson pfiff anerkennend durch die Zähne. Mit FBI-geschultem Kennerblick sah sie sich um. »An ecstasy lab, man!«

Auch Beitlinger war verblüfft. Das hatte er dann doch nicht erwartet. Ein perfekt eingerichtetes Drogenlabor für die kleinen Partypillen, hier, mitten auf den Fildern, zwischen Mostäpfelbäumen und Spitzkraut. Seit Wochen hatten Brenda Jackson und er in der Stuttgarter Altstadt danach gesucht. Er griff zum Handy und rief die Kollegen der Spurensicherung an. Dann wandte er sich Müller zu, der immer blasser wurde.

»I glaub, mir boide miasset nomol schwätza.«

Es wurde ein lange Nacht. Beitlinger nahm Müller gehörig in die Zange. Der schwitzte, stöhnte und gestand: Er hatte den Hof nicht gekauft, sondern von seinem Schwager Alfons Kuhnle, einem Bruder seiner Frau Doris, geschenkt bekommen. Ja, er hatte sich schon gewundert, aber mehr noch gefreut und vor allem nicht weiter nachgefragt.

»Wenn mir en Schwob freiwillig ebbes schenkt, frog i doch dreimol noch, wo dr Hoka isch«, brummte Beitlinger, der es nicht fassen konnte. Vom geheimen Drogenlabor hatte Müller nichts gewusst, vom Toten natürlich nichts geahnt, und der Schwager war noch am Tag der Hofübergabe nach Spanien ausgewandert. Jedenfalls hatte ihm das seine Frau erzählt.

»Ond wo isch die jetzt, Ihr Frau?«

Auch in Spanien, war die Antwort. Sie wollte ihrem Bruder beim Einrichten des neuen Hauses in Malaga helfen.

»Hend Sie d'Adress?«

Doch, ja eine Adresse hatte er. Beitlinger ließ eine Meldung an die spanische Polizei schicken. Amtshilfe. Sie brauchten die Frau dringend zwecks Befragung. Und noch viel mehr brauchten sie den bauernhofverschenkenden Schwager. Beitlinger seufzte und nahm zum ersten Mal an diesem Tag sein geliebtes Cordhütle ab. Er beobachtete Jackson, die streichhölzchenkauend in der Ecke saß.

Brenda Jackson durfte nicht mitermitteln, das hier war Hoheitsgebiet der deutschen Polizei, sie war nur als Beobachterin zugelassen und als Beraterin, soweit es um amerikanische Belange ging. Das FBI hatte Jackson nach Stuttgart abkommandiert, weil innerhalb von fünf Wochen vier amerikanische Teenager mit einer Überdosis gepanschtem Ecstasy im Magen zusammengebrochen waren. Sie wurden sofort ins Krankenhaus gebracht, aber für einen 17-Jähriger kam jede Hilfe zu spät, er starb. Die Eltern der Kids arbeiteten als Angehörige der US-Streitkräfte in den umliegenden Kasernen, darunter dem EUCOM-Center in Vaihingen. Nach Recherchen der Amerikaner hatten die Teenager die Pillen vom »lokalen Markt« bezogen, also aus Stuttgart oder Umgebung. Und wie immer, wenn amerikanische Staatsbürger und besonders Militärangehörige oder deren Familien im Ausland in Gefahr waren, wurde das FBI hinzugezogen. Jackson war der weibliche Verbindungsmann zwischen amerikanischen und deutschen Behörden. Als Frau im amerikanischen Polizeidienst hatte sie sich mit eisernem Willen zum Special Agent hochgearbeitet, sie galt als doppelt so zäh und dreimal so hart wie ihre männlichen Kollegen. Sah man ihre stahlharten Muskeln, bekam der Ausdruck »tough« eine ganz neue Bedeutung.

Beitlinger fand, das Weiblichste an Brenda Jackson war der neumodische Verzicht auf das Rasieren der Beine. In diesem Punkt erinnerte sie ihn an seine alte Klassenlehrerin, Frau Armbruster, die derlei Körperpflege auch für »modärna Scheiß« gehalten hatte. Beitlinger war noch als Student auf der Polizeihochschule nächtelang schweißgebadet aus Alpträumen erwacht, in denen der robuste, tiefschwarze Damenbart Frau Armbrusters bei jedem »Beitlinger! An die Taaafel«-Schrei zitternd auf und ab hüpfte.

Jackson war anzumerken, dass sie beim Verhör am liebsten ganz andere Saiten aufgezogen hätte. Beitlingers schwäbische Gelassenheit ging ihr auf die Nerven, vor allem jetzt, wo sie seit Monaten zum ersten Mal eine heiße Spur hatten. In Gedanken schrieb Beitlinger *Leave him to me!* in großen Lettern quer über Jacksons Stirn.

»Des wär dir recht, gell?«, sagte er halblaut.

»What?« Jacksons Deutschkenntnisse beschränkten sich im Wesentlichen auf »Ain Bier bittä«, ihr Schwäbisch war praktisch nicht vorhanden. Aber Beitlinger hatte sie im Verdacht, viel mehr Deutsch zu verstehen, als sie sich anmerken ließ.

Er seufzte. »Nix, i han bloß laut denkt.«

Jackson zuckte mit den Schultern und spuckte die Reste ihres Streichhölzchens aus. »Feierabend?« Noch ein Wort, das sie hier gelernt hatte.

Beitlinger nickte und machte die Schreibtischlampe aus. »Hoim!«

Die kleinen Räder quiekten auf dem glattpolierten Linoleum. Beitlinger sah nach links und rechts den Gang hinunter: Es war niemand zu sehen. Mit einer Schnelligkeit, die man ihm bei seiner Körperfülle nicht zugetraut hätte, schob er den Drehstuhl über den Flur und vor die Tür zu seinem Büro. An der Schwelle hob er ihn leicht an und versetzte ihm einen Schubs. Eine Drehung, noch eine, und der Stuhl stand hinter Beitlingers Schreibtisch.

Jackson hob eine Augenbraue. »What is that?«, fragte sie.

»Sieh'sch doch. En Schtuhl.«

»Neu?«

»Fascht.« Beitlinger griff in die Hosentasche und holte sein Taschenmesser heraus. Dann kniete er sich hinter dem Drehstuhl auf den Boden und schraubte das kleine Namensschild ab, das an dessen Rückenlehne angebracht war. Ohne einen weiteren Blick darauf zu werfen, steckte er es in die unterste Schreibtischschublade. Mit einem zufriedenen Grinsen klappte er das Taschenmesser zu und ließ sich in seinen neuen Stuhl fallen. »Wunderbar«, grunzte er und ließ den Bürostuhl eine rasante

360-Grad-Drehung vollführen. Das war das Ende seiner Kreuzschmerzen. Jetzt war er für den neuen Tag gewappnet.

»Des isch schee, dass du dich so freisch«, sagte Eppler, Beitlingers Kollege im Präsidium, zur Begrüßung. Er legte vor Beitlinger einen Stapel Unterlagen auf den Tisch »Da. Kannsch glei afanga schaffa.«

»Ond du?«

»Ha, i gang Feschtla macha, wie immr.«

Als Eppler gegangen war, griff sich Beitlinger den Stapel. Er enthielt den Obduktionsbericht und eine Personenakte, beides sehr ausführlich. Der Tote konnte anhand der Fingerabdrücke identifiziert werden. Ein kleiner Dealer mit Namen Stefan Kerner, 18 Jahre alt, wohnhaft in Steinhaldenfeld, gemeldet bei seiner Mutter. Gabriele Kerner, 36, war alleinerziehend und arbeitete als Chemielaborantin an der Uni Hohenheim. Über den Vater wusste man nur, dass er die Familie schon lange verlassen hatte. Stefan selbst war bekannt als »Dr. Bee«, weil er fleißig wie ein Bienchen jede Nacht von einem Stuttgarter Club zum anderen zog, um seine Kunden zu beliefern. Die größte Überraschung des Obduktionsberichts war die Todesursache: Stefan war an einer Überdosis Ecstasy gestorben und nicht an den Folgen des Sturzes von der Treppe, wie anfangs vermutet. Man hatte ihm zuerst die Pillen verabreicht, worauf der Tod durch Herzversagen eingetreten war, und die Leiche dann die Stufen hinunter in den Keller geworfen, wobei sie sich das Genick brach.

»Oimol hee hett net graicht«, kommentierte Beitlinger. Es war ausgeschlossen, dass der Tote die Pillen – es mussten nach Schätzung des Gerichtsmediziners mindestens sechs gewesen sein – alle selbst genommen hatte. Die Dosis war einfach zu hoch. Spätestens nach der zweiten Tablette wäre Dr. Bee ausgeknockt und nicht mehr in der Lage gewesen, selbständig noch weitere zu schlucken. Vermutlich hatte ihm jemand die Tabletten zusammen mit einer Flüssigkeit schluckweise eingeflößt. Todeszeitpunkt war nach aller Wahrscheinlichkeit Dienstag, der 16. September, also vor zwei Wochen, ungefähr zu dem Zeitpunkt, als der Bauernhof verschenkt wurde.

Beitlinger schenkte sich einen Kaffee ein. FBI-Agent Jackson war seit der Entdeckung des Labors wie verwandelt. Sie kaute nicht mehr gelangweilt Streichhölzchen, sondern telefonierte aufgeregt mit ihrer Zentrale. Endlich sei man hier einen Schritt weiter. Ja, die Qualität des Ecstasy aus dem Labor im Bauernhof stimme exakt mit den Pillen überein, die in der Army-Kaserne in Vaihingen sichergestellt worden waren. Nein, die Drogen-Produzenten habe man noch nicht, bleibe aber dran. Ja, sogar der dicke Kommissar.

»Des han i fei ghert«, gurgelte Beitlinger in seinen Kaffeebecher.

»Sorry, man, I had to tell them.«

»Scho recht. Ond jetzetle ganga mir«, sagte er und griff nach den Autoschlüsseln.

In einem kleinen Club namens *Dungeon*, im Keller eines der kürzlich renovierten Häuser aus der Gründerzeit, war Dr. Bee Stammgast gewesen. Hier hatte er als DJ gearbeitet und quasi sein Büro unterhalten. Jetzt um die Mittagszeit war der Club im Bohnenviertel natürlich geschlossen. Aber Beitlinger klingelte trotzdem. Kurz darauf wurde die Tür einen Spaltbreit geöffnet. Eine etwa fünfzigjährige Frau mit buntem Kopftuch blinzelte sie an, offensichtlich die Putzfrau.

»Chefe nixe da, kommä später wieda«, versuchte sie die unerwarteten Gäste loszuwerden.

»Mir wartet«, brummte Beitlinger, drückte die Tür auf und schob sich an ihr vorbei hinein. Drinnen war es überraschend hell. Die Putzfrau und ihre drei Kolleginnen hatten alle verfügbaren Lampen angemacht, und das waren sehr viel mehr, als die Clubgäste je vermutet hätten. Und der Club war sehr viel schmutziger, als die Gäste je hätten sehen wollen. Beitlinger betrachtete die schmierigen Polster der Sessel und verzog das Gesicht.

Jackson ließ sich auf eines der Sofas fallen und streckte breit die Arme links und rechts auf der Rückenlehne aus.

»Pass uff, dass du net feschtbebbsch«, versuchte Beitlinger seine Kollegin zu warnen, aber es war zu spät. Jackson zog ruckartig ihre Hand von der Lehne zurück. Sie hatte den sorgfältig in das Polster eingearbeiteten Kaugummi gefunden.

»Oh shit.«

»Oh-meglich.« Beitlinger nickte ihr mitfühlend zu.

Die Tür zum Hinterzimmer ging auf und ein Mann Mitte dreißig kam herein. Er sah genauso aus, wie man sich den Manager eines verranzten Rave-Clubs nicht vorstellt: gepflegt, im Business-Anzug, mit teurer Krawatte, teurer Uhr und noch teurerem Rasierwasser. »Was kann ich für Sie tun?«, fragte er und lächelte freundlich.

»Grüß Gott. Beitlinger, LKA Stuttgart, mir kennet uns no net. Des hier isch meine Kollegin, Brenda Jackson, vom FBI.«

»FBI? Also wenn Ihr Ausweis, Herr Beitlinger, nicht so echt aussehen würde, könnte man vermuten, Sie drehen hier einen Film.«

»Mein Ausweis sieht net bloß so aus – der isch echt. Misses Jackson unterstützt uns bei einem Fall.«

Aus den Augenwinkeln beobachtete Beitlinger amüsiert, wie Jackson den Manager mit scharfem Blick fixierte und stumm, aber fest seine Hand schüttelte. Offensichtlich hatte sie inzwischen gelernt, wann es galt, ein wichtiges offizielles Gesicht zu machen, auch ohne alles zu verstehen, was gesagt wurde.

»Verstehe. Internationaler Geleitschutz, gewissermaßen«, sagte der Manager lächelnd. »Ich darf mich vorstellen: Martin Wellner. Ich leite diesen Club.«

»Mir hettet a paar Froga.«

»Bitte.« Wellner wies mit einladender Handbewegung auf das Sofa, auf dem Jackson gerade gesessen hatte.

»Lieber net. Do wird no putzt. Hend Sie koi Büro?«

Natürlich hatte Wellner ein Büro, sogar ein sehr schönes und helles. Es lag im Erdgeschoss des Hauses, gleich über dem Club. Sie setzten sich und Wellner ließ von seiner Sekretärin Kaffee servieren. Beitlinger unterrichtete ihn förmlich vom Auffinden der Leiche Stefan Kerners. Wellner nahm es geschäftsmäßig auf, bedauerte, war aber nicht besonders ergriffen über den Tod seines Angestellten. Auf Beitlingers Frage erzählte er mit einem Augenzwinkern, dass Dr. Bee tatsächlich so etwas wie eine Szene-Größe war, allerdings als DJ. Zum Beweis ließ er die peinlich korrekt geführte Personalakte von Dr. Bee alias Stefan Kerner bringen. Beitlinger fühlte sich atmosphärisch an den Abschluss seines letzten Bausparvertrages erinnert.

»Saget Sie amol, Herr Wellner, wenn Sie Partys machet, organisiera Sie au die Ekschtasy-Pilla. Oder bringet die Leit die selbr mit?«

»Sie machen Witze, Herr Kommissar.«

»Hauptkommissar. Aber noi, i moins ernscht.«

»Bei uns gibt es keine Drogen. Und wir organisieren sie schon gar nicht.« Für einen Moment sah es so aus, als ob Wellner seine Freundlichkeit verlieren würde. Dann fing er sich wieder.

Beitlinger betrachtete ihn ruhig. »Ond dr Kerner? Der hat bloß Musik gmacht?«

»Stefan Kerner war bei uns als DJ angestellt. Schauen Sie doch in seine Akte.«

»Wann war er z'letscht do?«

»Er hatte kürzlich ein paar freie Tage, wenn ich mich recht erinnere, aber dann war da unsere monatliche Beach Party ... Warten Sie, ich sehe mal im Dienstplan nach. Das war vor zwei Wochen, glaube ich. Ja genau, am Dienstag, den 16. September. Hier steht's. Hawaiian Beach Party, Dr. Bees Special-Night. Wir sind berühmt dafür.« Er lächelte.

Beitlinger nahm sein Cordhütle ab und kratzte sich ausgiebig am Kopf. »Des muss a wirklich gute Party gwesa sei. Denn Dr. Bee isch nach dem Ergebnis der Obduktion irgendwann zwischa Samschtagnacht, also em 13., und Sonntagmorga gschtorba.«

Wellner wurde blass. Es war so still, dass Beitlinger die Schuppen auf sein Jackett rieseln hörte. Dann räusperte Wellner sich. »Da muss irgendwas mit unserem Dienstplan nicht stimmen. Manchmal macht mein Angestellter die Einträge. Ich, äh ... werde das überprüfen.«

»Machet Se des. Mir kommet wiedr.«

Beitlinger und Jackson verabschiedeten sich. Draußen auf der Straße tippte Jackson Beitlinger an. »You framed him.«

»Genau. Der muss hopsa jetzetle. Denn mir beide wisset, dass der Kerner erscht am Dienschtag gschtorba isch.« Beitlinger fühlte sich sauwohl. Endlich kam Bewegung in die Sache. Auf einmal hatte er einen Riesenhunger auf Maultaschen mit Spätzle und Soß.

Am Nachmittag versammelten sich die Kollegen des Drogendezernates im Konferenzraum. Meyerbrink, der Dezernatsleiter, berichtete stolz von neuen, sehr vielversprechenden Spuren, die sich bei der Untersuchung des Labors auf dem Bauernhof ergeben hatten: Ein paar gute Fingerabdrücke und mehrere Beutel mit insgesamt 4,3 Kilogramm Ecstasy-Pillen waren in einem weiteren Geheimversteck im Keller sichergestellt worden. Sie hatten wasserdicht in Plastik verschweißt in einem vollen Mostfass gesteckt. Das Labor selbst war völlig intakt, als würden die Produzenten jeden Moment wieder zur Tür hereinkommen.

Meyerbrink breitete diese Details genüsslich aus. Der Fund der Drogen ging auf sein Konto. Beitlinger war wohl doch nicht ganz so gut, wie er alle immer glauben machen wollte.

»Nach der Spurenlage hat der Mörder des Jungen von dem Labor nichts gewusst, sonst wär es sicher nicht so unberührt geblieben«, sagte Meyerbrink. »Oder es hat ihn nicht interessiert, was noch unwahrscheinlicher ist.«

»Des ka scho sei, aber der Kerner war en Dealer. Des henn älle gwisst. Worum hot den koiner gsucht? Dealer machet doch koin Urlaub.«

»Stimmt schon, Kollege Beitlinger. Seine Mutter hat ihn als vermisst gemeldet, nachdem er drei Tage nicht nach Hause gekommen war. Aber abgesehen davon ... Noch sind nicht alle Fingerabdrücke ausgewertet, aber so wie's aussieht, war außer Kerner nur noch eine weitere Person im Labor. Nichts ist zerstört oder wurde entwendet, soweit wir das feststellen konnten. Und im Keller sind keine verwertbaren Fingerabdrücke, außer denen des neuen Hausbesitzers und Kerners.«

Meyerbrink klappte die Akte zu und rieb sich die müden Augen unter der Brille. Er hatte die Durchsuchung des Bauernhofes bis morgens um vier persönlich geleitet und dann schlecht geschlafen. Sein Rücken tat höllisch weh. Jemand hatte seinen orthopädischen Spezial-Bürostuhl geklaut. Dabei hatte er extra ein Namensschild angebracht.

»Ich schlage vor, wir teilen die Aufgaben. Wir übernehmen die weitere Auswertung der Spuren aus dem Labor. Und

Sie, Beitlinger, kümmern sich um den Hintergrund des Toten. Einverstanden?«

Zu Meyerbrinks Erleichterung nickte Beitlinger ohne weiteren Kommentar.

»Beitlinger, du hosch Bsuch«, begrüßte ihn sein Kollege Eppler nach der Besprechung in seinem Büro. »Des isch Frau Kerner.«

»Ja, Grüß Gott.« Beitlinger zog erfreut die Augenbrauen hoch und reichte der ausnehmend hübschen Frau mit einer angedeuteten Verbeugung die Hand. Jacksons genervtes Augenrollen übersah er geflissentlich. Enge Lederhosen, flotter Kurzhaarschnitt und dezentes Make-up, Gabriele Kerner wirkte wesentlich jünger als 36 Jahre.

Ihre an sich fröhlichen Augen blieben ernst, als sie Beitlinger begrüßte. »Sie sind Kommissar Beitlinger?«

»Hauptkommissar. Aber des macht nix.«

»Hauptkommissar, Entschuldigung.« Jetzt lächelte sie doch. »Ich bin Gabriele Kerner. Mein Sohn Stefan … Sie haben ihn gefunden.«

Sie hatte Stefan gerade identifiziert. Trotzdem wirkte sie gefasst, als wäre der Tod ihres Sohnes keine wirkliche Überraschung für sie. Beitlinger wies auf den Besucherstuhl und sie setzte sich.

»Kaffee?«

Sie nickte und Beitlinger gab Jackson einen Wink. Als sie draußen war, bot Beitlinger Gabriele Kerner eine von Jacksons Zigaretten an, die auf dem Tisch lagen.

»Nein danke. Ich rauche nicht.«

»Koine Laschder?«, lächelte Beitlinger.

»Doch. Aber Drogen gehören nicht dazu.«

»Hano, so a Zigarette isch doch harmlos.«

»Meinen Sie?«

»I denk scho.«

»Aber so fängt alles an. Harmlos.«

Beitlinger horchte auf. Etwas an ihrem Tonfall irritierte ihn. »Hat Ihr Sohn graucht?«

»Stefan? Nein, er hat …«, sie zögerte, »… er hat andere Sachen bevorzugt.«

»Marihuana?«

»Damit fing es an. Mit einer Zigarette, also einem Joint ab und zu. Aber dann kam bald Kokain, Ecstasy ...«

»Sie hend des gwusst.« Keine Frage, eine Feststellung.

Gabriele Kerner nickte traurig. »Nicht gleich von Anfang an. Aber ich habe es schnell gemerkt. Er hat die Schule geschwänzt, war nicht ansprechbar, hat entweder nur geschlafen oder war überhaupt nicht müde, tagelang nicht. Und dann habe ich eines Tages die Pillen gefunden, als ich seine Sachen waschen wollte.«

Beitlinger nahm sein Cordhütle vom Kopf und drehte es nachdenklich zwischen den Fingern. »Mei Muttr hot in dr Wäsch au immr meh gfunda, als se gsucht hat. Oimol en ganze Frosch. Aber der war scho hee. Den han i verdörrt gfunda aufm Hoimweg von dr Schul.«

Sie versuchte ein zaghaftes Lächeln. »Das kann man sich gar nicht vorstellen.«

»Oh doch, i han älles aufghoba, net bloß Frösch.«

»Das meine ich nicht. Man kann sich nicht vorstellen, dass Sie mal ein Kind waren.«

Sie haute ihn um. Diese zierliche, kleine Frau haute Beitlinger einfach um. Jackson rettete ihn, sie kam mit einem Tablett und drei Tassen Kaffee zurück, komplett mit Sahnekännchen und Zuckerdose, ein kleines Wunder, wenn man wusste, wie scharf die Kantinenwirtin ihr Geschirr bewachte.

»Here you are.« Sie stellte das Tablett auf Beitlingers Schreibtisch. »Milk and Tsucka?«

»Nur Milch bitte.«

Jackson goss Milch in Gabriele Kerners Tasse und reichte sie ihr. »Du help yourself, Kollege«, sagte sie zu Beitlinger und setzte sich mit ihrer Tasse auf Frau Kerners andere Seite. »Kaffee is good?« Beitlinger registrierte etwas irritiert die ungewohnte Freundlichkeit in Jacksons Stimme.

»Ja, danke.« Gabriele Kerner lächelte.

»Gut, dass Sie sind here.«

»Ich wäre lieber nicht gekommen.«

»Äh, ja, verstehe, ist nickt schön, die Anlass, aber ...«

»… aber Sie könnet uns helfa, Frau Kerner. Mir wollet den Mördr Ihres Sohnes finda. Abr do drzu brauchat mir Ihre Hilfe.«

Gabriele Kerner half. Bereitwillig bestätigte sie, was auch schon in der Akte stand: dass ihr Sohn nicht nur selbst Drogen genommen, sondern auch damit gedealt hatte, an seinem Arbeitsplatz, dem *Dungeon*, und weiteren Clubs. Sie nannte ein paar Namen, Freunde und Bekannte von Stefan, die ebenfalls dealten und aktenkundig waren. Ob und inwieweit der Chef des *Dungeon* daran beteiligt war, konnte sie nicht sagen. Von den mysteriösen Todesfällen unter den amerikanischen Teenagern hatte sie natürlich gehört und vermutet, dass die Szene, in der Stefan sich bewegte, etwas damit zu tun hatte.

»Aber ich verstehe es nicht. Wenn ich etwas über Dealer weiß, dann, dass sie die Drogen zwar verkaufen, aber nicht, dass sie ihre Kunden damit umbringen. Was hätten sie auch davon? Lebend sind sie doch viel mehr wert. Ein Toter kauft keine Drogen mehr.«

Sie brach in Tränen aus, als ihr bewusst wurde, was sie da gerade gesagt hatte. Jackson und Beitlinger versuchten sie zu trösten, so gut es ging.

»Ich hab gleich geahnt, das etwas Schreckliches passiert sein musste, als Boris verschwunden ist«, sagte Frau Kerner leise.

»Wer isch Boris?«

Sie schnäuzte sich. »Boris Makuljew, Stefans bester Freund. Er ist vor etwa drei Jahren mit seiner Familie aus Kasachstan hierher gezogen. Die beiden haben sich in der Schule kennengelernt.«

»Ond der Boris hot au gedealt?«

»Ich weiß nicht so genau, ich denke nicht. Er kommt aus einem sehr strengen Elternhaus. Sein Vater hat die Jungs einmal auf dem Parkplatz hinter der Schule beim Kiffen erwischt und ist ausgerastet. Er hat Boris an den Ohren weggezogen. Ich glaube, er hat ihn auch verprügelt.«

Beitlinger blätterte in der Akte von Stefan Kerner, die vor ihm lag. Kein Vermerk über Boris Makuljew. Stefans Freund war offenbar nicht straffällig geworden.

Boris' Vater, Sergej Makuljew, arbeitete für einen Stuttgarter Gemüsehändler. In Kasachstan war er Leiter eines Staatsgutes für Pferdezucht gewesen, aber nach seiner Übersiedlung bekam er nur Hilfsjobs angeboten. Makuljew war ein stolzer Mann. Er wollte keine Almosen vom Staat, er wollte arbeiten. Also schleppte er Gemüsekisten und half beim Verkauf auf dem Wochenmarkt. So weit Beitlingers Informationen.

Als Beitlinger und Jackson vor dem Rathaus eintrafen, war der Markt schon fast vorbei. Die letzten Kunden drängten sich um die Stände und versuchten, die übriggebliebenen Salatköpfe besonders günstig zu ergattern, wie Möwen die Fischköpfe nach der Kabeljau-Versteigerung am Hafen. Makuljew stapelte orangefarbene Kürbisse in eine Kiste.

»Herr Makuljew?« Beitlinger hielt ihm seinen Dienstausweis unter die Nase.

Makuljew sah von seiner Arbeit auf. »Sie haben meinen Sohn gefunden?« Er sprach mit schwerem russischem Akzent.

»Nein, leider no net. Aber mir hättet a paar Froga an Sie.«

Makuljew warf einen schnellen Seitenblick auf Jackson und wuchtete die Kiste mit den Kürbissen auf eine Sackkarre. »Und Sie sind auch Polizist mit mehr Fragen als Antworten?«

»Brenda Jackson, FBI.« Jackson zückte ihre Dienstmarke.

»FBI? Wird mein Boris jetzt gesucht international?«, fragte Makuljew mit spöttischem Tonfall.

»Nein. Aber das Verschwinden Ihres Sohnes ghört zu einem Fall, der auch amerikanische Staatsbürger betrifft.« Beitlinger riss sich zusammen und wählte für dieses Gespräch sein bestes Hochdeutsch, das natürlich immer noch nach Backnang-Tuning klang. Es waren schon genug Akzente im Spiel, fand er.

»Wann haben Sie Ihren Sohn das letzte Mal gesähen?«

»Habe ich schon bei Polizei gesagt: am 14. September. Wir haben mit ganze Familie Mittag gegessen, wie immer am Sonntag. Dann Boris ging weg, wollte treffen seine Freund.«

»Stefan Kerner?«

Makuljew nickte. »Danach, er war … verschwunden.« Er drehte Beitlinger und Jackson den Rücken zu, so dass sie sein Gesicht nicht sehen konnten. Seine Hände spielten nervös mit ein paar Kartoffeln in einer Stiege, die noch auf dem Markttisch stand. Makuljew war ein Bär von einem Mann, über eins neunzig groß, mit massigen, breiten Schultern und kräftigen Händen, die es gewohnt waren zuzupacken. Beitlinger sah, wie schwer dieser Mann damit zu kämpfen hatte, dass er trotz all seiner Kraft im Fall seines Sohnes nichts ausrichten konnte. Makuljews Hände griffen ins Leere und er ballte machtlos die Fäuste.

»Boris ist guter Junge. Er nie hat Drogen genommen, bis Stefan ...«

»Yeah, alle are good boys, immer die others are evil«, sagte Jackson.

Makuljew drehte sich um und schleuderte eine Kartoffel in Jacksons Richtung. »Tschort wosmi!«, fluchte er. »Zum Teufel mit dir! Was du dir erlaubst, Frau!«

Die Reaktion kam blitzschnell und aus der Hüfte. Special Agent Brenda Jackson hob das Bein, drehte sich seitlich, sprang hoch und platzierte einen astreinen Jackie-Chan-Fußtritt an Makuljews Wurfhand. »Haaa tschong!«, machte Jackson. Makuljew fiel nach hinten und knallte mit dem Gesicht auf die Kartoffelstiegen. Er hielt sich die Nase. Hellrotes Blut quoll zwischen seinen Fingern hervor.

»Du verrieckt!«, japste er. Dann holte er aus und machte einen Schritt nach vorne. Seine rechte Gerade schoss durch die Luft wie ein Dampfhammer. Er traf Jackson hart an der Schulter, sie stolperte nach hinten, mitten in einen Stapel Obststiegen. Sie rappelte sich hoch, knurrte wütend, schüttelte sich und hob kampfbereit die Fäuste. Beitlinger wurde es zu bunt.

»Höret auf mit dem Scheiß, ihr zwoi!« Breitbeinig stellte er sich zwischen die beiden, aber es war zu spät. Alles, woran er sich später erinnern konnte, war Makuljews große Faust, die wie aus dem Nichts vor seinem rechten Auge auftauchte, und den Schmerzensschrei des Russen, als der einen Sekundenbruchteil später nach einem gekonnten Wurf über Jacksons Schulter zwischen den Kürbissen auf dem Markttisch landete.

Brenda Jackson war als Siegerin aus dem Kampf hervorgegangen, aber sie sah nicht danach aus. Ihr rechter Arm steckte in einer Schlinge und sie rieb sich mit der freien Hand den geschwollenen Kiefer. Sie hatte reichlich Kratzer im Gesicht. Makuljew hatte also doch noch einen Treffer landen können, bevor er zu Boden ging. Beitlinger musste grinsen, bis er merkte, dass dadurch der Eisbeutel auf seinem rechten Auge verrutschte.

»Ha, Sie miessat scho stillhalta.« Der Sanitäter war jung, aber entschlossen. »Sonscht wird des Aug dick wie a Pflom.«

»Des macht mi au nemme scheener«, knurrte Beitlinger und versuchte aufzustehen. Ihm war nicht mehr nach Rumliegen, noch dazu in einem Ambulanzwagen mitten auf dem Stuttgarter Marktplatz, direkt vor den Stufen des Rathauses. »Wo isch der Makuljew?«, fragte er einen Streifenpolizisten, der versuchte, die Neugierigen zurückzuhalten.

»Der Russ? Den hend se ins Kathrinahoschpital gfahra. Und die bringet se au glei do no.« Er deutete auf Jackson, die sich verzweifelt gegen die Fürsorge der Sanitäter wehrte.

»I'm alright! Leave me alone. I need no hospital.«

Aber sie hatte keine Chance und wurde in einen Krankenwagen verfrachtet.

»Ojerum.« Beitlinger ließ sich seufzend auf die Liege zurückfallen und beschloss, dass ihm jetzt schlecht war.

Am nächsten Tag saßen Beitlinger und Makuljew sich im Befragungsraum des LKA gegenüber. Die Verletzungen des Russen waren weniger schlimm, als sie im ersten Moment ausgesehen hatten. Seine Nase war zwar gebrochen, aber der Arzt konnte die Blutung schnell stillen, und ansonsten hatte er nur ein paar blaue Flecken davongetragen. Beitlingers Bilderbuch-Veilchen glänzte fettig von der Salbe, die sie ihm in der Ambulanz verpasst hatten. Makuljews Nase steckte unter einem weißen Verband.

En Nosa-Dämpfer wie vorne beim ma Wikinger-Helm, dachte Beitlinger und betrachtete nachdenklich das Kunstwerk aus Mull. »... bloß, dass die net weiß waret.«

»Was weiß ich nicht?«, fragte Makuljew. Seine Stimme klang merkwürdig verstopft.

Beitlinger schüttelte sich. Er musste sich das Laut-Denken endlich abgewöhnen.

»Vergesset Se's. Saget Sie mir lieber, was Sie über die Familie Kerner wissen.« Beitlinger schaltete wieder in den Hochdeutsch-Modus, den er sich in Dresden für die Verhöre angewöhnt hatte.

»Was ich weiß? Nu, Frau Kerner ist hübsche Frau, anständige Frau. Arbeitet, sorgt für Stefan, kocht, putzt. Ist nett, nicht wie …«, er tastete vorsichtig nach dem Nasenverband, »… nicht wie andere, die schlimmer sind als Mann. Bosche moi.«

Beitlinger musste grinsen. Jacksons Kampfgeist hatte Eindruck hinterlassen.

»Frau Kerner war allein. Meine Frau Olga hat immer gesagt: Warum ist diese nette Frau so allein? Aber vor ungefähr zwei Jahren machte alles neu: Haare, Kleidung, Farbe in Gesicht. Meine Olga sagt: Schaust du, jetzt sie hat einen Freund. Und so war es auch.«

»Wissen Sie, wer der neue Freund war?«

»Natürlich. Das war nicht Geheimnis. War ein neuer Arbeitskollege, Kuhnle heißt er, Alfons mit Name. Arbeitet auch an Universität Hohenheim, wie sie, er ist auch Chemiker.«

»Und die beiden sind noch immer zusammen?«

»Zusammen, ja. Kuhnle versteht sich gut mit Stefan. Und das ist besonderes, weil Stefan ist – er war – sehr schwierig.«

Beitlinger horchte auf. Alfons Kuhnle, der ausgebildete Chemiker und Bauernhofverschenker auf der Flucht. Und ausgerechnet mit dem hatte Stefan sich auffällig gut verstanden. Beitlinger beschloss, gleich noch mal in Spanien nachzufragen, ob Kuhnle inzwischen aufgetaucht war.

»Klingt, als könnten Sie den Herrn Kuhnle gut leiden.«

»Wer sagt das? Ich ihn könnte umbringen. Sie haben keine Ahnung, Herr Kommissar, wirklich.«

»Wie soll ich das verstehen?«

Makuljew beugte sich vor, legte die Hände auf den Tisch und fixierte Beitlinger. »Weil Herr Kuhnle ist Produzent von Drogen, von kleine weiße Pillen. Er macht sie, und Stefan verkauft sie. Im Club, wo er ist DJ, und in anderen.«

»Woher wissen Sie das?«

»Weil ich habe ihn gesehen, Herr Kuhnle, in seinem Labor. Ich bin guter Vater, Herr Kommissar. Ich will wissen, wo ist mein Sohn in der Nacht. Also ich bin Boris nachgefahren, als er mit Stefan weg ist. Sie sind zu Bauernhaus von Kuhnle, der war auch da. Sie haben geredet. Boris hat draußen gewartet, und Stefan ist mit Kuhnle in einen Keller gegangen. Die alte Tür neben der Stalltür, Sie kennen?«

»Woher wissen Sie, dass das ein Keller war? Könnte doch auch eine weitere Stalltür gewesen sein.«

Makuljew schüttelte lächelnd den Kopf und lehnte sich zurück. »Ich habe gewartet, bis alle drei sind weggefahren. Kuhnle hat die Jungs mitgenommen in die Stadt. Dann habe ich nachgesehen. Das war ein Keller, hat gerochen nach Äpfeln. Und nach diese schreckliche Getränk, was die Schwaben machen …«

»Moscht.«

»Genau.«

»Der isch net schrecklich.«

»Ja, Sie sind schwäbisch und nicht wissen besser. Essen auch Maultaschen und Spätzele und Pfannkuchen und warme Kartoffelsalat, und alles auf einmal.«

»Haarscharf am Abgrund«, murmelte Beitlinger.

»Bitte?«

»Nix, nix. Weiter. Was haben Sie noch gesehen in dem Keller?«

»Das Labor. Hinter der alten kaputten Tür, ganz hinten. Und leere Plastiktonnen und Schachteln von Universität.«

»Was für Tonnen und Schachteln?«

»Na, Verpackung für Chemikalien, die lagen überall herum. Kuhnle arbeitet an Universität. Er ist zuständig für die Chemikalien, kauft sie ein, verwaltet sie, hat Stefan erzählt. Also machen Sie wie ich: Zählen Sie eins und eins zusammen – na?«

Makuljew schnippte direkt vor Beitlingers Nase herausfordernd mit den Fingern. Beitlinger behagte es gar nicht, aber Makuljews Schlussfolgerung war nicht von der Hand zu weisen. Wenn Kuhnle an der Uni für Einkauf und Lagerhaltung der Chemikalien zuständig war, konnte er sich leicht und vor allem relativ unauffällig alle Zutaten für die Herstellung von Ecstasy besorgt haben. Und das Labor bewies, dass er die nötigen Kenntnisse hatte, um die Materialien zu verarbeiten. Also gab es keinen unbekannten Dritten, sondern Kuhnle war der Produzent, nach dem sie so lange gesucht hatten.

»Warum haben Sie nicht die Polizei benachrichtigt?«

»Ich wollte. Aber dann war Stefan tot und Boris verschwunden. Ich hatte Angst um Boris. Was machen die mit meinem Sohn, wenn sie Stefan getötet haben? Und Kuhnle war auch weg. Auch tot?«

»Haben Sie mit irgendjemandem über die Sache gesprochen? Mit Frau Kerner vielleicht?«

»Nein.«

»Sie wissen also nicht, ob Frau Kerner von den Drogengeschäften ihres Freundes wusste?«

»Keine Ahnung, Herr Kommissar, wirklich. Das ist Ihre Arbeit.« Makuljew grinste.

Beitlinger ließ ihn abführen, Makuljew blieb vorläufig in Gewahrsam wegen des Angriffs auf Agent Jackson. Als er draußen war, schlüpfte Beitlinger in seinen Mantel. Makuljew hatte recht: Es gab noch eine Menge herauszufinden für ihn.

Meyerbrink bog mit seinem Team um die Ecke. Er sah Beitlinger vor dem Aufzug stehen und stoppte. »Ah, Kollege Beitlinger. Sie kommen gerade recht. Wir haben einen großen Durchbruch erzielt nach der Razzia heute. Schaun Sie mal, wen wir hier haben.«

Er präsentierte seine Beute: Wellner, den Geschäftsführer des *Dungeon* aus dem Bohnenviertel, in Handschellen. Der smarte Geschäftsmann wirkte gar nicht mehr so smart. Beitlinger nickte Meyerbrink zu.

»Wir haben ihn erwischt«, sagte der, »in flagranti sozusagen. Wollte gerade seine Drogenvorräte beiseiteschaffen, fünfzehn Kilogramm Ecstasy-Pillen, sind schon auf dem Weg ins Labor.«

Diesmal *musste* Beitlinger doch reagieren. Sicher, dem Kollegen Beitlinger, der aus dem Exil in Sachsen zurück war, ging ein gewaltiger Ruf voraus: knallharter Ermittler, das zeigte auch das gewaltige blaue Auge, das Beitlinger gerade zierte, sagenhafte

Erfolgsquote. Aber trotzdem: Diesmal hatte er, Meyerbrink, es geschafft. Und ihm gebührte Anerkennung.

»Ond, wie hend Sie des gmacht?«

Meyerbrink war Beitlinger geradezu dankbar für die Frage. »Wir haben einen Tipp bekommen. Das *Dungeon* wäre die Ecstasy-Zentrale für Stuttgart, sozusagen. Und da haben wir natürlich sofort reagiert. Mit Erfolg, wie Sie sehen.«

Schürzte Beitlinger tatsächlich anerkennend die Lippen?

»Ha, 's isch immer gut, wenn die Leut draußa mitdenket und uns orufet, gell?«

Mit diesen Worten setzte Beitlinger sich sein Cordhütle auf und war im nächsten Moment draußen.

Um die Universität Hohenheim pfiff ein eisiger Wind. Beitlinger schlug den Mantelkragen hoch und überquerte mit schnellem Schritt den Parkplatz vor dem Schloss.

Das Büro des Direktors des Instituts für Chemie war sehr spartanisch eingerichtet. Ein Schreibtisch aus dunklem Eichenholz, hinter dem der kleine Mann – Professor Walter Eigner war knapp eins sechzig groß – fast verschwand. An den Wänden standen schmucklose Metallregale, die Beitlinger nicht mal in seinen Hobbykeller gestellt hätte, und ein paar großformatige, poppig bunte Grafiken, die wohl chemische Verbindungen darstellten, dazu die üblichen Urkunden und Auszeichnungen. Beitlinger schüttelte sich. So viel schlechter Geschmack musste einem ja aufs Gemüt schlagen. Sein Gesprächspartner kam gleich zur Sache, ohne umständliche, blumige Vorreden und ohne auf sein Veilchen einzugehen, was Beitlinger wiederum sehr gefiel.

Professor Eigner bestätigte, dass der Chemiker Alfons Kuhnle fest angestellt, also nicht nur als Gastdozent an der Uni tätig war. Derzeit sei er im Übrigen im Urlaub, aber natürlich wisse Professor Eigner nicht, wo. Zu Kuhnles Aufgaben gehöre unter anderem die Überwachung von Einkauf und Lagerung der Chemikalien, die im Haus benötigt wurden. Den Einkauf selbst besorge ein nicht-wissenschaftlicher Mitarbeiter, ein geprüfter Umwelttechniker, der auch das Chemikalienlager leite und für die fachgerechte Entsorgung der Abfallstoffe verantwortlich sei. Natürlich könne Beitlinger die Bücher einsehen und die Lieferscheine, hier herrsche peinliche Ordnung. Und nein, von Diebstählen habe man nichts bemerkt. Auch nichts von einem plötzlich höheren Verbrauch bestimmter Stoffe. Allerdings lasse sich das so nicht mit Bestimmtheit sagen, da es je nach Versuchsreihen der Doktoranden Schwankungen im Verbrauch geben könne.

Ob die Grundstoffe für Ecstasy vorhanden wären, fragte Beitlinger.

An dieser Stelle holte der Professor tief Luft. »Mein lieber Herr Kommissar, selbstverständlich könnten wir hier Drogen herstellen, wenn wir wollten. Ich sage: *wenn* wir wollten. Das ist für einen Chemiker mit Zugang zu unserem Lager überhaupt kein Problem. Aber so etwas gibt es hier nicht. Dafür lege ich meine Hand ins Feuer.« Danach komplimentierte er Beitlinger freundlich, aber bestimmt hinaus.

»Wenn du dir die Hand do mol net verbrennsch«, murmelte Beitlinger vor der Tür. Der Professor war ganz offensichtlich mehr am Ruf seines Instituts als an der Aufklärung etwaiger Diebstähle interessiert. Beitlinger wollte sich gerade wieder sein Cordhütle aufsetzen, da sprach ihn eine warme Stimme an.

»Es ist kalt draußen. Wollen Sie nicht einen Kaffee trinken, bevor Sie wieder gehen?«

Beitlinger drehte sich um. Vor ihm stand eine gebeugte ältere Dame mit feinem weißem Haar, das sie sorgfältig zu einem Dutt gesteckt hatte. Von ihrem Hals baumelte eine Lesebrille an einer Kette und sie trug einen Stapel Akten unter dem Arm. Ihre gescheiten, kleinen Augen blitzten den Kommissar freundlich an.

Beitlinger fühlte sich sofort wohl in ihrer Nähe. »En Kaffee nehm ich gern. Aber nur, wenn i Ihne Ihre Akten tragen derf.«

Fräulein Wiesner, und auf das Fräulein legte sie Wert, war die Sekretärin des Instituts, schon seit vierunddreißig Jahren. Sie hatte Direktoren kommen und gehen sehen, ebenso Dozenten, kannte immer noch jeden Studenten mit Namen und alle ihre Sorgen und Nöte.

»So eine wie Sie kenntet mir au braucha.« Beitlinger tauchte seinen Butterkeks – wann hatte er so einen zuletzt gegessen? – in den heißen Kaffee.

»Bei der Polizei? Nein, nein, das ist mir zu aufregend, da bleibe ich lieber hier.« Fräulein Wiesner deutete mit ihrem Keks auf Beitlingers blaues Auge.

»Aber helfe könntet Sie mir trotzdem.«

Sie konnte. Fräulein Wiesner wusste, anders als der Direktor, dass Kuhnle nicht im Urlaub war, sondern nur ein paar Tage freigenommen hatte. Aber anstatt danach zur Arbeit zu kommen, hatte er sich krank gemeldet. Nein, nicht persönlich, das war das Merkwürdige, eine fremde Frau hatte für ihn angerufen, so etwas war noch nie vorgekommen.

»Die Anruferin war also nicht Frau Kerner?«

»Nein. Und das hat mich so gewundert. Die beiden sind doch ein Paar.«

»Ja, isch denn der Kuhnle so ein Frauenheld?«

Fräulein Wiesner prustete ganz undamenhaft in ihren Kaffee. »Du lieber Himmel. Der hat am Anfang noch nicht mal gemerkt, dass Frau Kerner ihm den Hof gemacht hat, erst als sie quasi bei ihm auf dem Schoß …« Sie brach ab und senkte den Blick.

»Der Kuhnle isch also mehr so ein ruhiger Typ.«

»Sehr ruhig. Sehr nett und sehr bescheiden. Und so arbeitsam. Damit hat er sich bei den Kollegen schnell beliebt gemacht. Als die gemerkt haben, dass er freiwillig Sonderaufgaben übernimmt und am Wochenende arbeitet, haben die ihn richtig ins Herz geschlossen.«

Beitlinger musste grinsen. »Send also net älle so … arbeitswütig.«

Fräulein Wiesner senkte wieder den Blick. »Kollegen können neidisch sein wie Krähen auf einem Feld, die sich um das Futter streiten.«

»Was wollet Sie damit sagen?«

»Es gibt da ein paar hässliche Gerüchte, und ich weiß gar nicht, ob ich …«

Beitlinger legte beruhigend seine Hand auf die von Fräulein Wiesner.

»Also gut.« Sie seufzte »Unter den Kollegen hat man sich erzählt, dass Herr Kuhnle gerne spielt, in Spielcasinos geht. Kartenspiele, soweit ich weiß. Und dass er Schulden hat deswegen.«

Das war allerdings ein hässliches Gerücht.

»Arme Frau Kerner«, setzte Fräulein Wiesner hinzu. »Erst läuft der Mann weg und dann wird der Sohn umgebracht. Und der Freund verschwindet von einem Tag auf den anderen. Wie soll die arme Frau nur damit fertig werden?«

Als Beitlinger wieder im LKA ankam, zog Meyerbrink im Befragungsraum gerade alle Register. »Leugnen nützt nichts, Herr Wellner. Wir haben Ihr Haus durchsucht. Was glauben Sie wohl, was wir gefunden haben?«

»Schmutzige Socken?«

»Jetzt werden Sie nicht frech. In Ihrem Keller war ein komplettes Drogenlabor. Unsere Techniker sagen, Sie haben dort die Ecstasy-Pillen, die Sie von Stefan Kerner gekauft haben, noch mal gestreckt, um damit Ihren Profit zu vergrößern.«

»Wie kann man denn Tabletten strecken, Herr Wachtmeister. Die sind doch schon fertig. Soll ich sie Ihnen mal zeigen? Sind so kleine, runde Dinger …«

Meyerbrinks Gesicht hatte ein ganz ungesundes Rot angenommen. »Natürlich geht das«, brüllte er. »Sie wollen mich wohl für dumm verkaufen! Wir kriegen Sie dran, Herr Wellner, und wenn wir mit Ihnen fertig sind, dann hat das FBI auch noch ein paar Fragen an Sie. Da liegen immer noch die amerikanischen Teenager im Krankenhaus, bis auf den einen Jungen, der schon auf dem Friedhof ist.«

Im Nebenraum hinter der Spiegelwand standen Beitlinger und seine Kollegen und sahen sich das Schauspiel an. Wellner war so schuldig wie die Katze, die man mit dem Kanarienvogel im Maul erwischt, daran gab es gar keinen Zweifel. Beitlinger sah die Vernehmungsprotokolle und Polizeiberichte durch. Meyerbrink und seine Truppe hatten sauber gearbeitet, hatten recherchiert und Zeugen befragt. Wellner hatte Stefan erlaubt, in seinem Club Pillen zu verkaufen, allerdings nur gegen eine saftige Provision. Auch Lagergebühren hatte er dem Jungen abgenommen, so die

Vernehmungsprotokolle. Beitlinger legte die Akten weg und verfolgte weiter das Verhör hinter der Scheibe.

Wellner knickte langsam ein. Er gab zu, dass Beitlinger ihm mit dem angeblichen Todestag einen Riesenschreck eingejagt hatte. Ihm war klar, dass die Polizei ihn früher oder später nach seinem Alibi fragen würde. Dummerweise hatte er genau an jenem Wochenende wichtige »Geschäftsgespräche« mit Szenegrößen in Frankfurt geführt, in denen es auch um das »Problem« Stefan ging. Davon wollte er der Polizei natürlich nicht unbedingt berichten, schließlich hatte er einen Ruf als sauberer Stuttgarter Geschäftsmann zu verteidigen. Im Übrigen war Wellner sauer, weil er nie rausbekommen hatte, wer der Produzent der Drogen war. Denn natürlich hätte er das Geschäft am liebsten direkt gemacht, ohne den Umweg über Stefan. Nur solange er nicht wusste, wer Stefans Quelle war, musste er den Ball flach halten.

Erschöpft ließ sich Beitlinger in seinem Büro in seinen bequemen Sessel fallen. Was für ein Tag! Und was für ein Glück, dass er diesen wunderbaren Sessel gefunden hatte. Er lehnte sich zurück und schloss die Augen.

»Du schloofsch ond mir schaffet.«

»Eppler, was isch.«

»Do, a Fax aus Spanien und ois von der Autobahnpolizei in Bayern.«

»Les vor, sei so gut.«

»Faul bisch du gar net, sag a mole?«

»Mach scho.«

»Also gut. *Sehr geehrte Kolleginnen und Kollegen des LKA Stuttgart, auf Ihre Anfrage teilen wir Ihnen mit …*«

»Hajowah, so gut kannsch du Spanisch, Eppler?«

»Schwätz koin Bäpp, ’s Fräulein Göttler hat’s übersetzt. Willsch es jetzt höra?«

»Fass es zamma.«

»Also, den Kuhnle gibt’s net in Malaga, ond sei Schwester au net. Niemand hat se gsäha ond koiner kennt se. Sie wohnet in koim Hotel, hend koi Haus oder Wohnung gmietet oder gkauft, und so weiter. Sie sind, was die Spanier angeht, nia dort angekomma.«

»Awa.«

»Ja. Und des andere musch dr selber agucka. Die Autobahnpolizei München hat a Bild gmacht vom Kuhnle seiner Schwester. Die hend se mit 120 in ’rer Baustell blitzt, Richtung Süden, do guck no. Ha, Beitlinger, Herrgottsack, jetz mach halt die Auga auf!«

Eppler hielt ihm das Fax der Autobahnpolizei direkt vor die Nase. Beitlinger hatte keine andere Wahl, er musste die Augen aufmachen und sich aufrichten.

»Scheiße. Mer sieht net, ob no ebber im Auto sitzt. Kennet die koine bessre Bilder macha dort unta?«

Eppler seufzte. »Du bisch au nie zfrieda, Beitlinger.«

Beitlingers blaues Auge war zwar nicht mehr geschwollen, aber es juckte. Er unterdrückte den Impuls zu kratzen und betätigte stattdessen die Klingel mit der Aufschrift *G + S Kerner.* Gabriele Kerner öffnete in einem champagnerfarbenen Seidenkimono mit aufwändiger Stickerei. Eine vorwitzige Strähne ihres blonden Haars fiel ihr ins Gesicht. Sie strich sie mit einer lässigen Handbewegung zur Seite. Beitlingers Herz machte einen kleinen Hüpfer. Sie sah umwerfend aus.

»Ach, Sie sind’s, Herr Kommissar. Sie sind aber früh dran.«

»Guta Morga, Frau Kerner.« Beitlinger tippte an sein Cordhütle. »Darf i reikomma? I hätt no a paar Froga.«

In ihrer Küche roch es nach frischem Kaffee. Beitlinger nahm die angebotene Tasse mit einem schiefen Grinsen an.

»Sie sehen aus, als könnten Sie noch was Stärkeres vertragen.«

»Oh, Sie meinet des Auge? Ja, des war … ein Unfall, gewissermaßen.«

»Schade. Und ich dachte schon, Sie hätten sich geprügelt.« Sie lächelte ihn spitzbübisch über den Rand ihrer Tasse hinweg an.

Das Kribbeln auf Beitlingers Rücken wurde langsam unerträglich, und er senkte den Blick. »’s isch gar net so oifach …«, er wies auf das zweite Frühstücksgedeck auf dem Tisch, »… sich umzustella, moin i. Mei Mutter hat au immer noh lang en Teller für mein Vater nogestellt, als der gstorba war.«

Gabriele Kerners Blick wurde ernst. Sie presste die Lippen zusammen.

»Da isch ebbes, was ich Sie froga muss, Frau Kerner«, sagte Beitlinger vorsichtig. »Warum hend Sie uns net gsagt, dass Sie mit dem Mann zusammen sind, dem der Bauernhof ghört, auf dem Ihr Sohn gfunda wurde?«

Sie stellte die Kaffeetasse mit zitternder Hand ab. »Ich war in Panik, hatte Angst. Alfons war ... er ist verschwunden, kurz bevor man Stefan gefunden hat. Ich ... kann mir das alles nicht erklären.«

»Verstehe. Aber Sie hättet uns des trotzdem sagen müssa. Des hätt uns viel Arbeit erspart. Denn jetzt komma wir vielleicht zu ganz falschen Schlussfolgerungen.«

»Wie meinen Sie das?«

»Was wisset Sie über die Drogengschäft von Alfons Kuhnle?«

»Nichts! Ich meine ...« Sie wurde rot. »Von welchen Drogengeschäften sprechen Sie? Stefan hat gedealt, das wusste ich, aber das habe ich Ihnen auch schon gesagt.«

»Und Alfons?«

»Alfons? Keine Ahnung. Was soll er mit Drogen zu tun haben?«

Sie senkte den Blick und Beitlinger fühlte, dass sie log. »Wann henn Sie Alfons Kuhnle zum letschten Mal gsehen?«

»Das war am Freitag, bevor Stefan ...« Sie schluckte. »Wir haben am Freitag einen Einkaufsbummel gemacht. Danach hat Alfons mich nach Hause gebracht, er wollte noch auf dem Hof arbeiten. Wir wollten uns am Sonntagabend zum Essen treffen. Aber er ist nicht gekommen.«

»Hend Sie versucht, ihn anzurufen?«

»Ja, natürlich. Mehrmals. Auf dem Hof ging keiner ans Telefon, was komisch war. Alfons' Schwester und ihr Mann wollten ihm an diesem Wochenende beim Holzmachen helfen. Ich habe dann auf die Mailbox von seinem Handy gesprochen, aber er hat nicht zurückgerufen. Und irgendwann war es ganz ausgeschaltet.«

»Sie henn von Ihrem Handy aus telefoniert?«

Sie nickte.

»Kann ich des mal haben?«

Sie griff in ihre Handtasche, die neben ihr auf dem Stuhl stand, und reichte es ihm. Beitlinger steckte das Handy ein. Die Kriminaltechniker würden sich damit beschäftigen und ihre Angaben überprüfen.

»Und die Schwester vom Alfons, wia hoißt die? Doris? Und ihr Mann, des isch der Gottlieb Müller, richtig? Die henn Sie au net erreicht?«

Gabriele schüttelte den Kopf. »Ich habe mir nichts dabei gedacht. Die sind immer unterwegs und haben kein Handy, soweit ich weiß. Gottlieb mag diese Dinge nicht, das ist ihm zu viel Technik.«

Beitlinger dachte an seine Begegnung mit Gottlieb Müller im Apfelkeller und verstand.

»Können Sie sich vorstellen, wo Alfons Kuhnle jetzt isch?«

»Nein. Ich weiß es nicht«, sagte sie sehr leise. »Ich würde es Ihnen sagen, glauben Sie mir, Herr Beitlinger.«

Beitlinger seufzte. »Also gut. Lassa mir des. Aber ich hätt no a Frog: Wo isch Boris Makuljew?«

Gabriele Kerner zuckte zusammen. Nervös strich sie sich eine nicht vorhandene Haarsträhne aus der Stirn. »Warum fragen Sie mich das?«

»Wisset Sie's?«

»Nein. Ich wusste nicht mal, dass Boris weg war, bis mich sein Vater angerufen und beschimpft hat.«

Einen sehr langen Moment lang sah Beitlinger sie an. *Schad au*, dachte er, *wirklich schad au*. Dann griff er nach seinem Cordhütle und stand auf. »Des war's, Frau Kerner. I muss no wieder.«

Vor der Tür tippte Beitlinger auf seinem Handy auf Kurzwahl und auf die Eins. »Eppler? Ja, i ben's. Du musch eine Observierung veranlassa … Doch, des isch netig. Gabriele Kerner. Die Adress liegt auf meim Schreibtisch. Ja, i komm au glei nei …«

Dann machte er sich auf den Weg in die Bäckerei nebenan. Sein Magen verlangte dringend nach einer frischen Laugenbrezel mit Butter.

Erst das Harte, dann das Weiche. In Gedanken verspeiste Beitlinger das noch warme Gebäck schon nach seinem persönlichen Brezel-ess-System und trank dazu eine schöne Tasse heißen Kaffee. Aber er hatte sich zu früh gefreut. In seinem Büro saß, flankiert von Eppler und Jackson, ein vergnügt grinsender Boris Makuljew hinter seinem Schreibtisch und probierte aus, wie schnell sich der geliebte orthopädische Stuhl drehen ließ.

»Hui«, machte Boris.

»Runter, sofort«, donnerte Beitlinger und eroberte seinen Platz zurück. Er schob Boris einen Holzstuhl hin. »Do hocksch dia no.«

Boris setzte sich. Er wirkte gelassen, war sauber gekämmt und gewaschen und sah nicht aus wie jemand, der sich zwei Wochen lang vor Gangstern versteckt hatte.

Beitlinger warf sein Cordhütle vor sich auf den Schreibtisch und sah den Jungen scharf an. »Wo kommsch du jetzt her?«

»Ich hatte mich versteckt.«

»Awa.«

»Sie wollen wissen, wo? Gut, ich sag's Ihnen. Aber Sie müssen mir versprechen, dass sie keinen Ärger bekommt deswegen.«

»Wer?«

»Frau Kerner.«

Beitlinger zog scharf die Luft ein.

Boris versuchte ein schüchternes Grinsen. »Ich war im Bad nebenan, als Sie da waren heute Morgen. Habe alles gehört.«

Beitlinger knurrte leise. Also legte Boris los. Er wusste alles über die Drogengeschäfte von Stefan und auch, wie Wellner und Kuhnle mit drinhingen. Der Tipp an die Polizei, der zu der Razzia und Wellners Verhaftung geführt hatte, war von ihm gekommen. Am Sonntag vor dem Mord waren Stefan und er auf dem Bauernhof gewesen, wie so oft. Aber an diesem Tag war alles anders. Stefan wollte aussteigen aus dem Geschäft. Wellner saß ihm im Nacken, wollte unbedingt wissen, wer der Produzent der Pillen war. Wellner bedrohte Stefan, und Stefan bekam Angst. Er wusste, dass Wellner gute Verbindung zur Szene in Frankfurt hatte, und mit diesen Typen war nicht zu spaßen. Sie kontrollierten praktisch den ganzen Handel im Südwesten, auch in Stuttgart. Stefans Extrageschäfte passten denen nicht. Stefan hatte schon ein paarmal versucht, Kuhnle zum Aufhören zu bewegen, aber der wollte davon nichts wissen. Auch nicht an diesem Sonntag.

»Haben sie gestritten?«

»Ja, sehr laut. Sie waren unten im Labor, aber ich habe trotzdem oben alles gehört.«

»Und dann seid ihr gegangen?«

»Ja, Stefan war ganz komisch, ganz bleich. Alfons hat ihm nachgerufen, er soll am Dienstag die neue Ladung abholen. Aber Stefan hat nicht geantwortet.«

»Wie hat denn des alles a'gfanga?«

»Kuhnle hat gespielt, Poker. Aber er ist ein schlechter Spieler, hat viel Geld verloren. Da hat Stefan ihm gesagt: Mann, du bist doch Chemiker. Dann mach doch was. Die Leute zahlen gut für einen Kick.«

Und so hatte Kuhnle nach und nach im alten Apfelkeller auf dem Hof das Labor eingerichtet und Ecstasy produziert. Die Grundsubstanzen dazu klaute er aus der Uni. Und Stefan hatte die Pillen verkauft, ein gutes Geschäft.

»Und du? Hascht du au mitgmacht?«

»Nein, mein Vater hätte mich umgebracht.« Boris zog den Kopf ein und schüttelte sich.

»Und Stefans Mutter, die Frau Kerner? Was hat die gwusst?«

»Nicht alles, nur dass Stefan dealt. Sie war verliebt in Kuhnle. Sie hätte nie geglaubt, dass er so was macht. Und Stefan hat natürlich nichts erzählt.«

»Und wia lang isch des scho so ganga?«

»Ungefähr zwei Jahre.«

»Kuhnle hot also seine Spielschulda zahlt, und no ging's weiter?

Boris nickte. Nachdem die Schulden bezahlt waren, wollte Kuhnle nicht aufhören, er hatte sich an das Geld gewöhnt, hatte sich teure Autos gekauft und ein Haus und eine Jacht in Südfrankreich. Wo genau? Irgendwo bei Nizza, meinte Boris, Stefan hatte ihm mal eine Postkarte gezeigt und erklärt, dass Kuhnle einen Haufen Geld für eine dieser weißen Villen am

Meer ausgegeben hatte. Stefans Mutter hatte davon keine Ahnung. Die dachte immer, er wäre so ein armer Schlucker. Aber Boris vermutete, dass Kuhnles Schwester von dem Geld wusste. Er hatte mal gesehen, wie Kuhnle und sie sich Prospekte von Südfrankreich angeschaut hatten.

Eppler und Beitlinger wechselten stumme Blicke. Kein Wunder, dass Boris sich versteckt hatte. Er war ein wichtiger Zeuge. Beitlinger wandte sich wieder Boris zu.

»An dem Dienschtag, du weischt scho, isch dr Stefan do wiedr zom Bauernhof naus, um die Pilla zu hola?«

Boris nickte.

»Und du bisch mit?«

Boris schüttelte den Kopf. »Er wollte allein hingehen. Ich habe ihm gesagt, das ist gefährlich, aber …« Er zuckte mit den Schultern. »Stefan wollte aufhören mit dem Dealen. Er wollte zur Polizei, falls Kuhnle ihn weiter unter Druck setzt.«

»Warscht du danach no mol auf dem Hof?«

Boris schüttelte den Kopf. »Stefan ist nicht mehr aufgetaucht, und dann war Kuhnle auch weg. Ich habe Angst bekommen. Ich dachte, Wellner hat sie erwischt. Ich wusste nicht, wohin, da bin ich zu Stefans Mutter. Sie hat gesagt, ich kann bleiben, erst mal. Na, und Wellner ist doch jetzt verhaftet. Deshalb bin ich hier.«

»Hasch du Frau Kerner auch älles erzählt, was du weisch?«

»Ja, aber erst gestern Abend, vorher habe ich mich nicht getraut. Ich dachte, sie schmeißt mich raus, wenn ich ihr sage, was Kuhnle gemacht hat. Und Stefan.«

Es klopfte an die Tür. Beitlinger erhob sich und öffnete. Vor ihm standen Frau Göttler und Sergej Makuljew.

»Bsuch für Sie«, sagte Frau Göttler. »Und für dr Herr Eppler gibt's bei mir vorne a Nachricht von de Kollege draußa.« Sie schwebte davon.

Beitlinger drehte sich ins Zimmer um. »Eppler«, brüllte er und zeigte auf Makuljew, »wieso isch der draußa und net drin?«

»Ha, na lass en halt rei.«

»Des han i net gmoint.«

»Herrgott, mir henn en heit Morga laufa lassa, weil Misses

Jackson koi Anzoig gmacht hat. Ond worum au net? Bloß du willsch immer älle in deinem Privatverlies b'halta.«

Eppler drückte sich an Beitlinger vorbei in den Flur, um seine Nachricht abzuholen. Makuljew nutzte die Verwirrung, um sich auf seinen Sohn zu stürzen. Er schlang die Arme um ihn, versuchte ihn hochzuheben und mit einem Jubelschrei im Kreis zu drehen. Schließlich ließ er Boris los und versetzte ihm eine schallende Ohrfeige. Ein russischer Wortschwall ergoss sich über den armen Jungen, der aber nur grinste.

»Ich hab dich auch vermisst, Papa«, sagte Boris.

Makuljew umarmte seinen Sohn noch einmal und schubste ihn zur Tür. »Nach Hause.«

»Mooment, so oifach goht des net.« Beitlinger baute sich vor Makuljew auf. »Wir müsset die Aussage von Boris noch aufnehmen.«

»Er ist verhaftet, mein Sohn?«

»Quatsch. Er isch ein wichtiger Zeuge. Und deswägen hockt er sich jetzt wieder no.«

»Aber nicht zu der da!« Makuljew zeigte zornig auf Jackson. »Diese Frau ist Monster«, knurrte er und wollte sich auf sie stürzen.

Jackson richtete sich kampfbereit zu voller Größe auf. Da ging die Tür auf.

»Eppler, du kommsch im richtiga Moment!«

»Ha, wia immr. Do, die Nachricht war für dia, Beitlinger: Die Kollegen, die die Frau Kerner observieret, lasset ausrichte, dass sie a Taxi zum Flughafa b'schtellt hat.«

Beitlinger riss ihm den Zettel aus der Hand. »Pass auf die auf, Eppler!«, rief er über seine Schulter.

»Auf wen?«

»Auf älle! Die schlaget sich sonscht d'Gosch voll.«

Gabriele Kerners Haustür stand offen. Sie wuchtete einen großen Koffer vor die Tür. Sie konnte Beitlinger nicht sehen, weil sie der Straße den Rücken zudrehte. Er griff an ihr vorbei nach dem Koffer und zog daran.

»Der isch aber schwer.«

Gabriele Kerner zuckte zusammen. »Sie? Ich dachte, wir hätten heute Morgen alle Fragen geklärt?«

»Des hab i au dacht.«

»Und jetzt?«

»Bringet mir den Koffer erscht amol wieder rei. Moinet Se net au?«

Sie gab sich noch nicht ganz geschlagen. »Und mein Taxi?«

»Des mach i schon.«

Beitlinger überquerte die Straße und ging zu dem etwas abseits geparkten Wagen, in dem zwei seiner Kollegen von der Überwachung saßen.

»Morga, Kollegen«, grüßte Beitlinger und tippte an sein Cordhütle. »Ihr könnet abzieha. Ich mach voll dr Rescht. Ach, und no ebbes: B'schtellet des Taxi ab, Frau Kerner braucht's nemme.«

Die beiden nickten ihm zu und fuhren davon.

Dann kehrte er ins Haus zurück. Gabriele Kerner hatte die Haustür für ihn aufgelassen. Sie saß im Mantel am Küchentisch und zupfte nervös an einer Papierserviette herum. »Boris hat Ihnen alles erzählt, nicht wahr?«

»Ja, und des war höchschte Zeit. Sie hättet mir des mit Boris saga missa.«

»Ich wollte ihn beschützen. Er hat nichts Böses getan. Boris ist ein guter Junge, er sollte nicht so enden wie …« Sie brach ab.

Beitlinger zog sich einen Stuhl heran und setzte sich neben sie.

»Wie lange lassen Sie mich schon beobachten?«

»Seit heute Morgen.«

»Glauben Sie mir, wenn ich Ihnen sage, dass ich zu meiner Schwester nach Karlsruhe will?« Sie lächelte gequält.

Beitlinger wollte ihr Lächeln erwidern, aber seines verrutschte ihm. Er nahm sein Cordhütle ab und machte den Mantel auf. Auf einmal war ihm unerträglich heiß.

»Wenn ich Stefan wenigstens beerdigen könnte«, schluchzte Gabriele Kerner. »Aber nicht mal das geht. Er ist noch in der Gerichtsmedizin.«

Beitlinger wusste nicht, wie er mit ihren Tränen umgehen sollte. Etwas linkisch nahm er sie in den Arm. Sie lehnte dankbar ihren Kopf an seine Schulter. Dann brach es aus ihr heraus. Gabriele Kerner weinte, zum ersten Mal, seit man ihr gesagt hatte, dass ihr Sohn tot war, zum ersten Mal, seit sie wusste, dass Stefan Drogen nahm und damit handelte, zum ersten Mal, seit sie von den Geschäften ihres Freundes Alfons Kuhnle erfahren hatte und von seinen Lügen und seinem Betrug.

»Wie habe ich ihm nur vertrauen können? Er hat meinen Sohn für seine Drogengeschäfte missbraucht. Und wahrscheinlich hat er ihn sogar umgebracht.«

Beitlinger versuchte sie zu beruhigen, so gut er konnte. Er brummte leise und strich ihr zärtlich über den Rücken. »'s wird ja wiedr gut. Älles wird wiedr gut. Mir werdet den Kerl scho verwischa. Der kommt net davo, koi Sorg …«

Eine gute Viertelstunde saßen sie so da. Dann richtete Gabriele Kerner sich auf und wischte sich die Tränen aus dem Gesicht. »Halten Sie mich für verrückt, aber ich habe Hunger.« Sie versuchte ein tapferes Lächeln. »Und Sie?«

»Wenn Sie mich so frogat: a bissle scho.«

»Soll ich uns was machen? Ich hab noch Maultaschen da, die sind schnell angebraten.«

»Besser wie a Gosch voll Reißnägel.« Beitlinger grinste.

Sie aßen mit Appetit. Gabriele Kerner war eine gute Gastgeberin, sie hatte sogar etwas Most aus ihrem Keller geholt.

»En Moscht. Des han i lang net drunka.« Beitlinger leerte sein Glas in einem Zug.

»Schmeckt er Ihnen? Er ist von Alfons. Das Rezept stammt noch von seinem Großvater. Und Alfons hat doch auf seinem Hof …«

Beitlinger wurde auf einmal ganz flau im Magen. Um ihn herum drehte sich alles. Dicke dunkle Wolken schoben sich zwischen ihn und die Küche.

»… einen Apfelkeller … und eine Mostpresse …«, hörte er Gabrieles Stimme wie aus weiter Ferne. Dann fiel er in ein tiefes schwarzes Loch.

Es war später Abend, als Beitlinger auf dem Boden der stockdunklen Küche wieder zu sich kam. Mühsam rappelte er sich hoch und tastete nach dem Lichtschalter. Gabriele Kerner hatte sogar die Küche noch aufgeräumt und das Geschirr gespült, bevor sie gegangen war. Auf dem Tisch lag eine Nachricht.

Danke für alles. Aber es wird Zeit, dass ich mein Leben wieder in den Griff bekomme. Ich fahre nach Südfrankreich. Alfons wird für das büßen, was er getan hat. Das bin ich Stefan schuldig.

Beitlinger fluchte. Nie wieder Most. Und nie wieder Maultaschen. Wenigstens nicht bis morgen. Eigentlich müsste er die Kollegen in Südfrankreich informieren. Eigentlich …

Einen Moment lang saß er in der Küche und dachte nach. Dann stand er auf, setzte sich sein Cordhütle auf, machte das Licht aus und ging.

Martina Fiess

Vollmond über Stuttgart

Sie erkannte ihn sofort, als er aus der Staatsoper trat und die halbrunde Treppe herunterkam. Seine Zehenspitzen zeigten beim Gehen leicht nach außen wie bei den meisten Balletttänzern. Der Lichtschein einer Laterne fiel auf das markante Gesicht mit den großen Augen und den ausgeprägten Wangenknochen. Dann verschwand es zwischen Nebelschwaden, die wie schmutziggraue Wattebäusche rund um den Eckensee im Schlossgarten hingen.

Hinter den Stamm einer schon fast kahlen Kastanie geduckt, beobachtete sie, wie der Tänzer der Schmalseite des künstlichen Sees folgte und wie erwartet in Richtung Schillerstraße abbog. Er trug einen kurzen Mantel über der schwarzen Lederhose und war kleiner, als er auf der Bühne wirkte, kaum größer als sie. Seine Hüften waren schmal, so wie sie es liebte.

Als es zu nieseln begann, stellte sie den Kragen ihrer Jacke hoch und folgte ihm über das feuchte Gras. Bei jedem Schritt spürte sie, wie ihre Ledersohlen die Nässe aus den Blättern herausquetschten und ihre feine Struktur zerbrach. Düstere Wolkenfetzen rahmten den Vollmond, dessen blendend weiße Scheibe wie eine Neonlampe über der Stadt leuchtete. Der Wind war jetzt kälter, fast schneidend, ein Vorbote des nahenden Winters.

Sie ließ sich Zeit, denn sie würde den Tänzer schnell einholen, wenn es so weit war. In den vergangenen Wochen hatte sie seine Gewohnheiten studiert und kannte den Weg, den er quer durch den Park bis zu seiner Wohnung unweit der Villa Berg nehmen würde.

Zu dieser späten Stunde war der tagsüber so beliebte Park, der die drei Stuttgarter Schlösser im Tal mit dem Killesberg verband, wie ausgestorben. Die letzten Theaterbesucher waren längst bei ihren Autos angelangt oder mit der Stadtbahn nach Hause gefahren. Jetzt trieben sich in den Anlagen nur noch Liebespärchen, Spaziergänger mit Hunden und zwielichtige Gestalten herum, denen man besser aus dem Weg ging.

Vor ihr überquerte der Tänzer den flach geschwungenen Hängesteg und verschwand zwischen den Bäumen im Mittleren Schlossgarten. Obwohl der Wetterbericht für diese Nacht Regen angekündigt hatte, trug er keinen Schirm, als wäre es ihm egal, bis auf die Haut nass zu werden. Sie war froh darüber, denn vor vier Wochen hatte ihr ein anderer Tänzer seinen Stockschirm in den Fuß gerammt. Die Stelle schmerzte noch immer und erinnerte sie an jene Nacht.

In der Mitte der Brücke blieb sie stehen und federte mit den sanften Schwingungen des Fußgängerstegs auf und ab. Der riesige Vollmond über der Uhlandshöhe degradierte die Tausende heller Fensterquadrate, gelblicher Laternenflecken und die bunten Werbebeschriftungen, die durch den Nebel wie von grauem Chiffon gedämpft schimmerten, zu winzigen Mosaiksteinen des Architekturteppichs über den Hügeln. Ihr Blick glitt zu den Rücklichtern der Autos, die in Paaren sechsreihig an der Ampel vor der Staatsgalerie funkelten wie Rubine. Auf der anderen Stadtseite beherrschte das weißblaue Gleißen des Sterns auf dem Bahnhofsturm die Nacht und trotzte dem Nebel, wie um zu zeigen, dass sogar Naturgewalten dem schwäbischen Weltkonzern kaum etwas anhaben konnten.

Sie lief hinunter in das wohltuende Halbdunkel des Parks, vorbei am Landespavillon und der spinnenartigen Stahlkonstruktion auf dem Dach des Planetariums. Im Gras versenkte Scheinwerfer tauchten einzelne Abschnitte von Baumkronen und Büschen in eine unwirkliche gelbgrüne Lichtaura, die den Anschein erweckte, als seien diese Stellen von der Nacht vergessen worden und als herrsche hier noch immer das Tageslicht.

Vor der Ruine des Lusthauses machte sie den Tänzer im Licht einer Kugellaterne aus. Sie folgte ihm zu den Brunnenanlagen, deren flache Betonbassins um diese Jahreszeit statt mit Wasser mit Laub und Abfällen gefüllt waren. Gleich dahinter begann der See. Dort wollte sie es tun.

Am Tag war dieser Parkbereich fast ebenso belebt wie die Königstraße. Jogger trabten über die Wege, Angestellte in Anzügen und Kostümen entspannten während der Mittagspause beim Spazierengehen, Mütter schoben ihre Kinderwagen umher, gestört vom blechernen Handysound rebellierender Schüler, von Inlineskatern und Radfahrern, die jeden Quadratmeter hart umkämpften.

Jetzt waren die Bänke rings um die Wasserbassins verwaist, nur ein knutschendes Pärchen mit verschlungenen Armen und Beinen hatte sich von der Warnung, den Park nachts besser zu meiden, nicht abschrecken lassen. Ebenso wie der Obdachlose, der unter einer ausgebreiteten *Stuttgarter Zeitung* schnarchte.

Der Tänzer war schon in Richtung See verschwunden, als ihr eine gedrungene Gestalt aus dem Nebel entgegenkam. Ein älterer Mann in Cordhose und Strickweste, hinter dem ein Dackel hertrottete, dessen Bauch fast am Boden streifte.

Rasch schlüpfte sie hinter einen Baum und lauschte auf die hechelnden Atemzüge des Hundes. Ihre Nasenflügel zitterten, als sie den fettigen Geruch seines Fells wahrnahm.

Der Dackel blieb stehen, hob die Schnauze und schnupperte zu ihr herüber. Ihre Finger schlossen sich enger um den Messergriff, der kühl in ihrer Hand lag. Wenn der Dackel bellte oder sie gar angriff, wollte sie ihm mit einem gezielten Hieb die Kehle aufschlitzen. Das Tier zu töten würde ihr nichts ausmachen, aber es würde sicher nicht lautlos vor sich gehen und konnte den Tänzer leicht schon jetzt auf sie aufmerksam machen. Das wollte sie unbedingt vermeiden. Seit sie den Russen hatte tanzen sehen, fieberte sie der Begegnung mit ihm entgegen. Heute Nacht war es endlich so weit, und sie würde nicht zulassen, dass etwas dazwischenkam.

Das Herz schlug ihr bis zum Hals, als der Dackel ihre Fährte aufnahm und sich dem Stamm näherte. Unter seinen Pfoten raschelte nasses Laub. Sie spannte die Muskeln an und hob die Hand. Die Messerklinge blitzte im Mondlicht.

Der Dackel schnüffelte und stellte die Ohren auf. Behutsam wich sie zurück, das Messer bereit, als er den Stamm umrundete und sein Hecheln lauter wurde. Der Hund blieb stehen und knurrte. Ihr Herz schlug hart gegen die Rippen. Sie ging in die Hocke und machte sich zum Sprung bereit, falls er bellen sollte. Ein paar Sekunden lang schien das Tier unentschieden, dann hob es ein Bein, pinkelte an den Baum und trottete zurück zu seinem Herrchen.

Erleichtert ließ sie das Messer sinken und lehnte sich gegen den Stamm, dessen knorrige Rinde sich wärmer als die Luft anfühlte. Sie sah zum Mond hinauf, vor dem Wolken wie Zuckerwattefetzen vorüberjagten. Wie spät es wohl war? Vielleicht halb zwölf, Viertel vor zwölf. In den letzten Tagen hatte sie jegliches Zeitgefühl verloren. Sie steckte das Messer in die Jackentasche zurück und ging weiter zum See, wo der Weg von Platanen gesäumt am Ufer entlangführte. Durch den schwachen, aber stetigen Nieselregen waren Pfützen entstanden, in denen sich Blätter wiegten wie Schmetterlingsflügel. Über ihr tobte der Wind in den Wipfeln und entlockte ihnen ein mürrisches Rauschen. Wassertropfen sprühten von den Blättern und Zweigen auf den Asphalt, wo sie mit einem hellen Geräusch zerplatzten.

Als sie die schlanke Gestalt am Ufer entdeckte, blieb sie stehen. Ein Windstoß ließ die Mantelschöße um die Hüften des Tänzers flattern wie einen Umhang.

Trotz des Regens fühlten sich ihre Lippen trocken an. Sie strich mit der Zunge darüber, doch die Feuchtigkeit verdunstete sofort im Wind. Bald würde sie ihn merken lassen, dass er verfolgt wurde. Adrenalin würde durch seinen Körper schießen, der Atemrhythmus schneller werden, genauso wie seine Schritte. Das Blut würde durch seine Adern rauschen, sein Herz sich wie ein verängstigtes Tier hinter den Rippen zusammenkauern beim Gedanken an die beiden Kollegen aus dem Ensemble, die von einem Unbekannten ermordet worden waren.

Als sie das erste Mal eine Ballettaufführung in der Oper gesehen hatte, war es ihr wie Magie vorgekommen: die eleganten

Bewegungen der Tänzer, die scheinbar die Zeit anhalten und der Erdanziehung entkommen konnten. Ihre wirbelnden Pirouetten, die waghalsig hohen Sprünge, die der Schwerkraft trotzten. Besonders die drei neuen russischen Tänzer im Ensemble hatten es ihr angetan. Ihr geschmeidiger Gang, der sie auch im Alltag sofort von anderen Menschen unterschied. Die Art, wie sie ihre schmalen Hüften bewegten. Die kräftigen Muskeln an Oberschenkeln und Gesäß. Ihre grazilen, selbstbewussten Bewegungen, die im Laufe der Jagd mehr und mehr an Sicherheit verloren, bis sie manchmal sogar über ihre sonst so unfehlbaren Füße stolperten beim Versuch, ihr zu entkommen. Sie liebte die weit aufgerissenen dunklen Augen, deren hypnotische Kraft sie auf der Bühne oft bewundert hatte und die dann nur auf sie gerichtet waren.

Als sie den Ersten getötet hatte, war sie entsetzt gewesen über die Gewalt, die so plötzlich aus ihr herausgebrochen war. Doch bald hatte sich eine tiefe Ruhe in ihr ausgebreitet und alle Fragen und Zweifel verschwinden lassen, als wäre sie endlich eins mit sich und der Welt. Beim nächsten Mal hatte sie die Jagd bereits mit jeder Faser ihres Körpers genossen, als wäre sie fürs Töten geboren. Und dann hatte sie *ihn* auf der Bühne gesehen, den Mann, der nun vor ihr am Ufer stand. Die Arme ausgebreitet, hatte er bei seinen emporsteigenden Sprüngen für einen endlos scheinenden Moment in der Luft verharrt, bevor seine Füße kaum hörbar auf dem Boden aufsetzten, um sofort wieder aufzusteigen, getragen von dunklen Schwingen. Seit diesem Abend in der Oper wusste sie, dass die beiden vorangegangenen Morde nur die Ouvertüre gewesen waren für die heutige Nacht. Von der ersten Sekunde an hatte sie sich mit diesem Mann verbunden gefühlt, ohne dass sie den Grund für diese Vertrautheit benennen konnte.

Und jetzt war es endlich so weit. Bald würde sie ihm nahe sein, so nah, wie sie sich das wünschte, seit sie ihn das erste Mal auf der Bühne gesehen hatte. Sein Atem würde auf ihrer Haut flüstern, die graziösen Bewegungen sich wie Ranken um sie flechten, ihr Gesicht sich im Glanz seiner dunklen Augen spiegeln. Sie beide würden für immer zusammengehören.

Der Tänzer verließ das Ufer und trat zurück auf den Weg. Laut ratternd fuhr ein Zug über die Brücke hinter der Cannstatter Straße. Diese Geräuschkulisse nutzte sie, um die Verfolgung wieder aufzunehmen. Ihr Jagdinstinkt erwachte. Feuchte Luft floss wie ein belebender Strom durch ihre Nase. Ihre Schritte federten auf dem Weg und sie spürte, wie der Erdboden elastisch auf ihr Gewicht antwortete. Heute waren ihre Sinne noch wacher als in den vergangenen Nächten. Um sie herum vibrierten die Flügel von Nachtfaltern. Ihr Blick saugte sich an feinen Rissen im Boden fest, und sie hörte die Atemzüge eines Fuchses, der durchs Unterholz strich.

Obwohl sie die überwältigende Fülle der Sinneseindrücke von Nacht zu Nacht besser unterscheiden konnte, war ihr die Klarheit und Unausweichlichkeit ihrer Wahrnehmung unheimlich. Vieles war fremd und erschreckte sie. Wie das laute Glucksen, mit dem ein Fisch jetzt die Wasserfläche durchbrach und wieder in der Tiefe verschwand. Konzentrisch größer werdende Kreise breiteten sich aus. Das Relief wurde flacher und verebbte. Erneut schloss sich das Wasser zu einer glatten Fläche, die trügerisch harmlos wirkte, während darunter Hunderte von Lebewesen auf Beute lauerten.

Sie griff in die Jackentasche und umklammerte das Messer. Der metallene Griff nahm rasch ihre Körperwärme an. Wieder blieb der Tänzer stehen und ließ den Blick über den See schweifen. Der Nebel hatte sich gelichtet, und so sah man hinüber zum Café und der großen Holzterrasse, die sich weit in den See hinein erstreckte.

Unter der Terrasse und dort, wo Baumkronen Schatten warfen, glänzte das Wasser tiefschwarz. Wie die dämonischen Bühnenaugen des Tänzers. Früher war ihr nie aufgefallen, wie viele Nuancen das Schwarz einer Nacht haben konnte. Wenn sich das Mondlicht auf der Oberfläche spiegelte und ein leichter Wind sie kräuselte, changierte die Farbe von dunklem Anthrazit über Grafitgrau bis zu einem satten Cremeton. Manche Stellen wirkten weich und warm wie grauer Samt, andere leuchteten stahlblau aus der Tiefe.

Sie zuckte zusammen, als die Glocken der Kapelle am Pragfriedhof ertönten. Dreimal erklang der dumpfe Ton. Viertel vor zwölf.

Obwohl die Wolken dichter wurden und der Mond nur noch selten eine Lücke fand, um sein Licht zur Erde zu schicken, konnte sie die Gestalt des Mannes leicht ausmachen. Ein Windstoß spielte mit ihren langen Haaren und sprühte Wassertropfen über ihr Gesicht. Ihre Kopfhaut war wie elektrisiert und der Jagdinstinkt pulsierte in ihren Adern. Nichts mehr erinnerte an die Zähigkeit, mit der ihr Leben tagsüber vor sich hin trieb, wie ein träger Fluss voller Schlamm und Algen.

In ihrem winzigen Apartment an der Schwabstraße hielt sie es nachts kaum noch aus. Das Vibrieren der S-Bahn setzte sich in Wänden und Böden fort, rund um die Uhr dröhnte der Verkehr, hupte und bremste es. Um sie herum die Schritte, Stimmen, Radios und Fernseher der Nachbarn, das Rascheln des Ungeziefers in den Ritzen zwischen den abgetretenen Holzdielen und hinter den Sockelleisten. Sie fühlte sich gefangen zwischen Wänden und rechten Winkeln, zwischen Mauersteinen, Putz und Glas.

Wenn in ihr diese Sehnsucht aufstieg nach den kühlen Händen des Windes, die über ihr Gesicht strichen, nach den zärtlichen Nadelstichen, mit denen der Regen sie draußen willkommen hieß, presste sie das Gesicht an das narbige Leder ihres alten Sofas. Der Geruch des porös gewordenen Leders erinnerte sie daran, dass diese Haut einmal zu einem lebendigen Wesen gehört hatte. Lange saß sie in solchen Nächten am Fenster und wünschte, sie wäre draußen unterwegs, auf der Jagd, eins mit der Dunkelheit.

Hinterher hatte sie sich so lebendig und stark gefühlt, als hätte sie die Vitalität der Tänzer in sich aufgesogen und daraus Kraft geschöpft. Waren es deren muskulöse Körper, die sie so faszinierten? Die Leichtigkeit, mit der sie über die Bühne schwebten, die Selbstverständlichkeit, mit der sie die Schwerkraft überwanden? Sie konnte es nicht erklären. Doch je mehr sie Gefallen fand an der nächtlichen Jagd, desto mehr schwand ihre Kraft für den Tag. Nach jeder Nacht, die sie draußen verbrachte, dauerte es länger, bis sie das grelle Tageslicht wieder ertrug, das fortwährende An- und Abschwellen der Motorengeräusche, die sich an den Häuserfronten tausendfach brachen. Sie litt unter der Enge, konnte in Gebäuden nur noch mühsam atmen. Schon lange benutzte sie keine Fahrstühle mehr und mied Unterführungen.

Ihr Blick löste sich vom See und fixierte erneut die Silhouette des Tänzers. Sie filterte seine Ausdünstungen aus der Luft. Moschus, vermischt mit Schweiß. Und da war noch ein anderer Geruch, den sie nicht deuten konnte. Etwas Animalisches, das ihr vertraut und unheimlich zugleich war.

Als er weiterging, vermischte sich das helle Klack-klack seiner Absätze auf dem Weg mit dem fast lautlosen Federn ihrer Gummisohlen. Ein Rhythmus entstand, stieg auf und schwebte wie ein unsichtbares Band zwischen ihnen. Dann verloren seine Schritte an Prägnanz und wurden vom Laub verschluckt. Hatte er den Uferweg verlassen?

Zum zweiten Mal in dieser Nacht stach ihr der Geruch von nassem Fell in die Nase. Eine Maus lief an ihr vorüber zum Ufer. Sie blieb stehen, um die Bewegungen um sie herum klarer zu orten. Als sie die Augen schloss, überfiel sie sofort ein starkes Pulsieren, das alle anderen Eindrücke überlagerte.

Etwas versteckte sich hinter einem Platanenstamm an der Stelle, wo der Weg in einer sanften Kurve um den See führte. Etwas Großes mit klaren Konturen. Doch es gelang ihr nicht, sich auf das Lebewesen hinter dem Baum zu konzentrieren. Äste rieben im Wind aneinander und übertönten mit ihrem Knirschen und Seufzen ihre Wahrnehmung. Krächzend schwang sich ein Raubvogel aus einer Baumkrone neben ihr. Tropfen sprühten von seinen Flügeln und mischten sich in den Regen. Der Vogel setzte zum Sturzflug auf die Maus an, die in Todesangst über das Laub huschte und gerade noch rechtzeitig in ihrem Erdloch verschwinden konnte. In einem weiten Bogen schwebte der Vogel über den See davon.

Sie konzentrierte sich auf ihre unmittelbare Umgebung, konnte aber keinen anderen Menschen ausmachen. Während sie sich die feuchten Haare aus dem Gesicht strich, pirschte sie durchs Unterholz auf die Platane zu. Plötzlich empfing sie die Vibrationen eines größeren Lebewesens, die durch einige Büsche verzerrt wurden. Versteckte sich hinter dem Baum der Mann, den sie suchte? Sie besann sich auf das Pulsieren, das sie eben gespürt hatte, konnte es jedoch nur noch schwach wahrnehmen, als wäre sie von einer Styroporwand umgeben.

Behutsam drehte sie den Kopf. Jemand beobachtete sie, das spürte sie nun deutlich. Die Härchen an ihren Armen und im Nacken stellten sich auf, bereit, feinste Nuancen der Luftströmung zu registrieren. Ihre Hand glitt in die Jackentasche, die Finger legten sich um den Messergriff. Sie beschloss, einen großen Kreis zu gehen und sich der Platane von der anderen Seite her zu nähern. Bald spürte sie unter dem vermodernden Laub eine harte Fläche. Sie war wieder auf dem Uferweg. Gerade wollte sie die Augen schließen, um sich besser auf die Geräusche und Gerüche zu konzentrieren, als die Wolkendecke aufriss und die weiße Scheibe des Mondes zum Vorschein kam. Feuchtes Laub glänzte vor ihr auf dem Weg. Regenschleier wehten über den See, der zwischen den Bäumen schimmerte. Mit geschmeidigen Bewegungen lief sie weiter und versuchte den Tänzer zu orten. Aber er war verschwunden.

Als sie das Messer herauszog, stolperte sie und stieß mit dem Kopf gegen einen tief hängenden Ast. Nasse Blätter wischten über ihr Gesicht. Sie schrie auf, verlor das Gleichgewicht und griff haltsuchend nach dem Ast. Noch bevor sie seine Wärme fühlte, witterte sie den Geruch. Er war direkt hinter ihr.

Muskulöse Arme krallten sich um ihren Körper und heißer Atem strich über ihren Nacken. Ein Tritt in die Kniekehlen ließ sie zusammenklappen. Sie schnappte nach Luft. Diesen Moment nutzte er, um sie nach vorne zu stoßen. Ihre Brüste prallten hart auf einen Baumstamm. Sie schrie vor Schmerz auf. Der Mann packte sie an den Schultern, drehte sie herum und drückte sie so fest gegen den Baum, dass die Erhebungen der Rinde in ihren Rücken schnitten. Dann presste er seine Hand auf ihren Mund. Sie keuchte unter dem eisernen Griff, rang nach Luft. Speichel tropfte aus ihrem Mund in seine Hand. Alle ihre Sinne waren von der Wucht dieses athletischen Körpers überwältigt, der viel mehr Kraft besaß, als sie erwartet hatte. Er knöpfte ihren Kragen auf. Wieder hörte sie die Glocken der Kapelle auf dem Pragfriedhof schlagen. Einmal, zweimal, dreimal.

Nach dem ersten Schlag veränderten sich die Schwingungen, die von seinem Körper ausgingen, wurden weniger klar, überlagerten sich. Das Geräusch schien den Mann erschreckt zu haben. Sie nutzte die Chance, um die Hand mit dem Messer aus seiner Umklammerung zu befreien. Aber sie hatte keine Gelegenheit, die Waffe einzusetzen. Er reagierte schnell – sie nahm die Bewegung kaum wahr –, packte ihr Handgelenk und drückte die Handfläche Richtung Unterarm. Sofort öffnete ein Reflex ihre Finger. Das Messer fiel ins Laub.

Sein Gewicht drückte sie gegen den Stamm. Etwas Warmes strich über ihren Hals. Umkreiste den Kehlkopf. Versenkte sich in die Kuhle, an der ihre Schlüsselbeine ins Brustbein übergingen. Sie hielt den Atem an. Alles in ihr konzentrierte sich auf die Zunge an ihrem Hals. Ihre Nasenflügel zitterten, als sie seinen Geruch einsog. Er roch nach modrigem Stoff und dem Staub alter Bücher, nicht nach Make-up und Haargel wie die beiden anderen Tänzer. Das feuchte Kitzeln an ihrem Hals hörte auf und etwas Kaltes, Hartes berührte ihre Haut. Ihr Körper versteifte sich, als seine spitzen Zähne fast liebevoll über ihre Haut schabten. Aus seiner Kehle stieg ein Geräusch auf, das wie ein Stöhnen klang.

Der vierte, fünfte, sechste Glockenschlag. Als er seine Zähne in ihren Hals bohrte, empfand sie keinen Schmerz. Ihre Haut gab nach, dehnte sich und riss. Eine heiße Welle flutete von ihrem Hals in den Oberkörper und durch die Adern. Metallischer Geschmack breitete sich in ihrem Mund aus. Ihre Knie gaben nach. Sie schloss die Augen, sank zu Boden, als würde die Erde sie an sich ziehen.

Ein Rauschen schwoll in ihren Ohren an. Mühsam pumpte das Herz Blut durch den Körper, als hätte sie mit einem Mal zu wenig davon. Ihre Lippen spannten. Sie befahl ihrer Zunge, über Ober- und Unterlippe zu streichen. Aber bevor die Zungenspitze sich aus dem Mund schieben konnte, tropfte eine warme Flüssigkeit zwischen ihre Zähne. Sickerte in die Mundhöhle und wurde von ihrem Körper aufgenommen.

Als sie die Augen öffnete, sah sie Blut aus einer Bisswunde an seinem Handgelenk in ihren Mund tropfen. Im selben Moment spürte sie, wie seine Kraft auf sie überging. Gierig riss sie den Mund auf, um noch mehr von seinem Blut aufzusaugen. Plötzlich wurde ihr klar, dass nicht sie ihm gefolgt war, sondern dass er sie hierher gelockt hatte. Abrupt zog er sein Handgelenk weg, leckte über die Wunde und verschwand in der Dunkelheit.

Ihre Muskeln krampften sich zu knotigen Bündeln zusammen. Sie war allein. Sieben. Acht. Neun. Wie in Zeitlupe nahm sie die Glockenschläge wahr. Empfing die anfangs kraftvollen, dann schwächer werdenden Schwingungen der Luft. Etwas zerrte an ihren Fingern. Zeigefinger, Mittel- und Ringfinger wurden länger. Spreizten sich auf wie die Federn eines Pfaus. Gleichzeitig dehnte sich die Haut zwischen den Fingern aus. Der kleine Finger schob sich in die entgegengesetzte Richtung und zog die elastische Membran mit sich.

Der zehnte Glockenschlag. Ihre Daumen krümmten sich zusammen. Aus dem Nagel wuchs eine scharfe Kralle. Geschmeidige Schwingen falteten sich auf. Ihr Mund öffnete sich und sandte Peilrufe aus. Die Luft schwirrte vor Insekten, deren Flügelschlag das Echo ihrer Rufe verzerrte. Sie sehnte sich danach, vom Boden abzuheben, die Erde zu verlassen, endlich selbst zu schweben. Mit den Fußkrallen drückte sie sich aus dem Gras ab. Ihre Schwingen spreizten sich im Wind.

Der elfte Glockenschlag. Sie schwebte über den Uferweg und sah den Schatten ihrer dreieckigen Silhouette am Boden. Die weichen Konturen der Flughaut zwischen ihren Fingern, die verkümmerten Beine, die über die Schwanzflughaut hinausragten. Ein heiserer Schrei stieg aus ihrer Kehle auf, während sie über den See glitt. Ein Luftwirbel hob sie fast zärtlich nach oben, als der zwölfte Glockenschlag ertönte. Die Armschwinge senkte sich und ihr neuer Körper neigte sich zur Seite. Sie stellte die Ohren auf und empfing die Antwort eines Artgenossen, der sie umkreiste, als wolle er sie begrüßen.

Das Letzte, was sie in ihrem Menschendasein erblickte, waren dunkle Augen, die dämonisch vor den Wohntürmen am Pragfriedhof funkelten. Dann ließ sie sich vom Wind davontragen.

Biografisches und Schwäbisches von den Autorinnen

Martina Arnold, geboren 1962 in Stuttgart, studierte Politologie, Germanistik, später Journalismus in Berlin. Erste literarische Auseinandersetzung mit der »Hoimet« als Lokalreporterin mit Schwerpunkt »Freizeit-Chöre des Gäus« bei der *Cannstatter Zeitung*. Martina Arnold sammelte weitere sinnlich prägende Eindrücke als Würstchenverkäuferin auf dem Stuttgarter Weihnachtsmarkt. Sie hält sich nach diesen Erfahrungen für nahezu unkaputtbar und kocht im nicht-schwäbischen Exil aus reiner kulinarischer Notwehr so viele selbstgemachte Spätzle wie nie zuvor. Sie arbeitete als Redakteurin für verschiedene TV-Formate. Seit 2005 ist sie Drehbuchautorin für TV Serie und Film. Ihr Kurzkrimi »Paarung« wurde in der Anthologie *Fatale Verbindungen* (2007) veröffentlicht.

Die geborene Badenerin *Martina Fiess* fühlt sich nach fast zwanzigjährigem »Exil« im Schwäbischen so wohl, dass sie ihre Tatorte gern in der Region ansiedelt, etwa auf dem Stuttgarter Pragfriedhof, am Cannstatter Neckarufer oder in der Esslinger Altstadt. Als Journalistin hat Martina Fiess Leichen im Keller anderer Leute entdeckt, als Sachbuchlektorin Bücher produziert und als Werbetexterin Ideen verkauft, für die sie früher vermutlich verbrannt worden wäre. Dank dieser perfekten beruflichen Vorbildung schreibt die promovierte Philosophin heute Krimis. Sie ist Herausgeberin der Weinkrimi-Anthologie *Nur Bacchus war*

Zeuge (2006) und veröffentlichte neben zahlreichen Kurzkrimis die Romane *Tödlich schön* (2006) und *Tanz mit dem Tod* (2007). Mehr unter: www.martina-fiess.de

Monika Geier, geboren 1970 in Ludwigshafen, stammt aus einer uralten badischen Familie und ist daher selbst erstaunt, wie viel Spaß es machen kann, ausgerechnet einen Schwabenkrimi zu schreiben. Bereits im Alter von zwölf Jahren kassierte sie ihr erstes Autorinnenhonorar für eine Veröffentlichung in der *Bäckerblume* (»So lernte ich meinen Ehemann kennen«). Das Studium verdiente sie sich hauptsächlich als Malermodell. Heute ist sie Diplom-Ingenieurin für Architektur, stolze Trägerin der Goldenen Wandernadel von Bayrischzell und lebt als freie Autorin in Kaiserslautern. Für ihr Krimidebüt *Wie könnt ihr schlafen* (1999) erhielt sie den renommierten Krimipreis »Marlowe« der Raymond-Chandler-Gesellschaft. Seither sind von ihr erschienen *Neapel sehen* (2001), *Stein sei ewig* (2003) und *Schwarzwild* (2007).

Madeleine Giese wurde im letzten Jahrhundert schuldlos in eine explosive Familienmischung aus Schwaben und Saarländern hineingeboren. Die in sie gesetzte Prophezeiung »Deß wird nix rechts« erfüllte sie auf das Schönste. In ihrem ersten Leben war sie Schauspielerin. Im zweiten dann auch noch Autorin von Kurzgeschichten, Hörspielen und Kriminalromanen. Bisher sind von ihr *Das Spiel heißt Mord*, *Die letzte Rolle* (beide 2004) und *Die Antiquitätenhändlerin* (2006) veröffentlicht. Ihr vierter Krimi mit dem Titel *Der kleine Tod* erscheint im August 2008.

Uta-Maria Heim wurde in Schramberg im Schwarzwald geboren und lebt heute als Dramaturgin und Autorin in Baden-Baden. Sie studierte Literaturwissenschaft, Linguistik und Soziologie. Neben Romanen und Kurzgeschichten schrieb sie auch Hörspiele, Essays und Features. Ihre Krimis wurden mehrfach ausgezeichnet, so 1992 (für *Das Rattenprinzip*) und 1994 (für *Die*

Kakerlakenstadt) mit dem »Deutschen Krimi Preis« und 2000 mit dem »Glauser«(für *Engelchens Ende*). 1998 war sie als Stipendiatin der Villa Massimo in Olevano Romano. 2007 erhielt sie den Krimipreis der Stadt Singen. Zuletzt erschienen sind von Uta-Maria Heim die Krimis *Dreckskind* (2006) und *Totschweigen* (2007). 2008 erscheint eine überarbeitete Neuauflage von *Das Rattenprinzip*.

Anja Kemmerzell, geboren 1969 in Böblingen, studierte Germanistik und Politikwissenschaften in Marburg und Hamburg. Während und nach ihrem Studium arbeitete sie als freie Redakteurin und Autorin für verschiedene Verlage sowie die Nachrichtenredaktion des NDR Fernsehens. Als fest angestellte Lektorin verlagerte sie 1999 ihren Schwerpunkt auf Kinder- und Jugendliteratur und arbeitete in Verlagen in Hamburg und München. Seit 2002 lebt sie wieder nahe ihrem Geburtsort und ist für einen Stuttgarter Verlag als Lektorin tätig. Zusammen mit Else Laudan hat sie bei Ariadne den Krimischreibleitfaden *Das Wort zum Mord* (1999) veröffentlicht. Anja Kemmerzell hasst die heißen Stuttgarter Sommer und liebt die Birnensahnetorte im *Koenigx*.

Katrin Kremmler, geboren in Stuttgart, aufgewachsen in Oberschwaben, Grundstudium in Tübingen, danach Flucht nach Berlin. Die Cartoonistin und Ethnologin absolvierte 2002 am Sydney College of the Arts ihren Master of Multimedia Design, lebte lange in Budapest und arbeitet immer an diversen Projekten. Ihre Krimis um Globetrotterin Gabriella Müller, die weltweit Gesetze, Herzen und Tabus bricht, genießen Kultstatus. Momentan tankt die studierte Europäische Ethnologin im Ländle Heimatluft – in Reutlingen, wo sie schreibt und übersetzt. Von ihr sind bisher erschienen *Blaubarts Handy* (2001), *Die Sirenen von Coogee Beach* (2003) und *Pannonias Gral* (2004).

Tatjana Kruse, Jahrgang 1960, lebt und arbeitet in Schwäbisch Hall, der Stadt zur Bausparkasse. Früher wohnte sie lange Jahre in Stuttgart und kann heute mit Überzeugung sagen, dass es sich in beiden Städten gleich gut mordet. Sie ist die geistige Mutter der Wuchtbrummen-Reihe, *Die Wuchtbrumme* (2000), *Achtung: Wuchtbrumme* (2001), *Die Wuchtbrumme kehrt zurück* (2002) und *Wuchtbrummenalarm* (2003). Zuletzt erschienen von ihr der Borkum-Krimi *Wie klaut man eine Insel?* (2007) und der Theaterkrimi *Vorsicht: Stufen!* (2007). Ihre Kurzgeschichten sind in zahlreichen Krimi-Anthologien vertreten. Im Jahr 2005 war Tatjana Kruse Krimistadtschreiberin der Stadt Flensburg. Weitere Informationen unter: www.tatjanakruse.de

Christine Lehmann, geboren in Genf, lebt schon ewig in Stuttgart und ist als Reigschmeckte richtig auf den Geschmack gekommen. Aus Überzeugung Stuttgarterin, studierte sie an der Stuttgarter Universität Germanistik und Kunstgeschichte, arbeitet als Nachrichten- und Politikredakteurin beim SWR und schreibt für die neue Hörspielreihe RadioTatort die SWR-Kriminalhörspiele. In ihrem ersten Krimi, *Kynopolis*, rennen Hunde die Hasenbergsteige rauf und runter, ihre kultverdächtigen sechs Lisa-Nerz-Krimis spielen am Feuersee, beim Alten Schlachthof, am Albtrauf, in Stuttgart Münster und auf der Schwäbischen Alb. Außerdem veröffentlichte Christine Lehmann etliche Krimikurzgeschichten und vier Liebesromane mit Krimicharakter. Ihr Roman *Der Bernsteinfischer* wurde mit Heiner Lauterbach in der Hauptrolle verfilmt. Zuletzt erschienen bei Ariadne *Harte Schule* (2004), *Höhlenangst* (2005) und *Allmachtsdackel* (2007). Weitere Informationen unter: www.lehmann-christine.de

Hinter dem Pseudonym *Leona Mikosch* steckt eine Frau, die noch nie nördlich des Weißwurstäquators gelebt hat. Geboren im südlichen Hessen, ist sie am badischen »Neggaar« aufgewachsen. Dort haben exilschwäbische Nachbarn ihr schon früh die Faszination für diese Sprache eingeimpft mit Fragen wie: »Willsch ä Gutsle?« Wobei »Gutsle« im Schwäbischen Weihnachtsplätzchen sind, im Badischen dagegen Bonbons. Leona Mikoschs Lebensweg führte erst einmal um Stuttgart herum – nach dem Abitur ging sie in die Schweiz zum Studium an einer Journalistenschule. Nunmehr seit zwanzig Jahren lebt und arbeitet sie als Journalistin im Großraum Stuttgart. Als Badenerin mitten in Württemberg vereint sie sozusagen die beiden Landesteile in einer Person. Und obwohl sie von Haus aus und im Beruf Hochdeutsch spricht, hat sie in keinem Quadratzentimeter des Landes Baden-Württemberg Sprachschwierigkeiten. »Cuba libre« ist ihre erste Krimi-Kurzgeschichte.

Fanny Morweiser ist in Ludwigsburg geboren, sie studierte an der Freien Kunstakademie Mannheim Zeichnen, Malen und Bildhauerei. Danach arbeitete sie zwei Jahre als Verkäuferin in einem Devotionaliengeschäft in Mannheim. Zum Bücherschreiben kam Fanny Morweiser eher zufällig, ursprünglich wollte sie Illustratorin werden. Im Jahre 2003 war Fanny Morweiser Turmschreiberin der Stadt Deidesheim. Von ihr sind etliche Romane, Erzählbände und Erzählungen erschienen, von denen einige (»Das Frettchen«, »Das Königsstechen«) verfilmt wurden, u. a. *Lalu lalula, arme kleine Ophelia* (1971), *La vie en rose* (1973), *Indianer-Leo und andere Geschichten aus dem wilden Westdeutschland* (1977), *Die Kürbisdame* (1980), *Ein Winter ohne Schnee* (1985), *Das Medium* (1991) und *Der Taxitänzer* (1996). Fanny Morweiser lebt mit ihrer Familie in einem kleinen Dorf im Neckartal.

Angelika Scholz wurde unter Einsatz von Lachgas in Stuttgart geboren. Dort lernte sie mit Schriften umzugehen, Espressomaschinen zu bedienen und natürlich auch die schwäbische Sprache. Ende der Achtzigerjahre zog Angelika Scholz nach Hamburg, wo sie seither als Freiberuflerin Konzept, Text und Gestaltung aus einer Hand anbietet. Sie legt gern Musik auf und liest Berge von Büchern. Ihr erster Roman *Wünsch dir was* wurde 2005 veröffentlicht. Weitere Informationen unter: www.angelikascholz.de

Jutta Weber-Bock, geboren 1957 in Melle/Niedersachsen, studierte Philosophie und Deutsch an der Universität Osnabrück und schloss ihre Lehrerausbildung ab. 1983 zog sie mit einer Liebe nach Stuttgart und ist aus Liebe zu Stuttgart geblieben. Seit 2004 arbeitet Jutta Weber-Bock als freie Schriftstellerin, Dozentin in Schreibwerkstätten und als Lektorin. Sie ist Projektleiterin des »Basisnetzwerks: Schreibwerk- und Autorenförderung in Baden-Württemberg«. Im Juni 2006 erhielt sie ein Aufenthaltsstipendium des »Internationalen Schriftstellerzentrums Three Waves« auf Rhodos, Griechenland. Veröffentlichungen u. a. *Laufen Leben* (2001), *Herbsüß mit Bitterstoffen* (2002), *Wir vom Jahrgang 1957 – Kindheit und Jugend*, *Liebesprobe* (beide 2005), *Autobiographisches Schreiben: Ein Handbuch für Schreibende und Kursleitende* (2006). Mehr Infos unter: www.weber-bock.de

Kriminelle Heimat

Christine Lehmann

»Christine Lehmann schreibt mit Herz und, eine Rarität im D-Krimi, (Wort-)Witz.« Tobias Gohlis, *Die Zeit*

»Lehmann ist den meisten deutschen Krimischreibern stilistisch haushoch überlegen. Man kann sich diesen Sound nicht antrainieren. Bei Lehmann beruht er auf Menschenkenntnis, Lebenserfahrung, Selbstironie und Belesenheit.« *Perlentaucher*

»Einsam, aufsässig und notorisch respektlos – ein klarer Fall von hardboiled woman.« *Konkret*

»Eine provokante, schnoddrige, nie slangprotzige Sprache … Lehmann lässt ihre Heldin weder ihre Gewöhn-dich-dran-Manieren noch ihr Rempelmaul zügeln. Gerade dass es uns nicht recht gemacht werden soll, bindet uns an die Figur.« *Stuttgarter Zeitung*

Harte Schule

Ariadne Krimi 1157 · ISBN 978-3-88619-887-0

Lisa Nerz, narbengesichtige Zeitungsreporterin mit beträchtlicher Erfahrung und guten Verbindungen, trägt gern Männerkleidung und genießt es, ihre arrogante blonde Volontärin zu triezen. Als auf einem Stuttgarter Schulhof ein ermordeter Lehrer liegt, nimmt sie die Fährte auf und folgt ihr bis in allerhöchste Kreise, wobei sie Kopf und Kragen riskiert …

Höhlenangst

Ariadne Krimi 1161 · ISBN 978-3-88619-891-7

Dunkel sind die Höhlen der Schwäbischen Alb. Doch das kann eine Journalistin vom Kaliber der Lisa Nerz nicht schrecken – wenn Gerüchte von Mord und Korruption umgehen, steckt sie ihre Nase auch ins finsterste Fledermausnest. Auf der Suche nach einem Staatsanwalt, einer Leiche, die eben noch da war, und ein bisschen Liebe nimmt Lisa Nerz waghalsige Klettertouren auf sich und entreißt dem unterirdischen Labyrinth die Wahrheit.

Kriminelle Heimat

Christine Lehmann

»Es sind nicht nur die Figuren, die Lehmanns Krimis haushoch aus den Niederungen der deutschen Kriminalliteratur hervorstehen lassen. Wunderbar geformte Bilder aus der Wirklichkeit, literarischer Realismus verdichtet in wenigen Worten: witzige und kunstvolle Krimis mit Klassikerqualitäten.« *krimiblog.de*

Allmachtsdackel

Ariadne Krimi 1169 · ISBN 978-3-88619-899-3

»Ganz stark! Ein Kommentar zur globalen Situation, situiert im Schwabenland. Christine Lehmann kann das, souverän und überzeugend.« Thomas Wörtche, *kaliber38*

»Lehmanns Schwaben-Western: Rinder, Söhne, Pietisten. Do legscht di nieder!« *arte/Krimiwelt*

»In *Allmachtsdackel* verbinden sich dynamischer Vorwärtsdrang und fortgesetzte Seitwärtsbewegung zu einer durchweg unterhaltsamen Provinzinvestigation. Mehr davon!« *Perlentaucher: Mord und Ratschlag*

Vergeltung am Degerloch

Ariadne Krimi 1165 · ISBN 978-3-88619-895-5

Junge Frau erschlägt jungen Mann auf Stuttgarts nächtlichen Straßen. Beziehungskrach? Missverständnis? Oder steckt mehr dahinter? Erster Auftritt der Journalistin Lisa Nerz, großspurig, narbengesichtig und sexuell hemmungslos.

Gaisburger Schlachthof

Ariadne Krimi 1167 · ISBN 978-3-88619-897-9

Der zweite Fall der hartgesottenen Journalistin aus Stuttgart: Lisa Nerz ermittelt im Fitnessstudio und stößt auf durchtrainierte Kriminelle, mysteriöse Drogen, einen geheimnisvollen Staatsanwalt, Leichen und Wirtschaftsbetrug.

Kriminelle Heimat

Katrin Kremmler

Katrin Kremmlers Krimi-Figuren sind Frauen im Exil, Frauen anderer Kulturen, Asylantinnen, Globetrotterinnen, Illegale. Kremmler schreibt originell, stilsicher, witzig, bissig, sehr politisch, sexy und spannend. Süffisante, packende und kluge Krimis als (Zerr-)Spiegel des Hier und Jetzt: Das ist die edelste Aufgabe von Krimis, die Kremmler treffsicher und rasant komödiantisch erfüllt.

Blaubarts Handy

Ariadne Krimi 1131 · ISBN 3-88619-861-8

Die Mär vom Blaubart ist völlig aus dem Leben gegriffen. Nur dass der kompromittierende Gegenstand hier in Ungarn kein goldener Schlüssel ist. Es ist ein Handy.

Der abenteuerliche Alltag einer studierten lesbischen Büromaus im wilden Osten: Crime noir zwischen postsozialistischem Realismus und postkoitaler Romantik.

Die Sirenen von Coogee Beach

Ariadne Krimi 1145 · ISBN 3-88619-875-8

Sirenen sind unwiderstehlich. Ihr Lied besingt, nach was die Reisende sich sehnt. Solange sie singen, weißt du immerhin, woran du bist mit ihnen. Nur wenn sie schweigen, hast du ein Problem.

Australien zwischen kultureller Vielfalt und Einwanderungspolitik: eine provokante, humoristische Darstellung sozialer Realitäten.

Pannonias Gral

Der Krimi mit CD-ROM

Ariadne Krimi 1153 · ISBN 3-88619-883-9

Sinnliche und drastische Blicke aufs heutige Ungarn: Kremmler verwebt die Geschichte des historischen Seuso-Schatzes mit einer feministischen Gralssuche. Turbulent und hintergründig, mit einesm Bonbon für Liebhaberinnen von Computern und Cartoons.

Kriminelle Heimat

Monika Geier

»Monika Geier verfügt über die Bösartigkeit aller guten Krimiautorinnen, über Witz und die Raffinesse für wirklich subtile Plots. Ihre Bücher sind mehr als eine Entdeckung, sie sind eine Befreiung.« T. Gohlis, *Die Zeit*

»Monika Geier ist eine versierte Stilistin und hierzulande eine der besten des Geschäfts.« Ulrich Noller, *Deutsche Welle: Bücherwelt*

Wie könnt ihr schlafen

Ariadne Krimi 1110 · ISBN 978-3-88619-840-5

Leichenfund in Kreimheim: Bettina Boll wird in die Pampa geschickt. Als Verstärkung gibt man ihr den »kleinen« Willenbacher mit und informiert sie in letzter Sekunde, dass die fragliche Babyleiche seit 25 Jahren da liegt. Viel Glück beim Ermitteln, Frau Boll!

Neapel sehen

Ariadne Krimi 1136 · ISBN 978-3-88619-866-5

Die Lehrerin Aurelie betreute Sorgenkinder der Gemeine – nun liegt sie tot im Steinbruch. Kommissarin Boll ermittelt in brütender Hitze und stößt auf menschliche Abgründe ...

Stein sei ewig

Ariadne Krimi 1150 · ISBN 978-3-88619-880-1

Boll soll die Provinzvariante eines Kunstraubes aufklären. Dann gibt es eine böse Überraschung: Ein eiskalt inszenierter Mord erschüttert die Architekturfakultät Lautringens!

Schwarzwild

Ariadne Krimi 1174 · ISBN 978-3-86754-174-9

Zwei Wandersfrauen entdecken verdächtige Knochen im Wildschweingehege. Eine verschwindet spurlos in den Wäldern. Verirrt? Kriminalkommissarin Bettina Boll forscht nach. Was hat es mit dem geplanten Nazi-Trainingscamp auf sich? Und wo blieb der mazedonische Koch, der so unheimlich gut schlachten konnte?